海外小説の誘惑

ジョヴァンニの部屋

ジェームズ・ボールドウィン

大橋吉之輔＝訳

白水uブックス

James BALDWIN
Giovanni's Room

Japanese translation published by arrangement with
James Baldwin Estate c/o Ayesha Pande Literary
through The English Agency (Japan) Ltd.

目次

ジョヴァンニの部屋

ルシアンに

ぼくがその男だ、
その場にいあわせて、
責苦にあったのだ。
——ホイットマン

第一部

1

ぼくはいま、ここ南フランスの宏荘《こうそう》な屋敷の、窓にむかって立っている。夜のとばりがしずかにおりはじめているが、この夜こそは、ぼくの生涯で、もっとも恐ろしい朝へとつながっていく夜なのだ。手には酒の入ったグラスをもち、かたわらに酒をおいて、ぼくは、窓ガラスの、ふかまりゆく暗いかがやきのなかに映る自分の姿を、凝視する。すんなりと、まるで矢のように伸びた細長く高い背丈《せたけ》。ひかりかがやくブロンドの毛髪。どこといって変わったところはない顔。ぼくの祖先は、死臭のあふれる廣野《こうや》をしゃにむに押しすすんで、ひとつの大陸を征服し、ついには大洋にまで達すると、ヨーロッパにはるか背をむけて、より暗いひとつの過去へと突きすすんでいった人びとであった。

朝までには、ぼくは、酔いしれてしまうかもしれない。だが、そんなことは、いまのぼくには、なんの救いにもなりはしないのだ。いずれにしても、ぼくはパリ行きの列車にのるだろう。だからといって、列車はこれまでとすこしも変わってはいないだろうし、三等車の垂直な背の木造の座席のうえで、安楽をもとめ、さらには威厳までそこなうまいと、躍起《やっき》になってひしめきあう乗客たちも、あいかわらずだろうし、ぼく自身も、これまでのぼくと同じであろう。列車は、あいも変わらぬ田園風景の推移のなかを、オリーブの木や、海や、荒れ狂う南部の空の壮観をあとにして、北へ、霧と雨にけぶるパリへと、進入していくことだろう。ぼくに、サンドイッチをわけてくれようとするものもいるだろうし、ブドウ酒をすすめてくれるものもいるだろう。マッチを貸してくれというものもいるだろう。客室のそとの車廊を歩きまわり、窓外の景色をながめたり、客室内のぼくたちをのぞきこんだりするものもいるだろう。駅に停車するたびに、だぶだぶの茶の軍服のうえに色つきの帽子をかぶった召集兵たちが、どやどやとのりこんできて、客室のドアをあけては、「空《あ》いてませんか?」とたずねるだろう。するとぼくたちはみんな、しめしあわせた陰謀者のように、いいえと首を横にふり、彼らがつぎの客室のほうへ立ち去っていくと、たがいに顔を見あわせて、かすかな笑《え》みをうかべるだろう。彼らのなかには、ぼくたちの客室のドアのまえで、これ以上たずねてまわるのをあきらめて、軍隊給与のはなもちならない安タバコをふかしながら、重苦しい卑猥《ひわい》な声で、騒々しくがなりたてるものも何人かはいるだろう。ぼくと向いあわせに、若い女がすわるかもしれない。そして、ぼくがどうして彼女に手をだそうとしないのだろうかといぶかったり、召集兵たちが近くにいるために、おちつきのないいらだちにおそわれたりするかもしれない……

このように、すべてが、これまでと、なにひとつとして変りはなく、同じであろう。そのなかにあって、ぼくだけは、寂《せき》として声のない状態に沈んでいるだろうが……

だが、この海辺の地方——ぼくの姿をとおして窓ガラスに映《うつ》るこのあたりは、まだ明日《あした》ではない。まだ今夜だ。この屋敷は、とある小さな避暑地のすぐそばにあるが、その避暑地にいまだ人かげがないのは、まだシーズンがはじまっていないからだ。屋敷は、こだかい丘のうえにあり、ここからは、町のあかりを見おろしたり、海のとどろきを聞くことができる。ぼくは恋人のヘラと、数カ月まえパリで、写真を見て、この屋敷を借りたのだった。だが、いまはもう、彼女が去ってしまって、一週間になる。彼女は、いまごろは、はるか海のうえを、アメリカへの帰途についているのだ。

　ぼくの目には、彼女の姿態がありありとうかんでくる。大洋航路の客船のサロンにみちあふれている光をあびて、きりりとした優雅な姿にひかりかがやきながら、そそくさとすこし速すぎる速度で酒をのみ、笑い、男たちをじっとみつめていることだろう。サン・ジェルマン・デ・プレのバーで、ぼくがはじめて彼女に会ったときも、そうだった。彼女はやはり酒をのみ、じっとみつめていた。彼女がすきになったのは、そのためだった。この女となら、いっしょに楽しくすごしておもしろかろう、と考えたのだった。そもそもの馴《な》れそめが、そんなふうだった。ぼくの気持は、せいぜいそんなところだった。なにやかやといっても、いったいぼくに、それ以上の気持がはたしてあったのかどうか、いまのぼくには、およそ自信はない。それに、彼女のほうの気持にしても、せいぜい、それくらいのところではなかったのだろうか——すくなくとも、彼女がスペインにあの旅行をして、かの地で、ひとり自分をみつめながら、酒をのみ男たちをみつめてすごす一生が、まさしく自分の求めるところであろうかと、懐疑しはじめるまでは……。だが、そのときには、もう手おくれだった。ぼくはすでに、ジョヴァンニと結ばれていたのだ。

　ぼくがヘラに、結婚を申し込んだのは、彼女がスペインにでかけるまえだった。そのとき、彼女は笑っただけで、返答を保留しようとした。ぼくも、それにつられて笑った。だが、どういうわけか、不思議なことに、そうしたことがかえって、ぼくにとっては問題をいっそう真剣なものにした。ぼくは彼女に、回答を強硬にせまった。すると、彼女は、どこか旅にでもでて、すこし離れたところで、ゆっくり考えてみる必要がある、と答えたのだった。

そして、彼女がここにいた最後の夜、ぼくが彼女を見た最後の夜、ぼくは、荷物をまとめている彼女にむかって、かつてはぼくもきみを愛していた、と語りかけ、みずからの心にも、そう信じこませた。だが、はたして、それは真実だったろうか。そうではない。実はそのとき、ぼくが心のなかに思いうかべていたのは、二人がベッドのなかですごしたかずかずの夜のこと、二度とふたたび経験することはないであろうあのぼくたち二人だけの無邪気で大胆ないとなみのこと、だったのだ。それらのために、当時の夜はあれほどにも楽しく、過去や現在やいかなる未来とも、なんらかかわることがなく、ついには、ぼくの人生そのものとも、無関係であることができたのだ。というのも、ぼくはそれらにたいして、まったく機械的な責任以外には、どんな責任をも負う必要がなかったからだ。しかも、それら、ぼくたち二人の夜は、異国の空のもとでいとなまれたものであり、監視するものはだれもいず、罰せられるおそれもなにひとつなかった——そして、それこそが、ぼくらの破滅の原因にもなったのだった。なぜなら、自由というものは、ひとたび手にするや、これほど耐えがたいものはないからだ。思うに、ぼくが彼女に求婚したのも、それが真の原因だった。つまりは、なにかわが身をつなぎ束縛するよりどころを、もとめていたのだ。彼女がスペインで、ぼくとの結婚を決意した理由も、おそらく、そのようなものであったと思われる。だが、不幸なことには、わが身をつなぎ束縛するものを、恋人を、友人を、つくりだすことは、だれにもできはしないのだ——おのれの親を、つくりだすことができないのと同様に。そういうものは、人生が、あたえたり、奪ったりするものなのだ。ところが、われわれ人間にとって、人生を肯定することほど、むずかしいことはないのだ……

ぼくがヘラに、かつてはぼくもきみを愛していた、と語りかけたとき、ぼくの心にうかんでいたのは、恐ろしい、とりかえしのつかないことが、まだなにもぼくの身におきていなかったころのこと、事件《アフェア》がおこっても、それはたんなる事件《アフェア》以上のなにものでもなかったころのこと、だった。しかし、今夜からは、今夜につながる翌朝からは、ぼくがこれから死の床《とこ》にいたるまでのあいだに、どれほど多くのベッドで夜をすごすことになろうとも、もはや二度と、あの子どもっぽい恍惚《こうこつ》にあふれた夜の事件《アフェア》を、経験することはできないだろう。そんな事件《アフェア》は実は、考えてみれば、高級な、というか、ともかく気どりにみちた、一種の自慰行為なのである。人間というのは、それぞれ、ずいぶんと多様な様相をもっているもので、なまなか手がるにかたづけることはできないが、ぼくとても同様で、けっして単純ではない。もしそうでなかったら、今夜こうして、ぼくがこの屋敷に、ひとりでいることもなかっただろうし、ヘラもいま、はるかかなたの洋上にいることもなかっただろう。そして、ジョヴァンニも、今宵《こよい》があけぬうちに、断頭台《ギロチン》上の露ときえる破目《はめ》にはなっていなかったろう。

ぼくはこれまで、かず多くの嘘《うそ》をつき、嘘をついてはそのとおりにふるまい、さらには、それを信じこもうとしてきた。そのようなかずかずの嘘のうちでも、とくに、ひとつの嘘が——たとえ、よかれと思ってしたことではあっても――いまのぼくには、くやまれてならない。それは、ジョヴァンニについた嘘で、彼にはそれをどうしてもうまく信じこませることができなかったが、つまり、ぼくが以前、同性の男と寝たことはいちどもない、という嘘だった。それが実は、あったのだ。ただ、二度とふたたび、そんなことはすまいと、そのとき決心したことはたしかだった。それにつけて、いまぼくは、われとわが心に、なにかとてつもなく異様な空想図を描きだしているが、その空想図のなかで、ぼくは、もうどこまでもどこまでも、はるか海を越えてまで、けんめいになって逃げていったあげく、ふと気がついてみれば、ふたたびぼくは自分の家の裏庭で、かなしばりにあったように身動きもならず、おぞましいブルドッグと対峙《たいじ》しているのだ――しかも、ぼくが逃げていたあいだに、裏庭はずっと狭くなっており、ブルドッグの図体《ずうたい》は、ずっと大きくなっているのだ……

ぼくはもう何年も、あの少年――ジョーイ――のことを思い出したことがない。しかし、今夜は、はっきりと彼を思いうかべることができる。数年前、まだ十代であったぼくと彼とは、一年くらいのちがいはあっても、ほぼ同じ年ごろだった。彼はとてもいいやつで、非常に機敏であさ黒く、いつもほがらかに笑っていた。しばらくのあいだ、彼はぼくの最良の友だった。のちになって、彼のような少年がぼくの最良の友でありえたことを考えたとき、ぼくの体《からだ》には、なにか恐ろしい性《さが》がひそんでいることが証明されたように思った。そこで、ぼくは彼のことを忘れた。ところが、今夜は、実にはっきりと、彼を思いうかべることができるのだ。

あれは夏休みのことだった。彼の両親がどこかへ週末旅行にでかけていたので、ぼくは、ブルックリンのコニー・アイランドに近い彼の家で、週末をすごしていた。当時、ぼくの家もブルックリンにあったが、ジョーイのところよりも環境はよかった。

たしか、あの日、ぼくらは、浜辺で寝そべったり、すこし泳いだり、また、ほとんど全裸に近いビキニ・スタイルの娘たちが通りかかると、目をみはって口笛をふいたり、笑ったりしていた。だが、もしその娘たちのうちだれかが、ぼくらの口笛にちょっとでも反応を示したりしたら、ぼくらはきっと、恥ずかしいやらおそろしいやらで、海のなかにとびこんでどんなにもぐってみても、おろおろするばかりであったに相違ない。しかし、娘たちも、たぶんぼくらの口笛のふきかたから察したのか、そんなことはせんこく承知していたことはたしかで、ぼくらは完全に無視された。陽《ひ》がおちかかるころ、ぼくらは、ぬれた海水パンツのうえにズボンをはき、海岸の遊歩道を、彼の家にかえっていった。

そして、そもそものはじめは、シャワー室でだったと思う。あの狭い湯気のたちこめた室《へや》で、ばか騒ぎをしながら、ぬれたタオルでたがいの体をつつきあっていたとき、ぼくはなにかを感じたのだった。それは、ぼくがそれ以前には経験したことがなかった感じで、神秘的であると同時にさだかなあてどもなく、彼を目のまえにして起こった感じであった。シャワーがすんで、服をきるだんになって、裸のままでいたいと心のなかで強くのぞんだことを、いまでもおぼえているが、そのとき、ぼくはそれを、暑さのせいにした。だが、ともかくも、ぼくらは服をきて、冷蔵庫から冷えたものをとりだしてたべ、ビールをたらふく飲んだ。たしか、それから映画を見にいったのだと思う。さもなければ、ぼくらが外に出かけていった理由が思いつかないが、ともかく、ぼくはジョーイの肩をだいて、暗い、酷暑のブルックリンの通りを歩いていったのをおぼえている。その夜の炎暑のはげしさは、ことのほかものすごく、舗道や家々の壁からは、こもった熱気がてりかえして、息をつくのも苦しく、まるで世界じゅうの大人《おとな》という大人はみんな、悲鳴をあげて、恥も外聞もなくしどけない格好で、戸口の階段に腰をおろし、子供たちもみんな、外の歩道に出たり、下水溝のなかに足をつっこんだり、非常階段からぶらさがったり――ともかく、暑さのために死人がでても不思議ではないほどの酷暑だった。だが、ぼくは、得意な気持になっていたように思う。ジョーイの頭が、ちょうどぼくの耳のしたにあったからだ。ぼくたちは、いっしょに歩いていきながら、彼がいろいろと卑猥《ひわい》な冗談をいっては、二人して笑っていた。奇妙なことに、たえてひさしく思いおこしてもみなかったが、あの酷暑の夜、ぼくはこのうえなく楽しく感じ、ジョーイを心からいとしく思ったのだった。

ぼくたちが通りをもどってきたとき、あたりはもう静かになっていた。ぼくたちも、黙りこんでいた。アパートにかえっても、おしだまったまま、ねむい目をこすりながら、ジョーイの寝室で服をぬいで、ベッドに入った。そして、うとうとと、ぼくはしばらく眠りにおちていたように思う。ふとめざめてみると、あかりがついていて、ジョーイがひどくつきつめたはげしさで、たんねんに枕をしらべていた。

「どうしたんだ？」

「南京虫にくわれたような気がするんだ。」

「ばかだなあ。南京虫がいるのか？」

「どうも、くわれたようなんだ。」

「これまでも、くわれたことがあるのかい？」

「ううん。」

「じゃ、早くねろよ。夢を見てるんだよ。」

　彼はぽかんと口をあけ、黒い目をいっぱいにみひらいて、じっとぼくの顔を見た。まるで、ぼくが南京虫についての専門家だということを、発見したかのような視線だった。ぼくは笑いながら、手をのばして、彼の頭をつかんだ――これまで、彼とあそんでいるときや、彼がぼくを困らせたときに、数えきれないくらいなんどもそうしたように……。しかし、このときは、ぼくの手が彼にふれたとたん、彼とぼくとの体のなかで、なにかがうごめき、ぼくら二人がこれまで知っていた感触のどれともちがうふれあいが、感じられた。そして、彼はこれまでのように、抗《あらが》うこともせず、ぼくの胸にひきよせられたままになっていた。ぼくは、ぼくの心臓がはげしく動悸《どうき》うち、ジョーイがぼくによりそって体をわななかせ、部屋のあかりが煌《こう》々として熱苦しいのを、意識した。そこでぼくは、体をうごかして、なにか冗談めいたことをいいかけたが、ジョーイがなにかぶつぶつぶやいたので、ぼくはそれを聞きとろうとして、頭をさげた。そのとき、ジョーイが顔をあげたので、偶然とはいえ、ぼくたちは唇をふれあってしまった。

　このとき、ぼくは、生まれてはじめて、他人の体、他人の体臭を、ほんとうにはっきりと知った。ぼくたちは、たがいの体を抱きあっていた。それはまるで、疲れはてて、息もたえだえの珍鳥を、偶然、奇蹟的に発見して、掌中にいだいているような感じであった。ぼくは、極度におどろきおびえていた。彼もまた、きっとそうであったろうと思う。ぼくたちは、目をとじた……

今夜、これほどまでにはっきりと、これほどまでに沈痛に、あの夜のことを想起できるということは、ぼくがこれまで、かたときとして、あの夜をほんとうには忘れていなかった証拠なのだ。ぼくはいま、あのときの、狂おしいまでの心の動乱が、かすかに、おそろしく、ぼくのなかでふたたびうごめくのを感じる。あの心の動乱は、大いなる発情のかわきであり、おののきであり、心臓も破裂するかと思われるほどの痛みをともなったやさしい情感でもあった。だが、そのおどろくべき耐えがたい痛みのなかから、よろこびが生まれ、ぼくたちはあの夜、たがいによろこびを与えあったのだ。そのとき、ぼくは、ジョーイと愛の行為をいとなむには、一生をかけても足りぬと思った。

しかし、その一生は、一夜かぎりのものだった。朝には、終わってしまっていたのだ。ぼくがめざめたとき、まだジョーイは、赤ん坊のように体をまるめ、横むきにぼくのほうにむいて、眠っていた。うっすらとひらいた口もと、紅潮した頬、枕に暗い影をおとし、汗にぬれたまるい額をなかばかくしているちぢれた髪、夏の朝陽《あさひ》にかすかにきらめく長いまつげ——まるで、あどけない赤ん坊そっくりだった。ぼくたちは二人とも裸で、掛布につかったシーツは、たがいの足にまとわりついていた。汗ばんで、褐色《かっしょく》にかがやいているジョーイの裸体、それは、ぼくがそれまで見たうちでもっとも美しい創造物であった。ぼくは、彼の体に手をふれて、彼をおこそうかと思ったが、なにか、それをおしとどめるものがあった。にわかに、ぼくはこわくなった。たぶんそれは、彼がぼくを完全に信頼しきっているようすで、無邪気な寝息をもらしていたからだろう。また、彼がぼくよりもずっと小柄だったからかもしれない。すると、ぼく自身の体が、急にぶざまなほどに大きく荒々しく思われ、ぼくの体内でむくむくと頭をもたげはじめた欲望が、とほうもなく奇異なものに思われるのだった。しかし、なにはともあれ、ぼくはにわかに、こわくなったのだ。《だがジョーイは男の子なのだ》という確信が、ぼくをおそってきたのだ。ぼくはとつぜん、彼の内ももに、彼の両うでに、彼のゆるやかに握られたこぶしに、力を見た。その体の、力と、可能性と、神秘とが、ぼくを急におそれさせた。その体が、急に、洞穴《どうけつ》のまっ暗な入口であるように思われ、ぼくはそのなかに入っていって、狂気にいたるまで苦悶《くもん》し、ぼくの男を埋没させてしまうのではないかと想像した。ありていにいえば、ぼくは、その神秘を知り、その力を実感し、その可能性をぼくを通じて成就させたいと願ったのだ。

汗が、ぼくの背中で、冷たくなっていった。ぼくは、恥ずかしかった。ベッドの甘美な乱れそのものが、邪悪なできごとを、あからさまに物語っている。ジョーイの母親が、このシーツの乱れをみたら、なんというだろうか。それからぼくは、自分の父のことを思い出した。ぼくがまだ幼いときに母が死んだので、ぼく以外にはいま、この広い世界にだれも血のつながるもののいない父……

ぼくの心に、うつろな穴がぽっかりと口をあけた。それは、なかはまっ暗で、流言や、瘋言《ふうげん》や、中途はんぱに聞いたり忘れたり理解されたりした話や、卑猥《ひわい》なことばなどが、充満しこだましている洞《どう》穴《けつ》だ。ぼくは、ぼくの未来を、その洞穴のなかに見る思いがした。こわかった。大声で叫びたい気持、恥ずかしさと恐れとで叫びだしたい気持、どうしてぼくにこんなことが起きたのか、どうしてぼくのなかにこんなことが起きえたのか、それがわからなくて叫びだしたいような気持だった。そこでぼくは、決意した。ベッドからぬけだすと、シャワーをあび、服をきて、朝食の用意をした。そのとき、ジョーイが目をさました。

　ぼくは彼に、自分の決心を語りはしなかった。そんなことをしたら、せっかくのぼくの意志もくじけてしまっただろう。ぼくは彼といっしょに朝食をとろうと待つこともせず、コーヒーをすこし飲んだだけで、家にかえらなくてはと、なにか言いわけをした。ジョーイが、そんな言いわけにだまされはしないことはわかっていたが、彼とても、それに反対したり、自分の考えに固執したりするすべを知ってはいなかったし、そういった反対や固執をしたりさえすれば、ぼくが翻意するだろうということもわからなかったのだ。

　それ以後、ぼくは、その夏のそのときまではほとんど毎日のように彼に会っていたのに、その日をさかいにして、ぱったりと彼に会いにいかなくなった。彼のほうも、ぼくに会いにこなくなった。実をいうと、もし彼がきてくれたら、ぼくは非常によろこんで彼を迎えていただろう。しかし、ぼくのあのときの別れかたが、二人のあいだに一種のこだわりをつくってしまい、それをどう打開したらいいのかが、どちらにもわからなかったのだ。その夏の終りも近いころ、いくぶん偶然にではあったが、ぼくはひさしぶりに彼に会った。そのとき、ぼくは、そのころつきあっていたひとりのガール・フレンドについて、まったくウソっぱちの話を、ながながとでっちあげて聞かせた。新学期がはじまると、わざと、荒っぽい年上の連中たちとつきあったりして、ジョーイに非常に意地わるくあたった。そして、そのようにして、彼を悲しませることが多くなればなるほど、ぼくはますます意地わるくなっていった。そのうちに、ついに、彼は近所からも学校からも、姿を消してしまい、ぼくは二度と、彼と会うことがなくなった。

おそらく、ぼくが孤独というものを感じはじめたのは、その夏のことであった。そして、ついにはこの暮れゆく窓辺にまでいたったぼくの逃避も、その夏にはじまっていたのである。しかし——ぼくらが、抜きさしならぬ決定的な瞬間、他のすべてを変貌《へんぼう》させてしまったような瞬間、への探求をはじめるとき、ぼくらは、いわば、いつわりの道標や、とつぜん閉ざされてしまうドアのたちならぶ迷路のなかを、大きな苦痛に耐えながら、しゃにむに押しすすんでいるのである。なるほど、ぼくの逃避は、あの夏に、はじまっていたのかもしれない。だが、それだからといって、あの夏に、逃避へと変わっていたジレンマの胚芽を、いずこに求めるべきかが、はっきりわかるわけではない。もちろん、それは、どこかぼくの目のまえに、夜のとばりにおおわれようとしている窓のうえの、ぼくがいまみつめているあの姿のなかに、かたく秘められているのだ。ぼくとともに、この部屋のなかに、閉じこめられているのだ。これまでずっとそうだったし、これからもずっとそうであろう。しかし、それにもかかわらず、それは、外にみえるあの異国の山々よりも、ぼくにとっては、はるかに無縁なものでもあるのだ。

先に述べたように、当時、ぼくたちはブルックリンに住んでいた。それ以前には、サンフランシスコに住んでいたこともあり、そこでぼくは生まれ、母はそこで埋葬されたのだった。また、しばらく、シアトルにもいたことがある。それから、ニューヨーク市の市外へ移ってきた。(だが、ぼくにとっては、ニューヨークという名称は、マンハッタンのことである。)後日、ぼくの一家は、ブルックリンからまた市外へもどり、ぼくがフランスにきたころには、父と、父の二度目の妻である義母とは、しだいに東に移っていって、コネティカット州にいた。もちろん、ぼくはもうずっと以前から、独立して、マンハッタンの東六十番街のとあるアパートで暮らしていた。

ぼくが成長期にあったころは、ぼくの一家は、父と、父の未婚の姉と、それにこのぼくと、三人の家族であった。母は、ぼくが五歳のとき、すでにこの世を去って野辺におくられていた。したがって、ぼくには、ほとんど、ぜんぜんといっていいくらい、母の記憶はない。それなのに、母はよくぼくの夢のなかにあらわれた。それは、おそろしい悪夢だった。うじ虫が巣くっている眼窩《がんか》のうえに、枯れはてて小枝のようにもろい髪の毛をのせた母が、必死になって、ぼくを自分の体におしつけようとするのだ。しかも、その母の体は、ひどく腐りはてて、ぶよぶよにやわらかく、ぽっかりと大きく左右に裂けて、あらがい叫ぶぼくを、生きながらにのみこんでしまおうとするのだ……

しかし、父か伯母が、ぼくの寝室にとびこんできて、いったい、なににおびえているのかときいても、ぼくは、そのおそろしい夢の話を語ろうとはしなかった。そうすることは、母を裏切ることのように思われたのだ。ぼくは、墓場の夢を見たのだと答えた。すると、父や伯母は、ぼくが墓場の夢を見るのは、母の死がぼくの心に不安と動揺をあたえているのだと断定し、ぼくが、母の死をなげき悲しんでいるのだと思ったらしかった。そして、あるいはそのとおりであったかもしれない。だが、もしそうだとしたら、ぼくはいまでも、なげき悲しんでいるのだ。

　父と伯母とは、非常におりあいが悪かった。ぼくは、二人のあいだの長い確執は、すべて、死んだ母に関係があると感じていた――もっとも、ぼくがそのように感じた根拠は、すべて本能的、直感的なものであった。いまでもよくおぼえているが、まだぼくがとても幼かったころ、サンフランシスコの家の大きな居間の、マントルピースのうえに、まるでその部屋を支配するかのように、母の写真だけがただひとつ、のっかっていた。それはちょうど、母の霊がその部屋の空気を制圧し、ぼくらすべてを統制していることを象徴しているかのようだった。その部屋にいると、ぼくはどうしてもおちついた気持になれなかった。部屋のすみずみにこもる暗い陰。安楽椅子のそばの、背のたかいフロア・スタンドからこぼれる金色の光を、一身にあびている父。父はそこでよく新聞を読んでいたが、新聞紙のかげにかくれて、ぼくに顔を見せないようにしていたので、ぼくは父の注意を自分のほうにむけさせようと躍起《やっき》になって、ときどき、わざと妨害してやろうとした。ところが、その結果は、いつもきまって、ぼくが泣きの涙で、その部屋からむりやりに連れ去られてしまうのであった。父はまた、膝にひじをつきながら、前かがみにすわって、外のまっ暗な夜をさえぎっている大きな窓のほうに、じっと目をみすえていることがあった。そんなとき、ぼくは、父は心のなかでいったいなにを考えているのだろう、といぶかったものだった。ぼくの記憶の網膜にやきついている父は、いつもグレーの袖《そで》なしのセーターをきて、タイはゆるめており、砂色の髪が、角ばった血色のいい顔のうえに垂れかかっている。彼は、すぐに笑うが、なかなか腹はたてないたちの人間だった。だから、いったん立腹したとなると、それだけにものすごく感じられ、まるで、どこか予想もしていなかった裂け目から、家をまるまる焼きおとすほどの烈火が噴出するかのようであった。

父の姉エレンは、父よりもすこし年上で、肌や毛髪はややあさ黒く、いつもごてごてと着かざって過度な化粧をし、やたらに宝石類を身につけて、ジャラジャラ音をたてたり、ぎらぎらかがやかせたりしていたが、容姿はすでにおとろえはじめていた。彼女はたいていソファにすわって、本を読んでいた。その読書量たるやたいへんなものだったが、読むものはみな新刊書ばかり、新しく出版される本を、ぜんぶ読もうとしているかのようだった。彼女はまた、ひんぱんに映画にもいっていた。そうでないときは、編みもの。彼女はいつも、危険な編針がいっぱい入った大きな袋をもっていたようだった。だが、その大きな袋のなかには、もしかしたら編針ではなくて、本が入っていたのかもしれない。あるいは、その両方だったのかもしれない。

編みものといっても、彼女がなにを編んでいたのかは知らない。もっとも、すくなくともときたまには、父かぼくのものを編んでくれていたにちがいないと思う。しかし、それがなんであったかは、おぼえていない。同様に、彼女が読んでいた本のことも、ぼくはおぼえていない。もしかしたら、ずっといつも同じ本ばかりを読んでいたのかもしれないし、スカーフにせよ、セーターにせよなんにせよ、同じひとつのものばかりを手がけていたのかもしれない。ぼくが彼女といっしょに暮らしていたあいだ、ずっとそうであったのかもしれない。

伯母と父が、トランプに興じることもあったが、それはごく稀《まれ》なことだった。ときどき、親しげな、からかうような調子で、話しあっていることもあったが、それは危険な徴候だった。二人のそのからかいあうような話のやりとりは、ほとんどきまって、けんかになるのがおちだったからである。また、ときどき、お客を家に招くようなこともしたが、しばしば、ぼくは同座することを許されて、みんながカクテルを飲んでいるのをながめることができた。そんなとき、父はこのうえなく上きげんになり、子どもっぽくあけっぴろげな態度をみせて、人ごみのなかをかきわけて歩きまわり、客の酒をついでやったり、哄笑《こうしょう》したりしながら、グラスを手に、殿方たちはみな自分の兄弟であるかのようにふるまい、ご婦人がたとはふざけあった。いや、ふざけあったというのはあたらない。ご婦人がたのまえを、まるで雄鶏のように、気どって歩いていたといったほうがいいだろう。一方、伯母のエレンは、まるで父がなにか、とんでもないことをしでかしはしないかと恐れているような目で、父と婦人たちを、たえずじっと見まもっているふうだった。しかも、他方、自分のほうは、奇妙な、神経をいらだたせるようなやりかたで、殿方たちとふざけあっているのだ。唇には、どんな血よりも赤い口紅をぬり、着ているものは、どぎつい色合のものか、体にぴったり密着しすぎているものか、あるいは若すぎるような服装で、まるで悩殺的な意図をもっているような着かざりかたなのだ。手にもったカクテルグラスは、いまにも、こっぱみじんにくだけるのではないかとあやぶまれ、ガラスにかみそりの刃をあてたような例の声が、休むことなくつづいていた。客人たちと談笑している彼女を見ていた幼いぼくには、彼女がとてもこわく思われた。

だが、その部屋でどんなことが行なわれていようと、母はじっとそれをみつめていたのだ。写真の額のなかにおさまっていた母は、あおざめたブロンドの女で、せんさいな目鼻だち、黒いひとみ、まっすぐな眉《まゆ》、神経質そうなやさしい口もと、をもっていた。しかし、顔ぜんたいのなかの目の位置や、その目がじっとなにかを凝視しているようなようす、かすかに冷笑的で心得顔の口もとのあたりは、どこかそのはりつめた虚弱そうなマスクのしたに、さまざまな様相をもったひとつの力——なにものにも屈服しないと同時に、父の激怒のようにまったく予想外のものであるために、かえって脅威的なものである力、がひそんでいることを示唆《しさ》していた。父は、めったに母のことを話さなかったが、話すときには、かならず、なにか不可解なやりかたで、顔をおおって話した。そして、母のことが父の口からでるときは、それはあくまで、ぼくの母としてだけのことだった。考えてみると、母のことを話すとき、父は、実際は、自分自身の母のことを話していたのかもしれない。

それに反して、伯母のエレンは、たびたび母のことを話題にし、母がとてもすばらしい女であったと強調したが、それを聞くたびに、ぼくは不愉快な気持になった。それほどすばらしい母親の息子《むすこ》には、ぼくはとてもなれる資格がないと感じたからだ。

後年、大人になったとき、ぼくは父に、母のことを話させようとしたことがある。だが、そのときは、エレンが死んで、父は再婚しようとしていたときだった。父は母のことを、エレンが話していたような調子で、話した。父は、母のことではなく、エレンのことを、話したのかもしれない。

ぼくが十三歳のころのある夜、父とエレンが、けんかをしたことがある。もちろん、二人がけんかをするのは、非常に頻繁なことであったが、そのときのけんかにかぎって、ぼくがかくもはっきりとおぼえているのは、たぶん、それがぼくをめぐってのことらしかったからだ。

ぼくは、二階の寝室で、眠っていた。もうかなり夜もふけたころ、ぼくはとつぜん、窓のしたの歩道をあるく父の足音で、目がさめた。その足音の調子で、父がすこし酔っていることがわかった。その瞬間、一種の失望、かつてなかった悲しみの気持、がぼくの心にわいたのを、おぼえている。父の酔態は、それまでももうなんどとなく見ていたし、そんなふうに感じたのは、かつてなかったことだった。それどころか、ぼくは、酔ったときの父に、ときどき、非常な魅力さえ感じていたものだ。しかし、その晩は、父が酔ってかえったということに、なにか軽蔑《けいべつ》すべきものがあるということを、ぼくはとつぜん感じたのだった。

父が家のなかに入ってくるのが聞こえた。すると、それとほとんど同時に、エレンの声が聞こえてきた。

「まだ、寝てなかったのかい?」と、父はきいた。つとめてきげんよさそうにしよう、もめごとはさけるようにしよう、と努力していたようだが、その声には、緊張といらだちがあるだけで、あたたかさはなかった。

「あんたってひとは」と、エレンはひややかにいった。「自分のしてることが、自分の息子《むすこ》にどんな影響をあたえているのか、ぜんぜん考えてみたことはないのねえ。だれか、ひとに教えてもらうがいいよ。」

「わしが自分の息子にどうだって?」それから、父は、なにかひどいことばをあやうく口に出ししかけたが、それをおしころして、酔っぱらってやけくそになった冷静さで、「エレン、おまえ、なにいってるんだね？」と、あきらめたようにいっただけだった。

「あんたは、あの子が大人になったら、自分のような男になればいい、と思ってるんじゃないだろうね？」と、彼女はきいた。彼女は、腕をくみ、毅然《きぜん》たる不動の姿勢で、部屋のまんなかに立ちはだかっていたにちがいない。父は答えなかった。「現にあの子はいま、大人になりかかっているところなんだよ。」それから、吐きすてるように、「そんなことは、あたしが、わざわざ、いうべきことじゃないでしょうがね」とつけくわえた。

「もう寝なさい、エレン」と、父はいった。疲れはてたような声だった。

二人が話していることが、ぼくに関係のあることである以上、ぼくは階下《した》におりていって、伯母に、父とぼくとのあいだにどんなぐあいの悪いことがあるにせよ、それはあなたの助けをかりなくとも、ぼくら二人でちゃんと解決することができます、といってやるべきではないかと思った。それに、奇妙といえば奇妙だが、ぼくは、伯母はぼくにたいして失礼だ、とも感じたらしいのだ。なぜなら、ぼくは伯母にたいして、それまで、父のことなど、一言《ひとこと》だってうんぬんしたためしはなかったのだから。

父の重々しい乱れた足音が、部屋を横ぎり、階段のほうへ近づいてくるのが聞こえた。

「ちゃんとわかっているんですからね、あんたが、どこへ行ってたかっていうことぐらい。」

「わしはただ——飲みに……」と、父はいった。「ねむくなってしょうがないんだ。もう寝させてくれよ。」

「あんたが行ってたのは、あのベアトリスという女がいるところです。あんたがいつも入りびたっている場所もあそこなら、あんたのお金がみんな消えてしまうのもあそこだし、あんたの男も体面も、みんなあそこで失われてしまってるんです。」

こんどこそ、彼女は父をとうとう怒らせてしまった。父は、激昂して、どもりはじめた。「そ、そんなことは、このわしの、プ、プライベートな問題だ！　プライベートな問題だよ。いいか、そ、そんなことで、おまえといま、こ、こんなところにつっ立って、議論なんかしたくはない。そ、そうだとも。おまえなんかなんだ、お、おまえは、頭がお、おかしいんじゃないか。」

「あたしはべつに、あんたが自分でなにをしていようと、なんとも思っちゃいませんよ。あたしが心配してるのは、あんたなんかじゃありません。ただ、デイヴィッドに示しがきく人間は、あんただけだということを、よく考えてちょうだい。あたしじゃ、だめなんです。それに、あの子には母親がいないし、あの子があたしのいうことをきくとすれば、それはただ、父親であるあんたを、よろこばせたい一心からなんです。あんたがしょっちゅう、酔っぱらって千鳥足でかえってくるのをデイヴィッドに見せて、それでいいとでも思ってるの？　じっさい、ばかもほどほどにしなさい。」それから、怒りにかすれた声で、すぐに、つけくわえた。「それに、あんたがどこへ行ってかえってくるのか、あの子が知らないとでも思ってるの？　あんたの女たちのことなんか、あの子はちゃんと知ってるんですよ。」

それは、彼女の思いちがいであった。ぼくは、父の女たちのことはなにも知らなかった。というより、考えたこともなかったのだ。だが、その晩以来、ぼくの脳裡には、彼女たちのことがたえずこびりつくようになった。どこかの女の顔を見かけると、いつも、父はこの女に（エレンの表現にしたがえば）《手を出している》のではなかろうかと、うたがうようになった。

「どうだかね」と、父はいった。「デイヴィッドは、おまえほど清潔だろうかね。」

それから、父は階段をのぼりはじめたが、そのとき沈黙というか静寂というか、急に会話がとぎれたあとのあの静けさは、ぼくにとっては、たまらなく無気味なものであった。二人は——それぞれの心のなかで——いま、どんなことを考えているのだろう、どんな顔をしているのだろう、夜があけて朝になったら、ぼくのまえで二人はいったい……

「いいかい」と、父はとつぜん、階段の中途から、ぼくをぎくりとさせるような声でいった。「わしがデイヴィッドに望んでいることは、ただひとつ、あいつが成長したら、ちゃんとした男になってもらいたいということだ。そして、その男という意味はだな、日曜学校の先生などとはちがうんだ。」

「男は、種牛と同じじゃありませんよ」と、エレンはつっけんどんにいった。「もう、やすみましょう。」

「おやすみ」と父は、しばらくして答えた。

それから、ぼくの部屋のまえを、父はよろめくような足どりで、通りすぎていった。

そのときからこのかた、少年のもつあの不思議で陰険な、おそろしいまでのはげしい一念で、ぼくは父を軽蔑《けいべつ》し、エレンを憎悪《ぞうお》した。その理由は、ことばではとても表現できないし、ぼく自身にもよくわからない。しかし、エレンがぼくについて予言したことは、すべて、的中することになった。彼女は、なにものも、またいかなる人間も、たとえ父でさえも、このぼくを抑えることができなくなるときがくるだろう、といった。そして、たしかに、そういうときがきたのである。

それは、ジョーイとのことのあとであった。ジョーイとのあの事件は、ぼくの心を動乱の深淵《しんえん》にたたきこみ、その結果、ぼくは、口をかたく閉ざした残忍な人間に変わっていった。ぼくには、あの事件を、だれとも話しあうことはできなかったし、みずからの心に認めることさえできなかった。忘れることに、けんめいになった。だが、たとえ意識のうちでは忘れていても、心の奥底では、まるでくずれゆく死体のように、おそろしく静かに、その爪あとはいつまでも消えなかった。そして、ぼくの心のなかは、そのために変質し、汚濁し、悪臭を放ちはじめるようになった。まもなく、夜ふけてから酔いしれて帰宅するのは、父ではなくぼくになり、エレンがぼくを待って起きているようになり、エレンとぼくとが、くる夜もくる夜も、口論するようになった。

父は、ぼくのそのような変りかたにたいして、成長していく過程のうえで、一度はかならず通らなければならないはしかのようなものだという態度をとり、事態をなるべく軽視しようとよそおっていた。しかし、その瓢《ひょう》々として、男の気持は男だけにしかわからないのだというような態度は、あくまで表面だけのものであり、心の底では、実は父はとほうにくれ、おそれていたのだった。おそらく、かつては父も、ぼくが成長していくにつれて、ぼくたち父子《おやこ》の関係はずっとうまくいくようになるだろう、と予想していたのだ。ところが、その予想に反して、いま彼がぼくに近づこうとすれば、ぼくは必死になって、それから逃げだそうとしていたのである。ぼくは父に、自分のことを知ってもらいたくなかったのだ。父だけではない。だれにも、知ってはもらいたくなかったのである。そしてさらに、ぼくはそのころ、子供がかならず一度は年上の人間にたいしてやること――すなわち、年上のものにたいする批判、を父にたいして行ないはじめていた。そして、父にたいするぼくの批判の苛烈《かれつ》さは、ぼくの胸をかきむしったが、同時にそれは、かつてはぼくも父を心から愛していたということ、しかしいまは、その愛も、ぼくの純真さとともに、消えうせようとしていること、を啓示してくれた――もっとも、当時は、たとえ口がさけても、そんなことを口にだしていうことはできなかったが。

かわいそうに、父は困惑し、恐れていた。父には、ぼくら父子のあいだに、なにか容易ならぬ困った事態がおこりえようなどとは、とても信じられなかったのである。そして、その理由は、たんに、そういった事態にたいして、どのような解決をはかったらいいのかということが、当時の父にはおよそわからなかっただろうということばかりではなく、主として、自分がなにかもっとも重要なことをどこかに、なおざりにしてきたという認識に、父自身が直面する必要があったのに、それができなかったからである。そして、ぼくたちはどちらも、そのきわめて重大な手ぬかりが、いったいなんであるのか、さっぱり見当がつかなかったためと、一方、エレンにたいして暗黙の共同戦線を構成しておく必要があったために、ぼくたち二人は、たがいに気さくにふるまうことによって、それを共通の避難場所にしていたのである。わたしたちは、まるで父子《おやこ》のようではなく、心をゆるしあった友だちのようだ、と父はときどき誇らしげにいっていた。そして実際に、ときどき、そう信じこんでいるようでもあった。だが、ぼくはちがう。ぼくは、父の親友ではなく、あくまで父の息子《むすこ》でありたかったのだ。

ぼくたちのあいだの、父子としてではなく、男性同士の率直さを中心としての交流は、ぼくを困憊《こんぱい》させ、ぼくの胆《きも》をつぶさせた。父親というものは、その息子たちのまえで、あまりにもあけすけにふるまうことは、避けるべきである。ぼくは、父の肉体がぼくのと同じように、罪ぶかいものだということを、知りたくはなかった——ともかく、父自身の口から、それを聞きたくはなかった。そのことを知れば、もはや自分は父の息子——あるいは親友——だという実感は完全になくなり、のぞき屋、それも、びくびくおびえているのぞき屋、になりさがってしまったような感じになるだけなのだ。父は、ぼくたち二人は、似たもの同士だと思っていた。だが、ぼくは、そうは思いたくなかった。ぼくの人生が、将来、父のと同じようになるだろうとか、ぼくの精神が、父のように薄弱で、硬い芯《しん》も鋭角的な面も欠けたものになるだろうとか、そんなことはぜったいに考えたくなかった。父は、二人のあいだにへだたりがないことを欲し、自分をぼくと同じような人間だと思われたがっていた。だが、ぼくは、父と子とのあいだにへだたりがあることが、むしろおくゆかしくありがたいことだと考え、それがあれば、ぼくも父を愛することができていただろうと思った。

ある夜のこと、酒に酔って、市外のパーティからの帰途、何人かの連中をのせて、ぼくが運転していた車が、激突事故を起こした。それは完全に、ぼくの過失だった。実は、ぼくはもうそのとき、足もともおぼつかないほど酔っていたし、運転どころではなかったのだ。ところが、他の連中は、そのことを知ってはいなかった。というのも、ぼくという人間は、実際にはもう酔いつぶれた状態にあっても、まるで素面《しらふ》のような顔で、口も達者であることができる男だからだ。まっすぐで平坦なハイウエーを走っていたとき、ぼくの反射神経になにか異様なことがたてつづけに起こったと思ったら、とつぜん、車はぼくの手におえなくなってしまった。そして、墨をながしたようなまっ暗闇《くらやみ》のなかから、一本の電柱が、白く泡だちながら、つんざくような叫びをあげて、ぼくにむかっておそいかかってきた……。悲鳴、ついで、はげしくすさまじい轟音《ごうおん》。とたんに、なにもかもが、一面の真紅にかわり、それから、白昼のようにまぶしい閃光《せんこう》がひらめいたと思ったら、つぎの瞬間には、これまで経験したこともないような暗闇のなかにひきずりこまれていった。

ぼくが意識を回復しはじめたのは、病院に運ばれていく途中であったにちがいない。おぼろげにも、ひとつの気配や声が聞こえたのをおぼえている。しかし、それらはすべて、はるかかなたでのことで、自分にはぜんぜん無関係のことのように思われた。それから、後刻、ふたたび目がさめたときには、冬のまっただなかにとじこめられているのではないかと思った。たかく白い天井、白い壁、氷のようにきびしく冷たい窓――それらが、ぼくのうえにおおいかぶさっているように見えた。ぼくは、体《からだ》を起こそうとしたにちがいない。頭のなかでなにかものすごくおそろしい音がし、それから、胸になにか重いものがおしつけられるように感じ、巨大なひとつの顔がぼくのうえにかぶさってきたのを、おぼえている。そして、その重いもの、その顔が、起きあがろうとするぼくの体をまた下へ抑えつけようとしたとき、ぼくは悲鳴をあげて、母をもとめた。それからふたたび、暗闇のなかにかえっていった。

やっと、完全に意識をとりもどしたとき、父が枕もとに立っていた。ぼくは、父の顔を見るまえから——ぼくの目の焦点がしだいに定まって、注意ぶかくそっと顔をそちらのほうにむけるまえから、父がそこにいることは知っていた。ぼくがめざめたのを見ると、父はそっとベッドに近づいてきて、動いてはいけないというジェスチャーをした。父は、ひどく老《ふ》けて見えた。ぼくは、声をあげて泣きたかった。しばらく、ぼくたちは、たがいの顔をみつめあったままでいた。

「どうだい、気分は?」と、父がやっとささやくような声できいた。

自分がいま苦痛につつまれていることを悟ったのは、ぼくがそれに答えて口をひらこうとしたときだった。そのとたんに、ぼくはおそろしくなった。そのぼくのおびえを、父はぼくの目に読みとったにちがいない。父はひくい声のなかに、苦痛にみちた、信じがたいほどのはげしさをこめて、

「だいじょうぶだよ、デイヴィッド。心配するな。すぐによくなるからな」

といった。

依然として、ぼくはなにもいうことができなかった。ただ、じっと父の顔をみつめているだけだった。

「おまえたちは、みんな、すごく運がよかったんだよ」と父は、微笑をうかべようとつとめながら、いった。「いちばんひどくやられたのが、おまえだった。」

「ぼく、酔ってたんです。」ようやく、ぼくは口をひらいた。なにもかも、父に話してしまいたかっ

た。しかし、口をきくことは、たまらないほどの苦痛だった。

「もうすこしは、考えてくれてもよかったんだがね」と父は、これ以上の困惑はない、といったようすでいった——なぜなら、こういうことだったら、父も自分で困惑することができたからだ——「酔っぱらっているときに、あんなに車をぶっとばすなんて、およそむちゃだよ。おまえも、そんなにばかじゃないはずだが」ときびしくいって、口をすぼめた。「もし運がわるかったら、全員、即死だったかもしれんのだ。」父の声は、ふるえていた。

「すみません。」ぼくは、急に、そういった。「申しわけありません。」それでいて、なにが申しわけないのかを、どう表現したらいいのかはわからなかった。

「あやまることはない。このつぎから、気をつけてくれればいいんだ。」

父は、さきほどから、両の手のひらのあいだで、ハンカチをもてあそんでいたが、こんどは、そのハンカチをひろげて、手をのばし、ぼくの額をぬぐった。そして、心痛のこもったはにかみ笑いをうかべながら、

「おまえは、わしのすべてだからな。気をつけてくれよ」

といった。

「おとうさん」といったまま、ぼくは泣きだした。ものをいうことが、たまらないほどの苦痛であったとしたら、泣くことは、それよりもさらに苦しいことであった。だが、泣くのをとめることはできなかった。

すると、父の表情が変化した。おそろしく老《ふ》けたようになったかと思うと、同時に、まったく、どうしようもないほど、若やいでも見えた。それを見て、ぼくは、はげしい衝撃のようなおどろきを感じたのを、おぼえている。ぼくの内部にわきおこっていた台風の中心部のしずかな冷たい目に、父がそれまで苦しんでいたことが、そしていまなお苦しんでいることが、見てとれたからだ。

「泣くな」と、父はいった。「泣くなよ。」

まるで、なにか傷をいやす魔力がそこにひそんでいるかのように、父は、さきほどのたわいもないハンカチで、ぼくの額をなでた。

「泣くことなんか、なにもありはしない。万事、うまくいくよ。」父自身も、ほとんど泣かんばかりであった。「べつになにも、困ったことはなかろうが、ええ？　わしがなにか、おまえを困らせるようなことでもしたか？」そういいながら、父は、あのハンカチで、ぼくの顔をなぜまわしつづけていたので、ぼくは息がつまりそうだった。

「ぼくたち、酔っぱらってたんです」と、ぼくはいった。「酔ってたんです。」そういえば、どうにか、万事の説明がつくような気がしたのだ。

「エレンおばさんはな、このわしが悪いというんだ。わしの育てかたが、まちがっておったというんだ。」父は――ありがたいことに――あのハンカチをのけてくれた。そして、力なく、肩をはった。「おまえ、なにかわしに、反感をもっているんじゃあるまいな、どうだ？　もし、いいたいことがあるんなら、なんでも遠慮せずにいってみろよ。」

ぼくの涙は、かわきはじめた、顔のうえでも、また心のなかでも。「ないよ。なんにも、なんにもありはしないよ、ほんとに。」

「わしは、できるかぎりのことはした。ほんとうに、できるだけのことはしたつもりだ。」ぼくは、父の顔を見た。すると、やっと、父はうれしそうに笑った。「まだしばらくは、ねていることになるだろうが、退院できるようになったら、家で保養しているあいだに、おまえと二人で、ゆっくり話しあってみようじゃないか、ええ？　そして、おまえが立ち直ってから先のことを、どういうふうにもっていったらいいか、よく考えてみることにしよう、いいな？」

「いいよ」と、ぼくは答えた。

なぜなら、心の底では、ぼくたちはこれまで一度たりともゆっくり話しあったことはなかったし、また、これからもそんなことはけっしてしないだろう、ということが、ぼくにはわかっていたからである。父はそのことに気づいていないにちがいない、ということもわかっていた。退院して家にかえると、父はぼくと、ぼくの将来のことについて話しはしたが、しかし、ぼくの心はすでにきまっていた。大学にいくつもりもなかったし、父とエレンといっしょに、あの家で暮らしつづける気持もなかった。そこでぼくは、策略をめぐらして、父にたいする懐柔工作をはじめたが、それがとんとん拍子《ひょうし》にうまくはこんで、その結果、父は心から、ぼくがなにかの仕事をみつけて独立することは、まさしく自分の勧告の成果であり、自分の教育方法がまちがっていなかったことを立証するものであると、信じはじめるようになったのである。そして、ひとたび家を出てしまえば、もちろん、父を御《ぎょ》することはずっとたやすくなったし、父が、ぼくの生活から閉めだされているなどと思う根拠も、まったくなかった。なぜなら、話がそういうことにおよぶと、ぼくはいつでも、父が聞きたがるようなことを、話してやることができたからだ。かくして、ぼくたちのあいだは、ほんとうに、しごく順調にすすんだ。なんとなれば、ぼくが自分の人生について父に描いてみせたヴィジョンは、まさしく、ぼく自身が必死になって信じる必要があるヴィジョンでもあったからである。

なぜなら、ぼくは、自分の意志の力や、ある決意をしたらそれをあくまで遂行することのできる自分の能力を、誇りに思うような人間のひとりなのである——いや、かつてはそうであった、といったほうがいいだろう。ところで、そのような資質は、たいていの資質がそうであるように、実はあいまいそのものなのである。自分は強力な意志にめぐまれており、自分の運命は自分で支配することができると信じている人間は、自己欺瞞《ぎまん》の専門家になることによってのみ、その信念を維持しつづけることができるのだ。かれらの決意は、ほんとうは、決意でもなんでもなく——(真の決意というものは、ひとを謙虚にするものであり、そういう人は、なにか決意をしても、その決意は、数えきれないほど多くのものに、左右され支配されるものであることを、ちゃんと知っているものだ)——巧妙に仕組まれた逃避や幻影であり、自分たちとこの世界を、あるがままの姿とはちがったものにみせかけようと、もくろまれたものなのである。

むかし、ジョーイのベッドのうえで、ぼくが決意したことがいきついたところは、まさにそれであった。あのときぼくは、世界じゅうのなにものにも、自分を辱《はずか》しめおびえさせるものの存在する余地を、あたえまい、と決意したのだった。そして、それは、非常にうまくいき、成功した——世界のなにものにも目をくれず、自分自身をもみつめず、事実上たえまなく動いていることによって。だが、もちろん、たえまなく動いているといっても、ときには、不可思議な停滞、エア・ポケットにぶつかった飛行機のような動きのとれない急下降、を避けることはできない。それに、この世界には、すっかり酔いしれた卑劣な奴らがうようよしており、陸軍に入隊していたとき、ぼくは、ひとつの非常におそろしいそのような急下降を、実際に経験したことがあった。あの事件は、ひとりの、同性愛を演じる男《フェアリィ》にかかわりのある事件で、その男はのちに軍法会議にかけられて罰せられたが、彼の刑罰がぼくにあたえた恐怖は甚大で、他人の目をくもらせているのをときどき見かけるあの恐怖が、もはや他人事ではなく、ぼく自身が直面しなければならないもののように思われた。

その結果、ぼくは、つぎのような倦怠《けんたい》がなにを意味するのかはまったく無意識に、動くことに倦《う》み、よろこびのうせたアルコールの海に倦み、ぶっきらぼうであけすけで暖かくはあっても完全に無意味な友人関係に倦み、やけになった女たちの森のなかをさまようことに倦み、残忍なほどに文字どおりの意味だけではぼくに食をあたえついた仕事に倦んだ。たぶん、ぼくは、アメリカでわれわれがよくいうように、《自己を発見したい》と思ったのだろう。この表現は、なかなか興味ぶかいもので、ぼくの知るかぎりでは、他のどの国民の言語にも行なわれていないものである。なぜなら、この表現の意味するところは、文字どおりのものでないことはたしかで、どこかが狂っているのではないかという執拗《しつよう》な疑念を、暴露《ばくろ》しているからである。いまにして思えば、ぼくが発見しようと望んでいた自己が、けっきょくは、あんなにも多くの時間をかけて逃避していたのと同じ自己にすぎないのだということを、いささかでも予見していたならば、ぼくは、アメリカにふみとどまっていたことであろう。だが、一方、ぼくがフランス行きの船に乗船したときには、心の奥底では、自分がなにをしようとしているのかが、はっきりわかっていたと思う。

2

ぼくがジョヴァンニにはじめて会ったのは、ぼくがパリにきた翌年の、ちょうど文無《もんな》しになっていたときだった。その日の朝、ぼくはぼくの部屋から追いだされていた。そんなに多額の滞納ではなく、たかだか六千フランくらいのものだったが、パリの宿の管理人たちは、客のふところぐあいをかぎわけるとくべつ鋭敏な鼻をもっており、変な臭いをかぎだすとだれでもがするように、彼らは、あやしい臭いをはなつものはみんなそとにほうりだしてしまうのだ。

父はぼくの金を、自分の預金に入れてもっていたのだが、それをなかなか送金してくれようとはしなかった。ぼくをアメリカへ呼びもどしたかったのだ。故郷《くに》にかえって、はやく身をかためてくれ、と父はたびたびいってよこした。だが、そういわれるたびに、ぼくは、よどんだ池の底に沈んでいる腐った澱《おり》を連想してしまうのであった。そのころ、パリでのぼくの知人の数は、そんなに多くはなかったし、ヘラはスペインにいっていた。ぼくがパリで知っていた人たちのほとんどは、パリ人たちがときおり用いる表現をつかえば、いわゆる《特殊社会《ル・ミリュー》》に属する人たちで、その《社会》は、ぼくをもその仲間にひきいれようと、しきりにはたらきかけてきたが、ぼくは、彼らにたいしても、またぼく自身にたいしても、彼らと同類ではないことを立証してやろうと、躍起《やっき》になっていた。そのためにぼくはわざと彼らと大いにまじわり、彼らの全部に、容認の態度を表明するようにしていた。そうすることによって、ぼくは、彼らとは明確な一線を画した位置にいることができると信じていたのだ。

もちろん、ぼくはアメリカの友人たちにも、送金を依頼する手紙を何通か書いてはいた。しかし、大西洋という海原は、あまりにも広大で深く、金はけっして、はるばる海をわたって急いでこちらにやってこようとはしないのである。

そこでぼくは、遊歩道《ブールヴァール》のとある喫茶店《カフェ》で、なまぬるいコーヒーをのみながら、知人たちの住所録をめくってみた。そして、ひとりの前からの知合いに白羽の矢をたて、その男に電話をかけてみようと決心した。その男は、年配のベルギー生れのアメリカ人実業家で、ジャックといい、ぼくにいつも声をかけてくれといっていた。ぜいたくなアパートに住み、飲むものも、金のほうも、ずいぶんもっている男だった。予期したとおり、彼はぼくからの電話におどろいたようだったが、そのおどろきの魔力が色あせて、けげんな気持が首をもたげるまえに、彼はぼくを夕食にさそってくれた。もしかしたら、電話をきったとたんに、彼は自分の軽率さを責め、札入れのほうに手を伸ばしていたかもしれないが、それはもうおそすぎた。

ジャックは、けっしてそんなに悪い男ではない。愚かな人間で、臆病者かもしれないが、そんなことをいえば、たいていの人間は、そのいずれかであり、大多数のものが、その両方なのである。ぼくは彼という男が、ある意味では、すきだった。彼は、愚かではあるが、同時に、非常に孤独な男でもあったのだ。ともかく、現在のぼくには、彼にいだいていた軽蔑《けいべつ》の念のうちに、ぼく自身にたいする自己嫌悪《けんお》の気持もふくまれていたことが、よくわかるのである。

信じられないくらい気前がよく金ばれがいいときもあれば、逆に、顔をそむけたくなるほどけちくさく金惜しみをする——彼はそんな男だった。みんなを信頼したいというつよい願望をもちながら、だれひとりとして信頼することができない。その埋めあわせとして、彼は金を湯水のようにつかって、みんなに大《おお》ばんぶるまいをする。その結果は、必然的に、みずからが傷ついてしまうばかりであった。すると彼は、こんどは財布《さいふ》のひもをしめてしまい、部屋のドアに錠をかけて、強烈な自己憐憫《れんびん》のなかにひきこもってしまうのである。その自己憐憫こそは、おそらく、彼という人間の本質の、唯一にして全部のものであった。大きなアパートに住み、善意の約束を人びとにあたえ、ウイスキー、麻薬《マリファナ》、乱痴気さわぎにあけくれている彼——彼こそが、ジョヴァンニを死に追いやった人物であると、ぼくはながらく考えていた。そして、事実そのとおりであったろう。だが、彼、ジャックの手は、ぼくの手よりも血によごれていないことはたしかだ。

ジョヴァンニが死刑の宣告をうけた直後、実はぼくはジャックに会った。彼は、とある喫茶店《カフェ》のテラスで、大きな外套にくるまって、熱酒《ヴァン・ショ》を飲んでいた。テラスの客は、彼ひとりであった。通りかかったぼくを、彼は呼びとめた。

憔悴《しょうすい》した顔にはしみがめだち、眼鏡の奥の目は、回復の曙光をもとめてきょろきょろあたりを見まわしている瀕死の男の目のようであった。

ぼくが彼のそばにすわると、彼はささやくような声でいった。

「きみ、ジョヴァンニのことを、聞いただろう?」

ぼくはうなずいた。冬の太陽が明るくかがやいていたが、それはまるで遠く隔絶された世界のもののように、ぼくには冷たかった。

「おそろしい、おそろしい、おそろしいことだ」と、ジャックはうめいた。

「ええ」と、ぼくはいった。それ以上は、なにもいうことができなかった。

「なぜ、彼はあんなことをしたんだろう? どうして、あんなことをするまえに、友人たちに援助をもとめなかったんだろう?」そういって、ジャックはぼくの顔をみつめた。ぼくたちはどちらも、このまえジョヴァンニがジャックに金の援助をもとめたとき、ジャックは、それを拒絶したということを、知っていたのだ。ぼくは黙りつづけていた。「ひとの話だと、彼はアヘンを常用しはじめていた、そのために金に困っていた、というんだが、きみは、その話を聞いていたか?」

ぼくは聞いていた。それは、新聞に報ぜられた推測的なニュースだったが、しかし、それを真実だと信じるだけの理由を、ぼくはいくつかもっていた。ジョヴァンニのあの絶望のはげしさを、また、ひとつの真空な空虚《うつろ》だけしかあとにのこらないほど深刻であったあの恐怖が彼をどこまで追いつめていったかを、ぼくは如実《にょじつ》に知っていたのだ。「ぼ、ぼくは、逃げたい、逃げだしたい——このよごれた世界から、このよごれた体から。ぼくは、もう二度とふたたび、愛したくない、体よりほかのものは」と、彼はぼくに訴えたことがあった。

ジャックは、ぼくの返事を待っていたが、ぼくは、表の通りを凝視しながら、死んでゆくジョヴァンニのことを考えはじめていた――

ジョヴァンニが存在した場所、そこには、もはや永久に、なにも存在しなくなってしまうのだ……

「わたしのために、あんなことになったとは思いたくない。」ジャックはやっと口をひらいた。「なるほど、わたしは彼の申し出をことわって、金をやらなかった。だが、もし事情を知っていたら――わたしは、わたしのもっているものをぜんぶ、彼にやっていただろう。」

しかし、それが嘘《うそ》だということは、ぼくも、ジャック自身も、知っていたのだ。

「きみたち二人、いっしょに暮らしていて、幸福だったんじゃないの？」と、ジャックはきいた。

「いいえ」と、ぼくはいって、立ちあがった。「彼は、イタリーの故郷の村にふみとどまって、オリーブの木を栽培したりしながら、たくさんの子供をかかえて、夫婦げんかでもして奥さんをなぐりつけていたほうが、ずっとよかったのかもしれません。彼は歌をうたうのが、とてもすきな男でした。」

――ぼくはとつぜん思いだしていた――「ですから、故郷の村にふみとどまって、一生涯をうたって暮らし、ベッドのうえでおだやかに死ぬことが、もしかしたら、できていたかもしれません。」

するとジャックは、ぼくをぎくりとおどろかせるようなことをいった。心をゆさぶられて興奮してくると、人はまったく意外なことを、自分自身にとってさえ意外なことを、口にだしていうようになるものだ。「だれだって、エデンの園に、いつまでもとどまっていることはできない」と、ジャックはいった。そして、それから、ぽつりと――

「いったい、どうしてなんだろう？」

と疑問をなげかけてきた。

ぼくは黙っていた。別れのあいさつをのべて、ぼくは立ち去った。ヘラはスペインからずっとまえにかえってきており、ぼくたちはすでに、この屋敷を借りる手配をはじめていて、その日、彼女と会う約束をしていたのだった。

それ以来、ぼくはジャックの疑問について考えつづけてきた。その疑問は、陳腐なものだが、しかし、生きる、ということについてのもっとも本質的な問題のひとつは、生きるということ自体が非常に陳腐なことだ、ということである。なんだかんだといっても、けっきょく、人はみなだれでも、同じ暗い道を歩いていく――そしてその道は、どういうものか、いちばん明るいと思われるようなときに、いちばん暗かったり、あてにならなかったりすることが多い。だれひとり、エデンの園にとどまっているものはいない、ということは事実だ。もちろん、ジャックのエデンは、ジョヴァンニのエデンと同じではなかった。ジャックのエデンには、フットボールの選手のようなたくましいおとこたちがあふれ、ジョヴァンニのエデンには、乙女のような稚児たちがたむろしていた――だが、そのことは、いずれにしてもたいした差異ではなかったように思われる。おそらく、すべてのひとは、それぞれ、自分のエデンの園をもっているのではないだろうか。ただ、炎《ほのお》の剣《つるぎ》（神がアダムをエデンの国から追放したあと、生命（いのち）の木の道を守るために、エデンの国の東においた剣）を見るまでは、自分のエデンに気がつくことはほとんどないのだ。そして、その炎の剣を見てしまうと、おそらく、人生は、それぞれのエデンの園を思いだすか、あるいは忘れさるか、そのいずれかを選択するようにと迫るだけである。思いだすか、あるいは忘れさるか、そのいずれか

——思いだすには強さを必要とし、忘れさるにも別種の強さが要求され、その両者をなしとげるためには英雄でなければならない。思いだす人たちは、かぎりなく繰りかえされる純潔の喪失という苦痛によって狂気をまねき、忘れさる人びとは、苦痛の拒否と純白への憎悪《ぞうお》という別種の狂気をまねく。思うに、この世界は、思いだす狂人たちと、忘れさる狂人たちと、その両者がひしめきあっているのだ。英雄というのは、ほとんどいない。

かねてからジャックは、自分のアパートでは夕食をとりたがらなかった。料理人が逃げてしまったからだ。彼はいつも、料理人に逃げられていた。どんな巧妙な方法によってだか知らないが、彼はつぎからつぎへと、田舎《いなか》そだちの若い男をパリに呼びよせては、料理人として住みこませていたが、彼らは、首都の案内がすこしでもわかるようになると、もちろんすぐに、料理人などというのは最低だときめこんでしまう。そしてジャックのところから逃げだして、けっきょくは、田舎にかえっていったり、さもなければ、都会の野良犬《のら》になったり、刑務所に入ったり、インドシナに流れていったりするのであった。

ジャックに夕食にさそわれたぼくは、グルネル街のあるこぎれいなレストランで、彼に会い、アペリティフもまだ終わらないうちに、彼から一万フランの金を借りる話をつけることができた。彼はなかなかの上きげんだったし、ぼくだって、もちろん、悪い気分ではなかった。だから、食事のあとで、ジャックのいきつけのバーへ飲みにいったのは、事のなりゆきとして当然のことであった。そのバーというのは、騒々しく人いきれでむんむんしている穴ぐらのようなところで、照明はうすぐらく、いかがわしいというよりはむしろ、すでにあまりにもきわだった――噂《うわさ》の店であった。ときおり、警察の手入れをうけていたが、それはあきらかに、経営者のパパさんギヨームとの馴《な》れ合いによるものらしく、ギヨームは手入れの晩には、かならず、常連客のうちで身分証明書を携行していないものは、店に近づかないようにと警告しているのであった。

　その夜、そのバーはいつもよりもずっと、こんで騒々しかったことを、ぼくはよくおぼえている。常連たちはぜんぶ顔を見せており、他に、多くの見知らぬ客たちが、ものめずらしそうにみつめたり、呆然《ぼうぜん》と目をみはったりしていた。三、四人の非常に粋《いき》なようすのパリ女が、ひもか恋人か、あるいはたんに田舎《いなか》者の親類の男か、ともかくえたいの知れない男たちをひきつれて、ひとつのテーブルを占領していた。飲んでいるのはもっぱら女たちらしく、彼女たちの気勢が大いにあがっているのにくらべ、男たちはむしろかたくなっているようすだった。

　腹がでっぱり眼鏡をかけている常連の紳士たち。その眼鏡の奥には、貪欲《どんよく》な、ときには渇望にもえた、まなざしが走っていた。刀のように細身の体にタイトのズボンをはいた、いつもの青年たち。この青年たちがもとめているものが、はたして、金銭なのか肉欲なのか愛なのか、だれにもたしかなことはわからない。彼らは、おそろしく傷つきやすいと同時におそろしく冷酷な光を、それぞれの目の奥にひそませながら、タバコや酒をねだって、たえまなくバーのなかを動きまわっていた。彼らは、もちろん、《ゲイ・ボーイ》たちで、いつでも、およそ常識では考えられないような服装をし、おうむのような金切り声をあげて、最近の自分たちの情事の詳細を語りあっている。彼らの情事は、つねに、快活で陽気なもののようであった。ときおり、夜もすっかり更《ふ》けたころ、ひとりのゲイ・ボーイがそとからまいこんできて、彼――彼らのあいだでは、彼ではなく彼女と呼びあうことになっているのだが――がいま、さる有名な映画スターかボクサーと、あそんできた話を、誇らしげに語りはじめる。すると、他のゲイ・ボーイたちは、どっとこの新来者のまわりにより集まってきて、そこにたちまち、くじゃくの園のようなはなやかさと、蜂の巣をつついたようなかしましさがわきおこる。ぼくには、彼らがだれかと寝た、というようなことがどうしても信じられない。女を欲する男は、相手があくまでほんとうの女であることを望むだろうし、男を欲する男でも、けっして、彼らのうちのひとりを相手にあそぼうとは思わないだろう。だが、もしかしたら、それだからこそ、あんなにかんだかい金切り声をだすのかもしれない。

昼間はずっと、郵便局に勤務しているという青年がいた。彼は、夜になると、化粧をし、イヤリングをつけ、ブロンドの髪を重苦しくもりあげて、このバーにやってきた。ときには、実際にスカートをまとい、ハイヒールの靴をはいていたりした。彼はたいてい、ギヨームが近づいていってからかったりしないかぎり、いつもみんなから離れてひとりで立っていた。みんなは、彼のことをとてもいい子だといっていた。しかしぼくは、彼の完全にグロテスクな姿に、いたたまれないような気味の悪さを感じた。みずからの排泄物《はいせつぶつ》をたべている猿の姿を見て、ある人びとは、むかつくような気味の悪さを感じるだろう。猿が――あんなグロテスクに――人間に似ていなければ、いっこうに平気でながめていられるだろうが。

このバーは、事実上、ぼくが居住していた地区にあり、ぼくはたびたび、その近所の労働者たちの喫茶店《カフェ》で、朝食をとっていた。その喫茶店はまた、あちこちの酒場が閉店したあと、近隣の夜の住人たちがやってきては、とぐろをまいているところでもあった。そこで朝食をとるとき、ヘラといっしょであることも、ときどきあったし、ぼくひとりのときもあった。そしてこのバーにも、ぼくはそれまで二度か三度か、きたことがあった。一度、ぐでんぐでんに酔っぱらってきたとき、どこかの兵士とみんなのまえでそうとう派手ないちゃつきかたをしたらしく、少々不面目な物議をかもしたことがある。だが、さいわいなことに、その夜に関してのぼくの記憶は、非常にあいまいなので、ぼくは、たとえどんなに酔っていたにしろ、自分がそんなことをしでかしたわけがない、という態度を持していた。しかし、おかげでぼくの顔はみんなに知れわたり、みんなが、ぼくのことで、いろいろと噂《うわさ》しあっているような気がしてならなかった。というより、みんながどこかの不可思議で厳粛な聖職者たちであって、彼らは、彼らにしか読みとることのできないぼくの一挙手一投足から、ぼくがまがうことない素質の持主であるかどうかを発見するために、ぼくに監視の目をそそいでいるような感じがしてならなかった、といったほうがいいかもしれない。

みんなのあいだをかきわけてカウンターに近づいていったとき――それはまるで、磁場のなかに引きよせられていくか、台風の目に近づいていくような感じだったが――ジャックも、そしてぼくも、新しいバーテンの存在に気づいていた。そのバーテンは、片ひじをレジにもたせかけ、指さきであごをもてあそびながら、黒獅子のように傲然《ごうぜん》とつっ立って、むらがる客たちを見わたしていた。まるで、彼のいるところが岬で、われわれは海であった。

　ジャックは、即座に、彼に惹《ひ》きつけられていた。そして、いわば、征服への準備をいそいでいるのが、ぼくにはわかった。ぼくは容認の態度の必要を感じた。

「あなたはきっと、あの新しいバーテンと、ゆっくり話でもしてみたいんじゃありませんか。ぼくが消えたほうがいいのなら、いつでもすぐに消えますよ」と、ぼくはいってやった。

　ぼくのこの容認の態度には、十分すぎるほどの、悪意のこもった知識の裏づけがあったのだ。金を借りるために、彼に電話をかけたのも、それを利用したのだった。ぼくには、そのバーテンをみんなのまえで征服したいというジャックの願望がかなえられるのは、そのバーテンが事実上、いま売りに出されているばあいにかぎられるということ、そしてもしそのバーテンがあの傲然たる態度で競売台のうえにたったとすれば、ジャックなどよりもずっと裕福で魅力的な入札者がきっとあらわれるにちがいないということ、がよくわかっていたのだ。ジャックがそのことを意識しているということを、ぼくは知っていたのだ。まだほかにもぼくが知っていることがあった。それは、ジャックのぼくにたいする誇らしげな好意のなかに、実は、ぼくをくいたいという欲情が秘められているということだ。ぼくをくって、できるだけ早く、ぼくを軽蔑《けいべつ》できるようになりたいというのだ——愛情もなく、彼のベッドに体を投げかけてきたあの多くのゲイ・ボーイたちを、彼がいまは軽蔑しているように。その欲情にたいして、ぼくは、ジャックとぼくは友人であるとよそおうことによって——屈辱の代償にジャックにそのよそおいを強制することによって、あくまで抵抗し屈しなかった。彼のひかりかがやくきびしいまなざしのなかに、欲情が折あらば鎌首をもたげようとしているのをぼくは見て、それを利用しながらも、表面的には見えないふりをよそおっていた。ぼくは彼に、わざとあらっぽい男性的な率直さをもちいて、その欲情の充足が絶望的であるということをそれとなく示唆《しさ》していたのだが、そうすることによって、ぼくは彼に、果てしのない希望を強《し》いていたことにもなる。

そして最後に、もうひとつ、ぼくが知っていることがあった。それは、こんな種類のバーにおいては、ぼくはジャックを擁護する役わりを演じているということだ。ジャックのそばにぼくがいるかぎり、だれがみても、ジャックは友人であるぼくとつれだってここへあそびにきているだけのことで、漁色のいらだちにかられてここにきたのではないように見えるし、彼自身もそのように信じこむことができたのだ。どんな倒錯的な冒険家が、偶然の機会か、残酷なめぐりあわせか、あるいは、現実的かつ情緒的な不満の法則によって、彼の眼前にあらわれたとしても、彼はそのものの恣意《しい》的な支配をうけるものではないことを、ぼくが彼のそばに擁護者としていることによって、証明することができたのだ。

「いや、きみは、わたしといっしょに、ここにいてくれたまえ」と、ジャックはいった。「きみと話をしながら、ときどき、彼のほうを見ることにしよう。そうすれば、金はつかわないですむし——それに、それでけっこう楽しむこともできるだろうから。」

「ギヨームのおやじ、いったい、どこから彼をつれてきたんでしょうかね?」

と、ぼくはいった。なぜなら、そのバーテンこそは、ギヨームがつねづね理想のタイプとして夢想していた種類の男に、あまりにもそのイメージがぴったり合っているので、ギヨームがみずから、彼を捜しだしてきたとはとても考えられなかったのである。

「なにをめしあがりますか?」と、彼がぼくたちに声をかけてきた。その声の調子から察すると、彼は英語は話さないが、ぼくたちが彼のことを話していたことは知っており、ぼくたちのその話が終わったことを期待しているかのようであった。

「ブランデーの水わり」とぼくが、「ブランデーのストレート」とジャックが、どちらも虚をつかれてあわてふためいたような答えかたをしたので、ぼくは思わず顔を赤らめてしまった。ジョヴァンニは、ぼくたちの注文をうけながら、顔にかすかな笑《え》みをうかべた。それは彼が、ぼくの赤面を見た証拠だった。

ジャックは、ジョヴァンニのその陰微な笑みを意識的に誤解して、それをきっかけに利用した。「きみは、こんど新しくここに入ってきたひとだね?」と、ジャックは英語できいた。

ジャックのその英語での質問が、ジョヴァンニに理解できたことはほとんど確実だったが、このさいは、ただ呆然《ぼうぜん》と、ジャックからぼくに、それからまたジャックへと、うつろな視線を往復させるジェスチャーをしてみせるほうが、ジョヴァンニには好つごうだったのだ。ジャックは自分の質問を、フランス語でたずねなおした。

するとジョヴァンニは、両肩をすくめて、「もうここへきてから、ひと月になります」と答えた。

二人の会話が、どのような方向に進展していくのか、ぼくにはよくわかっていたので、ぼくは目を伏せたまま、酒をすすっていた。

ジャックは一種の強制的な執拗《しつよう》さで、あくまで軽やかなもののいいかたに固執しながら、

「きみには、その、ここの空気が、とても異様に思えるのじゃないかな？」

ときりだした。

「異様だとおっしゃいますと？　それはどういうことですか？」と、ジョヴァンニはきいた。

するとジャックはくすくす笑った。ぼくは急に、彼といっしょにいるのが恥ずかしくなってきた。

「ここにきているこんなに多くの男たち」――ぼくのよく知っているその声、あえぐような、媚《こ》びるような、どんな女の声よりもかんだかく、あつっぽく、七月の沼地のうえにたれこめたまま、そよとも動かぬあの激烈な熱気を思わせるような、その声――「こんなに多くの男たちがきているのに」と、彼はその声でつづける。「女の姿はかぞえるだけしか見えない。そのことが、きみには、異様だとは思えないかね？」

「ああ、そのことですか」と、ジョヴァンニはいって、ほかのお客の相手をするために、よそのほうにむいた。「きっと、ご婦人がたはそれぞれのお宅で待ってらっしゃるんでしょう。」

「きみにもきっと、待ってる女いるんだろう」と、ジャックはくいさがったが、ジョヴァンニはよそをむいたまま応じようとはしなかった。

「どうだい、あっさりしたもんだな」とジャックは、なかばぼくにむかって、なかばジョヴァンニがいままで占めていた空間にむかって、吐きすてるようにいった。「きみは、わたしのそばにずっと

いて、よかっただろう？　わたしを、すっかり独占できるんだものな。」

「いやいや、それはあなたの誤解ですよ」と、ぼくはいった。「彼はあなたに夢中なんですよ。ただ、あんまりそれを表面に出したくない、つまり遠慮しているわけですよ。彼に一杯おごってやってごらんなさい。彼のすきな洋服屋の名まえでもたずねてごらんなさい。あなたが、だれか適当なバーテンがいたらやりたいとしきりにおっしゃっている、あのすばらしいアルファ・ロメオ車のことを、彼に話してやってごらんなさい。」

「それはきみ、非常におかしいよ。」

「だけど、すばらしいおとこを得るには押しの一手にかぎる、というのは鉄則ですよ。」

「いやともかく、彼はきっと、女と寝るような男なんだよ。ああいったやつらは、みんなそうなんだ。」

「ぼくもそういう話は聞いたことがあります。いけすかない連中ですな。」

ぼくたち二人は、しばらく、黙ったまま立っていた。

「どうだい、きみがひとつ、いっしょに一杯やろうと彼をさそってみたら」と、ジャックが提案した。

　ぼくは彼の顔をじっとみつめた。

「ぼくがですか？　それはだめです。実は、あなたはとても信じられないかもしれませんが、ぼく自身は、女にたいしてちょっと変な趣味をもっている男なんです。もしあれが彼の妹かだれかで美人だとでもいうのなら、ぼくはよろこんで一杯やろうとさそいますがね。男には、ぼくは金はつかいません。」

他の男がぼくに金をつかうことには平気なくせに、といいたいのを、ジャックがけんめいに抑えているのが、ぼくにはよくわかった。ぼくは、かすかな微笑をうかべながら、彼のその躍起《やっき》になっているさまをみまもっていた。彼にはとても、そのことを口にまでだしていうことはできないことが、よくわかっていたからである。それから、彼は、彼特有のあの快活ではなやかな笑みに顔をほころばせながら、

「わたしは、なにもその、きみの……きみの誇りでありよろこびである汚れていない男性を、たとえ一瞬たりとも、危険にさらしてくれと頼んでいるわけではないんだ。わたしはただ、きみに、彼に声をかけてもらいたい、わたしがそんなことをしたら、きっとことわられるにちがいないから、と思っているんだよ。」

「だけどそれは」とぼくは、にやにや笑いながら、いった。「そんなことをしたら、妙な混同が起こってしまいますよ。彼の体を欲しがっているのが、このぼくだと思われかねませんからね。そんなことになったら、いったいどうします?」

「もしなにか混同が起こったら」と、ジャックはもったいぶっていった。「わたしがよろこんで、その解決役をひきうけるよ。」

ぼくたちはちょっと、おたがいの顔色をうかがいあった。それからぼくは笑った。「彼がこっちへ

もどってくるまで、待ってましょう。彼が、フランスでいちばん高価なシャンペンの大びんを注文してくれといったら、おもしろいでしょうね。」

そういって、ぼくはカウンターによりかかりながら、むこうを向いた。なんだか、気分が高揚するような愉快な気持になってきた。それにひきかえ、ぼくとならんでいるジャックは、すっかり黙りこんでしまい、急にいくじなく老《ふ》けこんでしまったようだった。彼のそういった消沈ぶりに、ぼくはむしろおどろき、急にはげしいあわれみを彼に感じた。やがて、フロアに出て、テーブル客のあいだをまわっていたジョヴァンニが、盆にグラスをいっぱいのせて、少々冷酷な微笑をうかべながら、もどってきた。

「ぼくたちのグラス、飲みほしておいたほうがいいんじゃありませんか？」と、ぼくはジャックにいった。

二人とも、それぞれの酒を飲みほした。ぼくのグラスをカウンターのうえにおいた。

「きみ」と、ぼくはジョヴァンニに声をかけた。

「おかわりですか？」

「そう。」

ジョヴァンニは、むこうのほうにむきかけた。「きみ」と、ぼくはあわてて呼びとめた。「失礼だけど、ぼくたち、きみにも一杯さしあげたいんだがね。」

「これはこれは！　なかなかおさかんのようですね！」と背後からフランス語の声がした。「あなたがついに——ありがたいことに！　——こちらのアメリカのたくましいお方を堕落させたと思ったら、そればかりではなく、こんどは、このお方を利用して、うちのバーテンまで堕落させてしまおうとされている。まったくおどろきですよ、ジャックさん！　あなたのお年でねえ！」

ぼくたちの背後にギヨームがきていたのだった。彼は、映画スターのようににやにや笑い、すくなくともこのバーのなかではたえず携行している、あの長い白いハンカチを、振っていた。ジャックはふりかえり、自分が稀有《けう》の手管《てくだ》の持主であると告発されたことを、非常によろこんだ。そして、彼とギヨームとは、まるでステージのうえの老姉妹のように、かたく抱きあった。

「ねえ、あなた、どうしててらしたの？　ながいことお見えにならなかったけど」と、ギヨームが女の口調でいった。

「忙しかったもんでねえ。」

「きっとそうでしょうよ！　それで恥ずかしくないの？　かけだしのしろうとじゃあるまいし。」

「じゃ、あんたは？　あんたのほうはどうやら、時間の浪費はしてなかったようだね。」

そういってジャックは、うれしそうな視線を、ジョヴァンニのほうに投げた。珍品の陶器か、すぐれた競馬馬でも見るような視線である。ギヨームは、ジャックの視線を追っていって、急に声をおとした。

「ああ、あれは、まったくのビジネスですよ、わかってくださいな。」

二人は、ぼくをのこしてむこうのほうへ歩いていった。ぼくは、とつぜん、ひどい静寂のなかにほうりこまれてしまった。やっとの思いで、ぼくは目をあげて、ジョヴァンニの顔を見た。ジョヴァンニは、じっとぼくをみつめていた。

「一杯わたくしにもくださるというお話でしたが」と、彼がいった。

「そう、きみにも一杯さしあげたいと思ってね。」

「わたくしは、仕事ちゅうは、アルコール類はいっさいいただきませんが、コカ・コーラならいただきましょう。」彼は、ぼくの空《から》のグラスをとりあげた。「それから、お客さんのは――前のと同じのでいいのでしょうか?」

「うん、同じのをたのむ。」

ぼくは、彼と話をかわしているのが、自分でもとても楽しいことであることに気がつき、頬に思わず血がのぼってくるような気がした。同時に、ジャックがむこうへいってしまったので、脅威を感じてもいた。それから、すくなくともこの自分が飲んでいる酒に関しては、自分のふところからはらわねばならないだろうということに気がついた。まるでジャックの腰巾着《こしぎんちゃく》のように、酒代までジャックにせびることは、とてもできないことである。ぼくは、せきばらいをひとつして、さきほどジャックから借りた一万フランの紙幣を、カウンターのうえにおいた。

「お客さんは、お金持なんですねえ」と、ジョヴァンニはいって、ぼくのグラスをぼくのまえにおいた。

「いやいや、金持なんかじゃない。ただ、小銭《こぜに》の持ちあわせが、いまないだけなんだ。」

ジョヴァンニは、にやりと笑った。その笑いが、ぼくが嘘《うそ》をついていると思ったからか、それとも、ぼくが正直なところを告白したことを知っていたためか、ぼくにはわからなかった。黙って彼は紙幣をとり、ガチャンとレジをならして、釣銭をとりだし、ていねいに、ぼくのまえのカウンターのうえで、おつりの数をかぞえた。それから、彼は自分のグラスにコーラをつぎ、もとのレジの場所にもどった。ぼくは、胸をしめつけられるような思いにおそわれた。

「かんぱい！」と、彼がフランス語でいった。

「かんぱい！」と、ぼくもフランス語で答えた。

ぼくたちは、それぞれのグラスに口をつけた。

「お客さんは、アメリカのお方ですね？」と、彼がやっと口をひらいた。

「そうだ。ニューヨークの人間だよ。」

「そうですか！　ニューヨークは、たいへん美しい町だそうですね。パリよりもずっと美しいですか？」

「とんでもない。世界じゅうどこへいったって、パリほど美しい町があるものか——」

「お客さんを怒らせるには、パリよりも美しい町がどこかよそにあるというだけで、十分なようですね」と、ジョヴァンニはにやにや笑いながらいった。「失礼しました、おゆるしください。なにもその、異説をとなえるつもりではなかったんです。」それから、まじめな面持《おももち》になり、まるでぼくをなぐさめるような語調で、「きっと、お客さんは、パリがたいへんにお気にいりなんですね」といった。

「ニューヨークもきらいじゃないけどね」と、ぼくは答えながら、自分の声に自己弁護的なひびきがあるのを意識して、おちつかなかった。「だけど、ニューヨークの美しさは、パリなんかとはぜんぜんちがうんだ。」

ジョヴァンニは、わからない、というような顔をした。「どんなふうに、ちがうんですか?」

「それは、ニューヨークを見たことがないひとには、およそ想像もつかないだろうな。高層建築がたちならび、なにもかもモダンな感じで、すみずみまで電化されていて——ともかく、すごく活気にあふれている。」そこでちょっと、ぼくはひと息いれた。「なかなか、口では説明できないなあ。すごくその——まあ、二十世紀的なんだな。」

「と申しますと、お客さんは、パリは二十世紀の町ではないとおっしゃるんですか?」と、彼は微笑をうかべながらたずねた。

その微笑を見ると、まるで愚弄《ぐろう》されているような感じがしてきた。「そりゃ、パリはなんといったって、古い町だよ。何百年もの歴史をもった町だ。パリに住んでると、過ぎ去った何百年もの流れを、しみじみと感じる。ニューヨークには、そんな感じは——」彼は微笑しつづけていた。ぼくは黙った。

「それで、ニューヨークに住んでると、どんな感じがするんですか?」と、彼がきいた。

「まあ、そうだなあ、未来を感じる、とでもいうのかな。ともかく、巨大な力、休むことを知らぬ動き、といったようなものが、あそこにはある。このますますんでいったら、はたしてどんなようすになっていくものか、ちょっと見当が——すくなくとも、ぼくには、見とおしがたたないような感じだね、遠い将来のことを想像すると。」

「遠い将来のことと申しますと？　わたくしたちがみんな死に、ニューヨークが古い町になったときのことですか？」

「そうだ。みんながすっかり疲れはて、世界が——アメリカ人にとっての世界が、もうそんなに新しくはなくなってしまうときのことだ。」

「アメリカ人にとって、なぜ、まだ世界がそんなに新しいものであるのか、その理由がわたくしにはさっぱりわかりません。けっきょく、アメリカ人といったって、みんな、こちらから渡っていった移民にすぎないんでしょう。しかも、海を渡ったのは、そんなに遠い昔のことではない。」

「大西洋というのは、とても広大な海だからね」と、ぼくはいった。「ぼくたちアメリカ人は、きみたちとはぜんぜんちがった様式の生活をし、こちらでは一度も起こったことがないような事件が、あちらでは、つぎからつぎへとぼくたちをみまもってきたんだ。そういうふうに考えていけば、アメリカ人が、ヨーロッパ人とはぜんぜんちがった人間になった理由も、よくわかると思うがね。」

「そりゃ、人間のちがい、というだけだったらいいんですがね！」彼は笑った。「しかし、そうじゃなくて、あなた方は、人間ではない別の種の生物に変わってしまわれたような気がするんですよ。その、あなた方が存在されている場所は、この地球ではなくて、どこかよその星のうえ、とでもいったらいいんですか、そんな感じなんですよね。そんなふうに考えれば、すべてが理解できるように思うんですが。」

「正直いって」と、ぼくは少々あつっぽい口調でいった――あざ笑われるのが、ぼくはいやなのだ。「ぼくたちがときどき、そんなふうな印象を、きみたちにあたえていることは認める。だが、ぼくたちだって、れっきとしたこの地球上の人間なんだ、きみたちと同じようにね。」

ジョヴァンニは、ふたたび、にやにや笑った。「それはまったく不幸な事実だといわざるをえませんが、もうその話はよしましょう。」

ぼくたちは、しばらく、黙ったままでいた。それから、ジョヴァンニは、ぼくの左右のカウンターの客たちの用を聞くために、動きまわった。ギヨームとジャックは、まだ話をつづけている。ギヨームは、彼の際限のない逸話《アネクドート》のひとつ――いつもの、商売の危険性、あるいは交愛の危険性にまつわる逸話《アネクドート》のひとつ、をくどくどと述べたてているようすであった。それを聞かされているジャックの口もとは、むしろ苦しそうに、むりして笑っているようなひろがりかたをしていた。彼は、カウンターにもどってきたくてたまらないのだ。

ジョヴァンニは、ふたたび、ぼくのまえにきて、ぬれた布きれで、カウンターのうえをふきはじめた。「アメリカ人というのは、おもしろいですね。おもしろい時間の感覚をもっているというか――それとも、時間の感覚なんかぜんぜんもっていないといったほうがいいのか、まあ、その点はなんともいえませんけど、アメリカでは、時間というのは、つねに、パレードのような――国旗をおしたてて堂々の入城をする勝利のパレードのような、そんな感じのものなんですね。まるで、時間は十分にあって、アメリカ人にとっては、そんなにたいした意味のものである必要はない、とでもいうところでしょうか?」といって、彼は微笑をうかべ、あざけるような視線をぼくになげかけたが、ぼくは黙っていた。彼はことばをつづけた。「ともかく、まあ、そういったふうに、まるで、十分な時間があって、あんなにものすごいエネルギーと勇気とがあれば、アメリカ人にとっては、なにもかもすべてが、落着し、解決し、万事がめでたしといったぐあいにおさまるようですね。その、わたくしがいま、なにもかもがすべて、と申しあげたのは、つまり……」彼はきびしい語調になった。「……苦痛とか死とか愛とか、そういうわたくしたちにとっては深刻でおそろしい人生の重大事のことをいったつもりなんですが、アメリカ人には、そんなものはぜんぜん問題にされていないようですね。」

「どんな根拠があって、そんな意見がでてくるんだね? それじゃきくけど、きみにとって問題なのはなんだ? きみはなにを信じて生きている?」

「わたくしは、時間についての、アメリカ的な考えかたは、まったくのナンセンスだと思っています。時間というのは、魚にとっての水のように、まったく自然な、空気のようなものなんです。すべての人間は、時間というこの空気というか水というか、そんなもののなかを泳ぎまわっており、だれひとりとして、そこからぬけでるものはいない。もしぬけだしたりしたら、水をうばわれた魚のように、死んでしまうばかりです。ところで、この時間という水のなかで、どんなことが起こっているか、ごぞんじですか? 大きな魚は小さな魚を食っている。ただそれだけのことなんです。大きな魚は小さな魚を食っている、しかし、水のほうは、いっこうに平気で、微動だにしない……」

「もういいよ、やめてくれ」と、ぼくはいった。「ぼくにはとても、そんなふうには考えられない。時間は、水であるにしても熱湯だし、ぼくたちは魚ではない。またもし、たとえ魚であったにしても、大きな魚に食われてしまうか、小さな魚を食わないようにするか、そんなことは、自分の意志でえらぶことができるはずだ、できるはずだよ。」彼への愉快そうな冷笑のまえですこし紅潮しながら、ぼくはあわてふためいて断言した。

「自分の意志でえらぶ、ですって！」とジョヴァンニは、ぼくから顔そむけ、さきほどからぼくたちの会話をずっとぬすみ聞きしていた目に見えない同志にむかって語りかけるように、叫んだ。「自分の意志でえらぶ！」彼はふたたびぼくのほうにむいた。「あなたは、しんからのアメリカ人でいらっしゃる。あなたの熱心な信念には、感服のほかありません。」

「きみの信念にも敬服したよ」ぼくは、ていねいな口調でいった。「もっとも、きみのは、ぼくのよりも、ずっと陰鬱《いんうつ》なようだがね。」

「ですけど」と、彼はおだやかな口調でいった。「わたくしにはどうしても、小さな魚は、食ってしまうよりほかには、どうしようもないように思われます。小さな魚たちの存在理由は、それだけじゃないんでしょうか？」

「ぼくの国ではね」といいながら、ぼくは心のなかで微妙なたたかいがはじまったのを意識していた。「小さな魚たちは、大同団結したらしくって、みんなでさかんに鯨の体をつついているよ。」

「ですが、そうしたからといって、小さな魚が鯨になるわけではないでしょう」と、ジョヴァンニはいった。「そういうことから予想される唯一の結果は、やがてすべての壮麗さというものが、どこにも、たとえ海の底にも、見いだされなくなる、ということではないですか？」

「そのことか、きみがいいたいのは？　きみは、ぼくたちアメリカ人には壮麗さがない、ということを、非難したかったのか？」

彼は微笑した。それは、反論の完全な無意味さを悟ったものが、論争を中止しようとするときにうかべる微笑であった。「ええ、まあ」と、彼はかるく逃げようとした。

「きみたちは、まったくいやなことをいう人たちだよ」と、ぼくはいった。「きみたちこそ、壮麗さを絶滅させた張本人じゃないか。この古い都パリの町の由緒《ゆいしょ》ある街路を、くだらない敷石などで舗装したりしてさ。それがなんだい、小さな魚がどうのこうのと、御託《ごたく》をならべたり――！」彼はにやにや笑っていた。ぼくは黙ってしまった。

「どうぞ、お話をつづけてください。」彼は、まだにやにや笑いつづけていた。「なかなかおもしろいお話です。」

ぼくはグラスの酒を飲みほした。「きみたちは、ぼくたちを、さんざっぱら小馬鹿にし、糞野郎《くそ》とののしって、あげくのはてには、糞くさい臭いがぷんぷんするから野蛮だなどと、あざけっているんだ」とぼくは、不きげんにいった。

そのぼくの不きげんさが、彼をよろこばせた。「すばらしい、うっとりします。あなたは、いつも、そんなもののいいかたをなさるんですか？」

「いや」とぼくは答えて、目を伏せた。「今夜がはじめてだろう。」

媚態《びたい》のようなものが、彼にはあった。「それは光栄です」と彼は、とつぜんぼくをまごつかせるような、荘重な口ぶりでいった。だが、その荘重な口ぶりのなかに、微細ではあるが嘲弄《ちょうろう》のひびきがひそんでいたこともたしかである。

「それできみは」とぼくは、やっとまた口をひらいた。「パリはもうながいのかい？　きみはパリがすきなのか？」

彼はちょっと、ためらったが、それから、急に子供っぽいはにかみの色をうかべて、にっと笑った。

「パリは、冬がとても寒くって、わたしはそれがいやです。それに、パリの人たちは、その、どうもあまり親しみがもてないんですが、その点、あなたはいかがですか？」彼はぼくの返答を待たないで、ことばをつづけた。「パリの人たちは、わたしの故郷《くに》イタリーの人たちとは、ぜんぜんちがいます。イタリーでは、わたしたちは、おたがいに親しくつきあって、ダンスをしたり、歌をうたったり、愛をささやいたりします。ところが、こちらの方々は」といいながら、彼はバーの客たちを見わたし、そのつぎにぼくの顔を見、それから自分のコカ・コーラを飲みほして、「こちらの方々は、どうも冷淡で、わたしにはとても理解できないことが多いのです。」

「だけど、フランス人にいわせると、イタリー人は、あまりにも移り気で、気まぐれで、限度の観念なんか、ひとかけらもないといってるぜ」と、ぼくはからかうようにいった。

「限度！」と、ジョヴァンニは叫んだ。「なるほど、限度ですか！　そうですねえ、こちらの方々は、なんにでもかんにでも限度とやらをつけて、やれグラムだとかセンチメートルだとか、こまかいことにうるさく、年々歳々あきもせず、ストッキングのなかだかベッドのしただか知りませんが、そんなところに、どんな小さながらくたでも、後生だいじにきちんとためこんで……ところで、その限度とやらから、いったいどんな結果が生じているのでしょう？　それこそ皮肉にも、彼らの国は限度ただしくきちんきちんと着実に、彼らの目のまえで、崩壊の一途をたどっているばかりではないですか。とんでもない限度ですよ。彼らは、どんな行為をするばあいにも、かならず限度の観念を忘れずに、いちおうなんでも計算してやっているようですが、その実例をいちいち述べたてたりして、あなたの耳ざわりになるようなことは、もうやめましょう。ところで、もう一杯いかがですか？　ボスがかえってこないうちに、一杯わたしのほうからさしあげたいんですが？」彼はとつぜん問いかけてきた。

「ボスと話してるあのかたは、だれなんですか？　あなたのおじさんですか？」

　そのおじさんという語が、遠まわしないいかたで使われているかどうか、ぼくにはよくわからなかった。ぼくは、自分の立場を明確にしたいというはげしい衝動にかられた。だが、その方法がわからないので、ぼくは笑いながら、

「ちがう、ちがう。ぼくのおじさんなんかじゃない。ちょっとした知合いだよ。」

　ジョヴァンニは、ぼくの顔をじっとみつめた。その視線は、ぼくに、これまでぼくの顔をまっすぐに見たひとはだれもいない、と錯覚させるような視線であった。

「わたしは、あの人が、あなたとあまり親しくないひとだったらいいと思います」と、彼は微笑し

ながらいった。「なぜなら、わたしには、あの人が愚かなひとに思えるからです。けっして、悪いひとだというんじゃありませんが——ただどうも、あまり感心できない人物のように見えるんです。」

「おそらく、きみのいうとおりだ」と答えたとたんに、ぼくは、ジャックにたいして裏切りをはたらいたような気持におそわれ、あわてて、「彼は悪い男じゃない。ほんとは、とてもいい男なんだよ」とつけくわえた。だが、それも嘘《うそ》だ、彼がいい男でなんかあるものか、とぼくは心のなかでつぶやいた。「まあ、いずれにしても、彼はたしかに、ぼくとそんなに親しい男ではないよ。」そういいながら、ぼくは、ふたたび、あの不可思議な胸がしめつけられるような思いにおそわれ、自分自身の声のひびきに奇異を感じていた。

注意ぶかく、ジョヴァンニは、ぼくのグラスに酒をついでくれ、「アメリカに幸《さち》あれ」といった。

「ありがとう」といいながら、ぼくはグラスをもちあげ、「ヨーロッパにかんぱい」と答えた。

しばらく、二人は黙りあっていた。

「あなたは、たびたび、このバーへくるんですか?」とジョヴァンニが、とつぜんきいた。

「いや。そんなにたびたびはこないよ。」

「しかし、今後は、たびたびくるようになりますね」と彼は、不思議な、からかうような光を顔にたたえて、いった。

ぼくは、口ごもりながら、「なぜ?」とたずねた。

「だって! わたしと友だちになったんじゃありませんか!」と、ジョヴァンニは叫んだ。

ぼくは、自分の顔がまぬけて見え、自分の発言もまぬけていることを意識しながら、「きみとは、さっき会ったばかりじゃないか？」といった。

「そうですね」と、彼は分別ありげにいい、懐中時計をとりだして見た。「じゃあ、もう一時間ほど待ちましょうか。そうしたら、友だちになれますね。なんなら、店がかんばんになるまで待ちましょうか。そうしたら、きっと友だちになれるでしょう。それとも、明日《あす》まで待ってもいいですよ。ただ、そうなると、あなたは明日《あした》もまた、ここへこなければならないということになるし、もしかしたら、あなたに他に用事ができるかもしれない。」彼は時計をしまい、両ひじをカウンターのうえにのせた。

「いったい、時間というものに、どんな意味があるんです？　どうして、なにをするにも、時間をかけたほうがいいんですか？　みんな、いつも、待つ、待つ、待つことが必要だ、といっていますが、いったい、なにを待っているんですか？」

「それは」と答えながら、ぼくは、自分自身がジョヴァンニの手によって危険な深みへひきずりこまれていくのを感じていた。「みんなが待つのは、それぞれ自分が感じていることを、たしかめるためだよ。」

「たしかめるため！」彼はまた、あの目に見えないまぼろしの同志のほうに顔をむけて、笑った。ぼくは、彼のまぼろしの同志を、少々うす気味がわるく感じはじめていたようだが、あのむんむんする穴ぐらのような店のなかでの彼の笑い声は、およそ信じられないようなひびきをもっていた。「あなたは、どうやらほんものの哲学者らしい。」彼はぼくの胸を指さした。「それで、あなたは、待つ、という行為をおこなったら、たしかめることができましたか？」

それにたいして、ぼくにはまったく返答することができなかった。バーの暗いこみあった中心部あたりから、だれかが、「ボーイ！」と呼んだ。

「さあ、待つ時間がきました。わたしがまたこちらへもどってくるまでのあいだに、どれだけあなたは、たしかめることができたか、あとで話してくださいよ」と、彼は微笑しながらいった。

彼は、まるい金属製の盆をもち、雑踏のなかに入っていった。ぼくは、動きまわる彼の姿をじっとみつめた。それから、彼をみつめているみんなの顔が、目に入った。するとぼくは、急に恐怖におそわれた。みんなが、ぼくたち二人に注意をそそぎ、ぼくたちはさきほどからずっとみつめられていたことに気づいたのだ。ひとつのはじまりを目撃したことを知ったみんなは、その結末を見るまでは、みつづけることをやめないだろう。しばらく時間はかかったが、立場はすっかり逆転してしまい、いまやぼくが檻《おり》のなかにおり、みんなにみつめられているのだ。

ぼくは、かなり長いあいだ、ひとりで、カウンターのところに立っていた。ジャックは、ギヨームからはすでに逃《のが》れていたが、いまは、かわいそうに、あの刀のように細身の体のゲイ・ボーイたちの二人と、かかりあいになっている。ジョヴァンニが、ちょっともどってきて、ウインクした。

「たしかめましたか？」

「きみの勝だ。哲学者はきみだよ。」

「いやいや、もうすこし待たなければいけません。あなたはまだ、そんなことがいえるほど、わたしをよく知ってはいない。」

そういって彼は、盆にグラスをいっぱいにのせ、ふたたび、姿を消した。

ほの暗い陰のなかから、ぼくのほうにむかって、これまで見たこともないひとりの人物が、近づいてきた。その人物を最初に見たとき、ぼくは、歩いているミイラ、魔力をうけて歩きだした死体《ゾンビ》、という印象に圧倒された。そして事実、まるで夢遊病者か、スロー・モーション撮影の人物のような歩きかたで、こちらへ歩いてくるのだ。手にグラスをもち、つま先だって歩き、のっぺりしたヒップの動きには、体じゅうの血を凍結させてしまうような猥褻《わいせつ》さがあった。そして、音もなく足をはこんでいるように思われた——だがそれは、夜ふけて遠くから聞く潮騒《しおざい》のような、店内の騒音のせいだった。

その男は、うす暗がりのなかで、きらきらひかっていた。油をぬりたくったほそい黒い蓬髪《ほうはつ》は、前にとかされて、切りさげた前髪がいくつかならんだ格好で額のうえにぶらさがり、まぶたはマスカラで映《は》え、口もとにはルージュが狂い咲いていた。ファンデーション・クリームをぬった顔は、白蠟《はくろう》のように白く、完全に血の気がうせ、白粉《パウダー》と、くちなしのような香水の匂いとを放っている。媚《こ》びるようにへそのところまではだけたブラウスは、胸毛のない胸と、首にかけられた銀の十字架とをのぞかせている。そして、そのブラウスには、赤、緑、オレンジ、黄、青と、いうとりどりの、まるい、紙のようにうすい、スパングルが一面にはりつけられ、それらが、うす暗い光のなかでぎらぎらとくるめくようにかがやいて、そのミイラが、いまにも、炎と燃えて消えうせるのではないかと思われるほどだった。

腰にまかれた赤い飾帯《サッシュ》。意外なほどにくすんだ灰色のタイトのズボン。靴には締金《バックル》がついている。

その男が、はたしてぼくのところへ歩いてきているのかどうか、よくわからなかったが、ぼくには、彼から視線をそらすことができなかった。彼は、片手を腰にあてながら、ぼくのまえで立ちどまり、ぼくの体を上から下まで見わたして、口もとをほころばせた。ガーリックを食べていたらしく、その臭いがぼくの鼻をついた。櫛《くし》の歯が抜けたような、みにくい歯ならびだった。彼の手は、非常に大きく、がっしりとたくましかった――ぼくはそれを見たとき、みずからの目をうたがうほどのショックを感じた。

「あなた、あの男がお気にめしましたんでしょう?」と彼は、フランス語で問いかけてきた。

「なんだって?」

ぼくは、ほんとうに、彼のフランス語の質問を聞きまちがえたのではないかと、自分の耳を疑った。だが、彼のあのひかりかがやく目――ぼくの心の奥底にひそむ興味ぶかいあるものを、じっとみつめているようなあのひかりかがやく目は、ぼくが自分の耳を疑ったことが誤りであることを、おしえてくれていた。

「あなたは、彼が――あのバーテンが、すきになったんでしょう?」

ぼくには、どのような反応を示したらいいのか、どう答えたらいいのか、まったくわからなかった。彼をなぐることも、彼にたいして立腹することも、不可能なことのように思われた。彼の存在自体が、リアルなものとはとても思われないのだ。それに、ぼくがなんと答えようと、あの目は、ぼくをあざけるばかりだろう。

ぼくは、できるだけ冷淡に、

「そんなこと、きみにはなんの関係もないだろう？」

といった。

「ええ、もちろん、わたしにはなんの関係もありませんわよ。ちっとも。」

「じゃあ、おねがいだから、むこうへいってくれたまえ。」

彼は、すぐには立ち去ろうとしないで、ふたたびぼくにほほえみかけた。「あぶないわよ。あなたみたいなお方には――彼はとっても危険だわ。」

ぼくは、彼の顔をじっとみつめた。危険、と彼がいうのがどういう意味なのか、ききただしてやりたいような気持だった。

「うるさい、くたばってしまえ」とぼくはいって、彼に背をむけた。

「まあ、ひどい」と、彼は答えた。ぼくはまた彼の顔を見た。彼は、笑っていた。歯をぜんぶむきだして――多くもない歯をぜんぶむきだして。「まあ、ひどい。わたしは、くたばったりなんかしないわよ。」そういいながら、彼は大きな片手で、首にかけた十字架をつかんだ。「はんたいにあなたこそ……わたしは、あなたの体が、とてもあつい火のなかで、燃えつきてしまうんじゃないかと心配してるの。」彼はまた笑った。「とっても、ものすごく、あつい火よ！　その火のなかで」――彼は頭に手をやって――「ここも」――それから、苦悶《くもん》するように、体をねじりながら――「どこもかも」

――最後に、胸に手をふれて――「それから、ここも……みんな燃えてしまうのよ。」

そういって、彼はぼくをみつめた。その視線には、憎しみと、あざけりと、えたいの知れないなにか他のものとが、まざりあっていた。そのまなざしは、まるで、はるか遠くにいるぼくを、みつめているようだった。「かわいそうに。まだ若くって、たくましくって、とてもハンサムなのに――ねえ、わたしに一杯のませてくれない？」

「だれかほかの奴《やつ》に、たのんでみろ。」

彼の顔がくしゃくしゃにくずれた。そこには、稚児《ちご》の悲哀と、老残の男の悲哀と――さらには、なよなよとしたあどけない美しさのゆえに、かつては世の名声を一身にあつめていた老いゆく女優の悲哀とが、瞬時にかさなりあっていた。黒い目は、遺恨と忿怒《ふんぬ》に細くせばまり、真赤な口は、悲劇の仮面《マスク》のように、ゆがんだ。「いまに、歯ぎしりして後悔するようになる。きっと、不幸のどん底にたたきこまれてしまうようになる。わたしのこのことばを、よくおぼえておくがいい」と、彼はいった。

それから、彼は、まるで王女のように、颯爽《さっそう》たる姿勢をとって、炎のようにかがやきながら、雑踏のなかに消えていった。

すると、ぼくのすぐそばで、ジャックの声が聞こえた。「いまこのバーにいるものたちはみんな、きみとバーテンとの美《うる》わしくめでたいめぐりあいについて、噂《うわさ》しあっているんだよ」といいながら、彼はぼくに、明るくかがやく、恨みのこもった、微笑をなげかけた。「なにも混同を起こさないで、すべてが順調にストレートにいったんだろうねえ？」

ぼくは、彼の顔を見おろした。そして、彼のその快活で陰険で俗物的な顔に、いま彼がぼくになげかけているような微笑を、二度とふたたびだれにもむけることができなくなるような決定的な打撃を、くわえてやりたいという衝動にかられた。それから、つぎには、一刻もはやくこのバーから出ていきたい、こんな世界からそとの世界へ脱出したい——脱出して、おそらく、ヘラを、とつぜんいたましい脅威にさらされることになったぼくの恋人ヘラを、さがしもとめて、彼女の腕にとびこみたい、と希求した。

「混同なんか、ぜんぜん起こってません。あなたこそ、へんな混同を起こさないでくださいよ」と、ぼくは吐きすてるようにいった。

「混同といえば、いまのわたくしほど、混同を起こさないで冷静な気持でおれるのは、われながら珍しいほどだと、確信をもっていえそうだ」と、ジャックはいった。彼の微笑は消えてしまい、そのかわりに、冷酷であいまいな視線が、ぼくにそそがれていた。「ところで、きみの非常に率直な友情を永久に失ってしまうことになるかもしれないが、このさい、ぜひきみに一言注意しておきたいことがある。それは、混同ということは、おそらく、まだ年端《としは》もいかない非常に若いものたちだけにゆるされたぜいたくな特権であって、きみは、もはやそんな年齢ではない、ということだ。」

「あなたのお話、ぼくにはさっぱりわかりませんね」と、ぼくはいった。「それより、もう一杯のみましょうよ。」

ぼくは、酔いしれてしまったほうがいいのだと感じた。ジョヴァンニが、カウンターのうしろにもどってきて、ぼくにウインクした。ジャックの目は、ぼくの顔にじっとすいついたまま離れない。それを手荒くふりほどくようにして、ぼくは、カウンターのほうに顔をもどした。ジャックも、ぼくのその動きに応じて、カウンターのほうにむいた。

「まえのと同じのを一杯ずつ」と、ジャックはいった。

「そうそう、そうこなくっちゃね」とジョヴァンニはいいながら、ぼくたちのグラスを用意した。

その代金は、ジャックが支払った。

どうやら、ぼくは冴えない顔色になっていたらしい。ジョヴァンニが、からかうように、大きな声をあげた。「おや？　もう酔ってしまったんですか？」

ぼくは、声をあげて、ほほえんだ。「ばかいえ、アメリカ人の酒の飲みかたを、きみは知らないのかい？　まだまだ、序の口にもきちゃいないよ。」

「デイヴィッドは、ちっとも酔ったりなんかしちゃいないさ」とジャックが、わきから口をはさんだ。「この男はただ、自分のズボンつりを新しく買いかえなくちゃいけないいんじゃないかと、深刻に思案してるだけなんだよ。」

ぼくは、ジャックを殺してやりたいような衝動にかられた。しかし、同時に、大声をだして笑ってやりたいという気持も起こり、それを抑えるのに精いっぱいだった。ぼくは顔をしかめて、ジャックはひとりよがりの冗談をいっているのだと、ジョヴァンニに無言のサインをおくった。ジョヴァンニは、ふたたび、ぼくたちのまえからいなくなった。夜もふけて、これまで店内にいたものたちはぞろぞろと出ていき、新しい客たちがどっとくりこんでくる、ちょうど潮の干満のような交替が起こる時刻になっていたのだ。出ていくものも、入ってくるものも、いまだに今宵《こよい》のめぐりあいをもとめて、深夜の彷徨《ほうこう》をかさねている不運なひとたちだが、彼らもやがて最後には、どこかのバーで、みんなそれぞれめぐりあうことになるのだ。

ぼくは、ジャックの顔を正視することができなかった。ジャックもそれを知っているのだ。彼は、ぼくとならんで、えたいの知れない微笑をうかべ、なにかの曲を口ずさんでいた。ぼくには、なにもいうことができなかった。思いきってヘラの名を口にだす勇気もない。彼女がいまスペインにいっているのが残念だなどと、みずからの心に偽りの証言を強いることすらできなかった。ぼくは、うれしかったのだ。それは、完全な絶望の深淵《しんえん》のなかでの歓喜だった。この、ぼくの心のなかで嵐のようにたけりはじめた狂暴な興奮を、自分ではどうしても鎮めることができないことを、ぼくはよく知っていた。ただ、飲んで酔いしれることによって、その嵐がこれ以上その狂暴な爪あとをぼくのうえに残すことがなく、おとろえてくれはしまいかというひとすじのかすかな希望が、あるといえばあった。しかし、そんなものよりも、ともかく、ぼくは歓喜にふるえていたのだ。ただひとつ、残念だったのは、ジャックが目撃者だった、ということだ。彼はぼくに、恥辱を感じさせたのだ。彼はいま、ながい月日のあいだ、見るためにじっと待っていた（とはいっても、それはしばしば、期待ともいえないものではあったが）ことをすべて、目撃したのだった。ぼくは彼を憎悪《ぞうお》した。考えてみれば、ぼくたち二人は、要するに、死闘のようなゲームをたたかっていたのだ。そして彼がついに勝ったのだ。詐欺にちかい行為まではたらいてぼくは勝とうとしたが、勝者は彼だったのである。

だが、一方、カウンターにむかって立っているぼくの心の一部には、その場でただちに回れ右をして、そとに出ていくだけの勇気をふるいおこすことはできないのかと、みずからを責めながら、それをはげしく希求している部分があった。そとへ出ていって、モンパルナスあたりまでいき、売春婦でもひろうのだ。どんな女でもいい。

だがぼくには、それができなかった。みずからの心に、ありとあらゆる種類の虚言をいいきかせたが、しかし、ぼくはどうしても、カウンターのまえから離れることはできなかった。そして、実はもう、そんなことはどうでもよかったともいえるのだ。ぼくの心は、すでにそのことを知っていたのだ。たとえジョヴァンニに、二度とふたたび語りかけることができなくとも——たとえそのようなことになっても、もはや問題ではなかったのだ。なぜなら、ぼくのめざめが、ぼくの体にたえず巣くっていた倒錯への可能性が、先刻のあの炎とかがやく王女のブラウスにはりつけてあったスパングルのように、まぎれもなく判然としたものとなり、ぼくの全身をはげしくゆさぶりはじめていたからだ。

このようにして、ぼくはジョヴァンニに会った。会った瞬間に、ぼくたちの結びつきははじまったと思う。そしてその結びつきは、後日のあの《別居》にもかかわらず、また、ジョヴァンニの体がやがてまもなくパリ近郊の断罪の地に朽ちはてようとしている事実にもかかわらず、いまなお、たちきられることはないのだ。ぼくが死ぬその日まで、地上に忽然《こつぜん》とあらわれたあのマクベスの魔女のように、ジョヴァンニがぼくのまえに姿をあらわすことは、際限なく起こるであろう。折にふれあらゆる表情の変化を見せた彼のあの顔が、ぼくのまえにうかびあがり、まぎれもない彼のあの声の音色《ねいろ》と語調とが、ぼくの耳をつんざき、彼のあの体臭が、ぼくの鼻孔を圧倒することであろう。これから先の日々……神よ、それらの日々を生きる恩寵《おんちょう》をあたえたまえ！　……。まぶしい陰鬱《いんうつ》な朝まだき、ひとり寝の狂おしい眠りからさめたぼくは、饐《す》えた口臭と、目やにだらけの赤くはれあがった目と、からみもつれて汗にぬれた髪と——それらをそのままに、コーヒーをすすりタバコをくゆらしながら、すぐにまた煙のごとく彼方《かなた》に消え去っていく、前夜の犯すことのできなかった夢幻のなかの男と、ときどき対面することであろう。その男こそ、ジョヴァンニなのだ……あの夜、あの陰気な穴ぐらのようなバーのなかの光のすべてを、自分の周囲に光輪のように集中させて、鮮烈な魅力を放散させていた男ジョヴァンニの、おもかげなのだ。

3

朝の五時に、ギヨームはバーのドアに錠をかけ、ぼくたち四人、ギヨームとジャックとジョヴァンニとぼくとは、表に出た。灰色の街路には、ひとかげはなかった。バーの近くの町かどにある一軒の肉屋は、すでに店をひらき、肉屋のおやじが店のなかで、もう血によごれながら、肉をぶった切っているのが、ちらりと見えた。大きなグリーンのパリのバスが一台、方向指示器を明るくすさまじく揺れさせながら、轟音《ごうおん》をたてて走りすぎていった。乗客の姿はほとんどない。どこかの喫茶店《カフェ》のボーイが、店のまえの歩道に水をまき、下水のなかに洗いながしていた。ぼくたちのまえの長い屈折した街路のはずれには、遊歩道《プールヴァール》の並木と、喫茶店《カフェ》のまえにうずたかく積みかさねてある藁《わら》椅子と、サン・ジェルマン・デ・プレ教会の大きな石造りの尖塔《せんとう》（ヘラとぼくが、パリでいちばん壮麗な尖塔だと考えていたあの尖塔）とが見えた。

広場のむこうの街路は、前方はずっとセーヌ川にまで達し、また、ぼくたちの横や背後にかくれて、曲がりくねりながらモンパルナスに通じている。その街路の名は、ある冒険家にちなんだものであるが、彼がヨーロッパにまいた種子は、今日にいたるまで取入れがおこなわれているのである。ぼくは、この街路を、たびたび歩いたことがあった――ときどき、ヘラとつれだってのときは、セーヌ川のほうへ、ひとりのときは（そのほうが多かったが）、モンパルナスの女たちのほうへ。そして、それもそんなに以前のことではなかったのだが、この日の朝は、それがまるで、現実とほど遠い前世で起こったことのように思われた。

　ぼくたちは、中央市場《レ・アル》へ朝食をとりにいこうとしていた。そこで、通りがかりのタクシーを一台ひろって、その一台に、ぼくたち四人の体を、むりやりに押しこんだ。すると、たがいに密着したような体のふれあいに誘発されて、ジャックとギヨームは、さっそく、一連の猥褻《わいせつ》なゴシップをかわしはじめたが、その猥褻さは、ことのほか、ぼくにはいまわしいものに感じられた。そこには、機知《ウイット》のひとかけらもなかったばかりでなく、さげすみと自己にたいする侮蔑《ぶべつ》とがあまりにも判然と読みとれるのだ。どす黒い焦熱地獄の泡だちのように、猥褻さがふつふつとふきこぼれているのだ。二人が、ジョヴァンニとぼくとをかたわらにして、自分たち自身を責めさいなんでいることはあきらかだった。ぼくは、いたたまれないような焦燥《しょうそう》を感じた。しかし、ジョヴァンニのほうは、タクシーの窓にもたれかかり、片うでをさしのべてぼくの肩をかるくおさえながら、こんな老いぼれじいさんたちからはすぐにもう解放されるんだし、どんないやらしいことを耳にしたって気にすることはない、そんなことはすぐに忘れ去ってしまうことができるんだから、とぼくに語りきかせてくれているようだった。

　タクシーが川をわたってシテ島にさしかかったとき、

「ほら、パリというこの老いぼれた売女《ばいた》も、眠っているときは、とても感動的です」と、ジョヴァンニがいった。

ぼくは灰色の——疲労と、空の光とから、灰色に見える彼の生気のない横顔《プロフィル》のむこう、窓のそとに目をやった。セーヌ川は、水かさを増してふくれあがり、黄色に見えた。水面には、なにひとつ動いているものはない。はしけは、みな川岸に繋留してあった。シテ島が、ノートルダム寺院の重みをささえて、ぼくたちの左右にひろがり、そのむこうに、車のスピードともやのためにぼんやりとではあったが、家々の屋根が認められた。そして、屋根のうえにつき出ている無数のずんぐりした形の煙突群が、真珠色の空のしたで、さまざまな色合に映《は》えて、非常に美しかった。川面にへばりついたもやは、川岸にたちならぶあの無数の樹木や石堤を綿のようにやわらかくつつみ、町の迷路のような小さな路地や袋小路をおおいかくし、また、橋のしたで眠っている人びとに、まるで呪《のろ》いのようにとり憑《つ》いていた。

　橋のしたをねぐらにしていた人がひとり、川のほとりを歩いていたが、その黒い悄然《しょうぜん》とした姿が、疾走するタクシーのなかから、一瞬ちらっと見えた。

「橋のしたは、ねずみたちが出たり入ったりして、にぎわってるようですね」とジョヴァンニはいいながら、陰気な微笑をうかべ、ぼくのほうを見た。そして、不意に、ぼくの手をとって、握った。ぼくは、ぎくりとした。「あなたはこれまで、橋のしたで寝たりしたことがありますか？　それとも、あなたのお国では、橋のしたにも、あたたかい毛布のついたやわらかなベッドが、あるんじゃないですか？」

　ぼくは、握られた手をどうしたらいいのか、その去就に迷った。だが、じっとそのままにしておくほうが、いいように思われた。「まだぼくは、橋のしたに寝たことはないね。だが、近いうちに、寝るようになるかもしれない。なにしろ、ぼくの宿が、いま、ぼくを追い出しにかかっているから。」

ぼくは、微笑をうかべながら、平然とそういった。ひとの世の侘《わび》しさを知っているという点においては、自分がジョヴァンニと同じような立場にあることを、表明したかったからである。しかし、彼に手を握られながら、ぼくがそれをいったという事実は、ぼくには、極度にふがいなく、めめしく、恥ずかしいことのように思われた。といって、そのような自分の思いをくじくようなことばを、口に出すことはできなかった。このさい、なにかをいうことは、そのような思いをただ確証することになるばかりであった。

ぼくは、タバコをさがすようなふりをして、握られた手をひきはなした。

ジャックが、タバコの火をつけてくれた。

「きみは、どこに住んでるの?」と、ジャックがジョヴァンニにきいた。

「とおくです。ずっととおくです。ほとんどもう、パリの郊外にちかいところです。」

「彼はねえ、ナシオン広場のちかくの、中産階級の連中が、うようよと、豚のような子供たちをかかえて住みついている、ごみごみした町に住んでるんだよ」と、ギヨームがいった。

「あんたはね、いま、豚のような子供たち、といったが、そうとばかりはいえない年ごろの子供もいるんだぜ。子供というのはある年ごろになるとね——それはもう残念なくらい、あっというまの短い期間だが、豚なんておそらく、まったく念頭にもうかべないような時期があるんだよ」と、ジャックがいった。ジャックは、それからまたジョヴァンニのほうにむいて、「アパートかどこかなの？」

「いいえ」と、ジョヴァンニは答えた。そして、はじめて、すこしばかりおちつかないようなようすを見せた。「女中部屋です。」

「女中さんと？」

「いいえ」といって、ジョヴァンニはほほえんだ。「女中なんかいません。なんなら一度、わたしの部屋にいらっしゃってみれば、女中といっしょじゃないことは、すぐにおわかりになります。」

「ぜひ、一度訪問してみたいもんだね」と、ジャックがいった。

「じゃあ、いつか、わたしの部屋で、あなたの歓迎パーティをひらきましょう」と、ジョヴァンニはいった。

それ以上の発言を封じてしまうほど、あまりにも慇懃《いんぎん》で、あまりにもあけすけな、そのことばは、しかし、あるひとつの質問を、あわや、ぼくの口から出かからせたほどであった。ギヨームは、ちらりとジョヴァンニを見たが、ジョヴァンニは、車のそとの朝の景色に目をむけたまま、平然と口笛をふいていた。それまでの六時間、ぼくはさまざまな決心をしていたが、いま、また、ひとつの決意をかためた。それは、中央市場《レ・アル》にいって、ジョヴァンニと二人きりになることができたら、さっそく、いい、いい、いいことをはっきりさせようということである。彼はひとつの誤りをおかしたが、それでもなお、ぼくたちは友人同士であることができる、ということを彼にはっきりいわなければならない。しかし、実のところは、誤りをおかし、すべてを盲目的に読みちがえているのは、ぼくのほうではないか——それも、口にだしてはいえないほどに恥辱的な諸般のやむをえない事情から——という危惧《きぐ》もあったのである。ぼくは、ぬきさしならぬどたんばに追いこまれていたともいえよう。なぜなら、どんなにあがいてみても、告白の時刻は目前に迫っていたし、それを回避することはほとんど不可能であることが、わかっていたからである。回避する唯一の方法があるとすれば、それは、もちろん、タクシーからとびおりることであるが、そのような行為は、かえって、もっともおそろしい告白を意味することになるのだ。

　タクシーの運転手が、車をどこでとめたらいいのかとたずねた。すでに車は、中央市場《レ・アル》のなかの、着荷でごったがえしている大通りや、通行のできない路地のところまできていた。にら、たまねぎ、キャベツ、オレンジ、りんご、じゃがいも、カリフラワーなどが、いたるところ、歩道や街路や大きな金属製の倉庫のまえに、山とつまれてかがやいていた。倉庫はずっと遠くのほうまでつづき、倉庫のなかには、さらに多くの果物や野菜の山がつまれている。また、魚類ばかりの倉庫、チーズ類の倉庫、屠殺《とさつ》されたばかりの動物がまだそのままでおかれている倉庫もある。これだけの莫大《ばくだい》な量の食料を、いったいだれが消化するのだろうかと思われるばかりある。しかし、これが、あと数時間もたてば、みんな消えてしまうのだ。フランスじゅうのいたるところから、トラックがやってきて、群がる仲買人たちの腹をこやしながら、パリの町を横ぎって、怒号する民衆の食卓へ、それらをはこんでいくのだ。

　ぼくたちのタクシーの前後左右でも、怒号がわきおこっていた。耳をつんざくような怒号。だがそれは同時に、魅惑的な怒号でもあった。それらにたいして、タクシーの運転手が、またジョヴァンニまでが、どなりかえす。パリの民衆は、日曜日以外は（日曜日には、たいてい、とほうもないお祭り気分の黒ずくめだが）、みんな毎日青い服をきているように見えるが、ここでも、彼らはいま、青い衣服をまとって、荷車、手押し車、大荷車《カミオン》、急な角度だが自信ありげに背中にのせてはこんでいるはちきれそうな籠、などで、ぼくたちの車と、寸尺の余裕をあらそって、怒号を発し、ぼくたちの通行を妨害してくるのだ。果物をあふれるほどにもったひとりの赤ら顔の女が、あたりはばからず、どぎつくなまなましい猥褻《わいせつ》な罵声《ばせい》を、ジョヴァンニや運転手にむかってあびせた。運転手とジョヴァンニは、すぐさまそれに応じ、負けじとばかりに声をはりあげて、どなりかえした。だが、もうそのときは、果物をかかえたその女は、通りすぎていってしまい、姿も見えなくなっていた。おそらく、さきほどの的確な猥褻な罵声のことも、すでに忘れてしまっていただろう。タクシーは、のろのろと這《は》うように進んだ。まだ、だれも、運転手に停車する場所を指示してはいなかった。ジョヴァンニと運転手は、中央市場《レ・アル》に入ったとたんに、すっかり意気投合したらしく、極度に率直なもののいいかたで、パリの衛生、言語、陰部、慣習などについて、意見を交換しあっていた。（それに比べ、ジャックとギヨームは、通りがかりの男性ひとりひとりに関して、ひどくいやらしい推論の交換をおこなっていた。）

　市場の舗道は、ごみくずで、つるつるとすべりやすくなっていた。いつのまにか自然に、あるいは不意に、災厄にあって腐ってしまった、葉っぱや花や果物や野菜などが、あたりかまわず路上に捨てられているのだった。道の両側には、壁にはりつくようにして、まるで櫛《くし》の歯でもとおしたように、公衆便所《ピスワール》、活気のない火がちょろちょろ燃えている一時しのぎの焚火所《たきびじょ》、喫茶店《カフェ》、食堂、酒場《ビストロ》などがならんでいる。（酒場《ビストロ》のなかには、猫の額ほどの狭いひし形の場所に、内部は酒のびんと亜鉛板をはったカウンターだけで、外を囲《かこ》っているようなのもある。）そういった場所で、男たちは、若いのも老いたのも中年のも、活気にあふれてたくましく――各人各様、すでに破滅に直面したか、あるいはいま直面しつつあるか、それぞれの宿命を背負いながらも精悍《せいかん》そのものであり、女たちは、抜目のなさと忍耐と、計量の才能と、それから罵声とによって、男に劣る精悍さをおぎなう以上のことをしているのだ――もっとも、実のところ、彼女たちは、精悍さにおいても、そんなに男よりも劣っているようにも見えないが。

このような中央市場《レ・アル》の光景は、ぼくのようなアメリカ生れのものにとっては、まったく異様なものに思われたが、ジョヴァンニにとっては、けっしてそうではなく、彼は古巣にかえったようによろこんでいた。

「ぼく、とても安いとこを知ってる」と彼は運転手にいって、その場所をおしえた。ところが、偶然にも、その場所というのが、その運転手がたびたび出入りしている店のひとつであることがわかった。

「その店というのは、いったい、どこにあるんだ？」と、ジャックが腹だたしげにたずねた。「わたしの考えでは、われわれがこれからいこうとしていた店は――」といって、彼は他の店の名をいった。

「冗談じゃありません」とジョヴァンニは、軽蔑《けいべつ》するようにいった。「その店は、とても、とても、とても高い店なんです。まあ、観光客を相手の店ですね。わたしたちは、観光客じゃないんです。」それから、ぼくにむかって、「はじめてパリにきたとき、ぼくは、この中央市場《レ・アル》で働いてたんですよ。それも、ずいぶん長いことね。ああ、まったくいやな仕事だった！　思いだしても、ぞっとするくらいだ。」

そういいながら、彼は、悲哀をこめた目で、過ぎゆく街路をみつめた。その悲哀には、多少芝居もどきの自嘲《じちょう》があったとはいえ、実感がこもっていた。

ギヨームが、自分のすわっているところから、口をだした。「そのおまえを、ここから救いだしたのはだれだったのか、みなさんにおしえてあげろよ。」

「ああ、そうでした。ぼくを救ってくださった救世主は、こちらの、パパさんなんですよ。」ジョヴァンニは、それからちょっと、黙りこんでしまった。それから、「パパさんは、わたしをここから救いだしたことを、後悔されてはいませんでしょうね？　わたしはあなたに、なにも被害をあたえてはいないですね？　わたしの仕事ぶりに、満足されてるんでしょうね？」

「もちろんだよ」と、ギヨームは答えた。

ジョヴァンニは、ためいきをつきながら、「たしかに……」とつぶやいた。それからまた、窓のそとに目をやって、ふたたび口笛をふきだした。めずらしくごみごみしていないとある町かどまでくると、タクシーはとまった。

「ここです」と、運転手がいった。

「ここです」と、ジョヴァンニがおうむがえしに応じた。

ぼくは、札入れをとりだそうとした。ところが、その手をジョヴァンニはぴしゃりとおさえて、腹だたしげにまつげをピクリとまばたかせながら、この老いぼれどもに払わせておけばいいのだ、こいつらにはそれくらいのことしかできないのだから、とぼくに合図した。そして、彼はさっさとドアをあけ、そとに出ていった。だがギヨームはタクシー代を支払おうというそぶりを見せず、ジャックが、けっきょく払った。

ぼくたちが入ろうとしている店のドアを、ギヨームはじっとみつめながら、「うむ。この店は、毒だらけにちがいない。おまえは、われわれを毒殺しようと思っているのか?」といった。

「なにも、店の外側をたべるわけじゃありませんでしょう」と、ジョヴァンニはいった。「毒といえば、あなたがいつもお行きになってるような、ちょっとしゃれてこぎれいな店のほうが、ずっとこわいですよ。おもてっ面《つら》だけはきれいにしていても、なかみのほうは、とてもとても、あぶなっかしいもんです。」それから彼は、にやりと笑った。「わたしを、信用してくださいよ。あなたに毒をもろうなどという気持を、わたしが、起こすわけがないじゃありませんか。そんなことをしたら、わたしは失職してしまうばかりです。せっかく、やっと、生きていきたいという気持を、はっきりつかみかけたところですのに。」

そういって、ジョヴァンニはなおもほほえみつづけながら、ギヨームと、ちらりと視線をかわした。

その視線の意味は、ぼくには、たとえ解読しようとつとめたにしても、とうてい解読できるようなものではなかった。

ジャックが、あのにやにや笑いをうかべながら、ぼくたちをまるで追いたてるようにして、「さあ、さあ。寒いところにつっ立ったまま、ああだこうだと議論していたって、はじまりはせん。たとえ、なかで食事のほうはできなくても、飲むことはできるはずだ。アルコールは、毒けしだというからな」といった。

すると、ギヨームの顔が、急に明るくなった。彼はほんとうに変わった男だ——ビタミンがいっぱい入った注射針を、体《からだ》のどこかにかくしもっていて、気がめいりそうになると、自動的に、そのビタミンが彼の血管のなかに注射されるようになっているのではなかろうか。「なかには、若い子がたくさんいるようだぜ」と、彼はいった。ぼくたちは、なかに入った。

なるほど、亜鉛板をはったカウンターのところに、五六人の若い男が、赤ブドウ酒や白ブドウ酒のグラスをまえにして、たむろしていた。ぜんぜんもう若くはない男たちも、彼らといっしょにならんでいる。あばた面《づら》の若い男と、あばずれ女のような娘が、窓辺においてあるコリントゲーム機で、ゲームに興じていた。奥の食堂のテーブルにも、何人かの客がいたが、そちらのほうで給仕しているウエイターは、思わず目をみはりたくなるほど清潔そうなスマートな青年だった。うす暗い店のなか、きたなくよごれた壁、おがくずをまきちらした床《ゆか》——それらのなかにあって、そのウエイターのきている白いジャケットは、まるで雪のようにひかっている。食堂のむこうに、炊事場《キッチン》がちらりと見えた。

でっぷり太った不きげんそうな顔をしたコックが、高い白い例のコック帽を頭にのせ、火の消えた葉巻を口にくわえて、まるでそとを走っている積荷過剰のトラックのように、のろのろと重い足どりで、動きまわっている。

カウンターのうしろにすわっているのは、あのパリ独特の、だがその数は非常に多い、鼻っぱしらのつよい負けん気の女たち、のひとりだった。彼女たちの存在は、いわば、パリ特産の名物で、よその都会ではぜったいに見かけられぬものであり、もしパリ以外の地に彼女たちがあらわれたら、まるで山の頂上に人魚があらわれたように、とほうもなくとっぴなものに見えることだろう。パリの町いたるところで、彼女たちは、巣のなかの母鳥のように、カウンターのうしろに陣どり、金銭登録機《キャッシュ・レジスター》を、まるで卵のように抱きかかえている。自分たちが陣どっている世界のなかで起こる事件は、なにひとつ見のがさないし、泰然自若《じじゃく》としてなにごとにもおどろかない。もしなにかにおどろくことがあるとすれば、それは夢のなかでだけである。しかし、彼女たちは、その夢も、もはや遠いむかしに、見ることをやめてしまっているのだ。それぞれに、照る日もあれば曇る日もあり、その生きかたもさまざまだが、彼女たちは一様に、お人よしでもなければ、ひねこびてもいない。そして、化粧室にいかなければならないときを、だれしもが知っているのと明らかに同じように、店に入ってくる人間のことは、なんでもみな知っているのだ。容姿はさまざまで、白髪《しらが》のもいればそうでないのもおり、太ったのもいれば瘦軀《そうく》のもおり、すでに孫のいる老婆もいれば最近まで処女だった若いのもおり、といったぐあいにまさに千差万別だが、その目だけは、どの女のもまったく同じで、鋭敏で空虚、網膜にうつるすべてのものを、もらさず記録している目ばかりである。彼女たちを見ていると、彼女たちにも、ミルクをもとめて泣きさけんだ幼少時代がはたしてあったのか、また、これまで太陽を見たことが一度でもあるのか、そんなことがおよそ信じられないような気持になる。彼女たちはきっと、金銭に飢えてこの世に生まれでてき、目がぼんやりしてよく見えないので、必死になってためつすがめつ、しきりにまばたいているうちに、ついに、金銭登録機《キャッシュ・レジスター》のそばに、おちつき場所をみつけだすようになったのにちがいない。

ところで、この店のマダムは、白毛《しらが》まじりの黒髪で、ブルターニュ系の顔をしている。カウンターのところに立っている他のほとんどの連中と同じように、彼女もよくジョヴァンニを知っており、彼女なりに、彼に好意をもっているふうであった。彼女は、自分の大きくもりあがった胸に、ジョヴァンニをひきよせ、かたく抱きしめながら、大きな深い声をだして、

「ああ！　かえってきたわね。とうとう、かえってきたのね！　ひどいひと！　お金ができて、お金持の友だちがみつかったら、あたしたちのほうは、もう見むきもしようとしなかったのね！　ひどいひと！」と叫んだ。

そして、ぼくたち、《お金持》の友だちのほうにむかって、甘美で慎重であいまいな、親愛の情をこめた喜色をたたえて、にこやかにほほえんだ。彼女は、なんの苦もなく、ぼくたちの、生まれた瞬間からこの朝にいたるまでの伝記の全部を、再現して聞かせることができるだろう。彼女は、金持であるのがだれか、そして、その男がどれほどの金持であるのか、はっきり知っており、その金持がぼ

くでないことも、ちゃんとわかっているのだ。おそらく、そのためであろう、ぼくの顔を見たとき、彼女の目の奥で、一瞬、きわめて陰微に、とまどうような疑惑らしいものが、きらりとひかった。しかし、すべてがやがて明らかになるだろうということを、彼女はすぐに悟った。

「ねえ、わかってくれよ」とジョヴァンニは、彼女の手からぬけだし、たれさがった髪をうしろへなげかえしながら、いった。「ちゃんとした仕事があって、まじめに働いているときは、ぶらぶら遊んだりしてるひまなんかないんだよ。」

「おや、まあ。ほんとうかしら？」

彼女があざけるようにいう。

「ねえ、冗談いってるんじゃないんだよ。まじめに働いてると、たとえぼくみたいに若くっても、とても疲れるものなんだ。」（彼女が笑う）「そのために、寝るのも早い。」（彼女がまた笑う）「ひとりさびしくね。」

そのことばで、万事が、証明されるといわんばかりである。彼女は、同情したように、歯をカチッとならして、また笑った。

「それでいったい、今朝《けさ》はどっちなの？　朝食をとるためにきたの、それとも、寝酒《ナイトキャップ》をのみにやってきたの？　見たところ、どうもあんまりまじめそうな顔もしてないようだから、きっと飲んだほうがいいようね。」

「そのとおり！」と、カウンターの一隅から声がかかった。「ずいぶんお働きになったようだから、こんなときには、白ブドウ酒を一本と——それから、かきでもどっさり食って、精力をつけたほうがいいいんじゃないかな。」

みんながどっと笑う。みんなは、一見そしらぬふりをしながら、ひそかにぼくたちを注視している。ぼくは、自分がどこかの旅まわりのサーカス団の、一員ででもあるかのような気がしはじめた。みんなは、同時に、ジョヴァンニの存在を誇りに思っているらしい。

ジョヴァンニは、カウンターの声がかかったほうにむいた。「ありがとう、まったく、きみのいうとおりだ。ぼくもそのとおりのことを考えていた。」それから彼は、ぼくたちのほうにむいて、「マダム、まだぼくのお友だちを紹介してませんでしたね」といいながら、ぼくの顔を見、それからマダムの顔を見た。「こちらは、ムッシュー・ギヨーム」といって、それから声の調子を非常に微妙に下げながら、「ぼくのパパさんです。ぼくが、まじめに働いているかどうか、よくご存じですよ。」

「あら、そんなことといったって、そちらが、はたしてまじめでいらっしゃるのかどうか、わかりませんものね」と、彼女は思いきってずばりといい、自分のその図々しさを、笑いでごまかそうとした。

ギヨームは、カウンターにならんでいる若い男たちから名残《なごり》おしそうに目をあげ、片手をさしのべて、微笑しながら、「マダムのおっしゃるとおりです。ジョヴァンニ君は、わたしなんかよりも、ずっとずっとまじめに働いています。このぶんでいくと、いつか、わたしのバーが彼のものになるんじゃないかと、心配しているくらいです。」

そんなばかな御託《ごたく》はたくさんだ、と彼女は心のなかで思いながらも、表面では、満面に喜色をうかべて、さしのべられた手を力をこめて握手した。

「それから、こちらはムッシュー・ジャック。ぼくの店の、最高のお客さんのひとりです。」

「はじめまして、マダム」とジャックは、例の非常に幻惑的な微笑をうかべた。それをうけて、彼女も同様な微笑をかえしたが、そこには、心にくいほどにさりげない揶揄《やゆ》的な模倣《パロディ》があった。

「それから、こちらはムッシュー・アメリカさん。またの名は、ムッシュー・デイヴィッド。ママさんは、マダム・グロチルド。」

そういって、ジョヴァンニは、わずかにうしろへさがって立った。彼の目のなかで、なにかが燃え、それが彼の顔をかがやかした。それは、よろこびであり、誇りであった。

「ようこそ」と彼女はぼくにいい、ぼくの顔をみつめながら、握手をし、ほほえんだ。

ぼくもまた、ほほえんでいた。その理由は、ぼく自身にもわからない。ぼくの心のなかは、興奮のるつぼと化し、はげしくゆれうごいていた。ジョヴァンニが、あたりもはばからずに、ぼくの肩に腕をまわした。そして、「なにができるんだい、食べるものは？　ぼくたち、おなかがペコペコなんだよ」と叫んだ。

「だが、最初は、まず一杯飲ませてもらおうじゃないか！」と、ジャックが反対した。

「飲むほうは、あちらで、ゆっくり腰をおちつけてからでいいじゃありませんか？」

「いや、まず最初は、みんなでここで一杯飲もう、マダムといっしょに」と、ギヨームがいった。

彼にとっては、そのとき、若い男たちがならんでいるカウンターのそばを離れることは、楽園から追放されることにひとしかったのだ。

ギヨームのその提案は——まるで微風がすべてのもののうえを一過したかのように、あるいは、まるであかりの強さが気がつかないほどわずかに増したかのように、まったく微妙にではあったが——カウンターのところにいたひとたちのあいだに、これから、全員でいわばひとつの劇団をつくって、それぞれが個々の演技をうけもちながら、よく知っている芝居をひとつやろうという雰囲気《ふんいき》を生みだした。もちろん、予想されたように、マダム・クロチルドは、いやな顔をしてそれに反対した。が、それもほんの一瞬のことで、けっきょくは、その芝居のなかでマダムが飲むものを高価なシャンペンにするということで、折れた。彼女の役は、あたりさわりのない会話をしながら、そのシャンペンをすすっている役である。そして、ギヨームが、若い男たちのひとりと接触を確立したら、その瞬間に、さっと舞台から消えてしまおうというのである。

若い男たちのほうは、それぞれひそかに扮装をこらしながら、頭のなかではすでに、自分と自分の相棒が、これからの数日間に必要とする生活費を算出し、その金額を小数点以下まではじいてギヨームのふところを値ぶみし、ギヨームが自分たちの金づるとしてもちこたえられる期間を概算し、さらに、自分たちがはたしてどれくらいのあいだギヨームに耐えられるかまで、計算していたのである。残された唯一の問題は、自分たちが、はたしてギヨームにかわいがられるだろうかどうか、ということだったが、おそらくかわいがられないだろうということを、彼らは知っていた。しかし、ギヨームばかりでなく、ジャックもいる。この男、もしかしたら、宝の山であるかもしれない。だが、逆に、たんなる残念賞でしかないということも考えられる……

もちろん、その二人以外に、ぼくもいた。だが、妖《あや》しいアパートの部屋のやわらかなベッドも麻薬も、なにもまだ知らないぼくだから、話はぜんぜんちがう。ぼくの立場は、彼らからかわいがられる対象であるわけだ。しかしジョヴァンニの女として、ぼくは敬意を表され、かれらの埒外《らちがい》にいることができた……

彼らが、ジョヴァンニとぼくとにたいする自分たちの好意を示す唯一の方法は、すくなくとも実際的な意味では、ギヨームとジャックの二人の老人から、ぼくたち二人を解放してくれることである。そのために、彼らがこれから演じようとしている演技に、ある種の陽気な自信にみちた気分がくわえられ、彼らのエゴイズムに、愛他的な熱情が注入された。

ぼくは、ブラック・コーヒーと、ブランデーの大グラスとを注文した。ジョヴァンニは、ぼくからずっと離れ、世界じゅうの汚濁と疾病とを一身に背負っているように見える老人と、赤毛の青年とのあいだにはさまって、白ブランデーを飲んでいた。その赤毛の青年は、どんよりとした目つきをしていたが、その目のなかには、将来いつかこの青年も、ジョヴァンニのむこう隣りにいる老人と同じような姿になるだろうということを予想させるような、ひとつの確実な未来がひそんでいた。しかし、現在の彼の容姿は、馬のあのこわいほどの美しさと、突撃隊員を思わせるような雄々しさと、その両者をかねそなえている。彼はひそかに、ギヨームの挙動を盗み見していた。ギヨームとジャックの両者が、自分のほうに注意をむけているのを、彼は知っているのだ。ギヨームは一方で、マダム・クロチルドと雑談し、商売がしにくい世のなかになったとか、成上り者どもがはばをきかせるようになって社会が悪くなったとか、ド・ゴール大統領はフランスの救世主だとか、そんな話題でたがいにあいづちを打ちあっていたが、さいわい、そんな話は、両人ともそれぞれ、もうこれまでなんどもくりかえしていることばかりで、いわば一種の自然に出てくるぐちか口ぐせのようなものであり、話のほうに注意力を集中する必要はぜんぜんない。ジャックのほうは、まもなく、若い男のひとりに、一杯どうだと誘いをかけるだんどりだが、いまのところは、まだしばらく、ぼくにたいしてパトロンぶりを発揮したがっている。

「どうだい気分は？　今日《きょう》は、きみにとっては、たいへん重要な日だよ」と、彼はぼくに話しかけてきた。

「とてもいい気分です。あなたのほうは？」

「幻影を見た男のような気分だね。」

「え？　幻影って、なんのことです？」

「まじめな話、きみのことなんだよ。きみがその幻影だったんだ。昨夜のきみの、あんな行動、それから、現在のきみの……」

ぼくは、彼の顔をじっとみつめたまま、なにもいわなかった。

「きみは――年はいくつだったかね？　二十六か七だったね？　わたしの年の、およそ半分というところだ。正直いって、きみはラッキー・ボーイだよ。うらやましいと思うなあ。なにしろ、いまきみが経験しようとしていることは、まさしくいま、すなわち、きみがまだ二十代のときのことであって、四十、五十の秋の夕暮がそぞろ身にしみ、希望もへったくれもすっとんで、ただただもう破滅へとまっしぐらの年ごろ、というのとはちがうんだからなあ。」

「ぼくがいま経験しようとしていること、といいますと?」

ぼくは、冷笑的な調子をこめて問いかえしてやろうというつもりだったのだが、その質問はすこしも冷笑的にはひびかなかった。

彼は、それには答えようとしないで、ためいきをつき、ちらりと赤毛の青年のほうに目をやった。それから、またぼくのほうにむいて、

「きみ、ヘラに手紙を書くつもりなの?」

「ぼくはヘラには、しょっちゅう手紙を書いています。これからも、きっと書くでしょう。」

「わたしは、そんなことをきいているんじゃない。」

「失礼! ぼくがヘラに手紙を書くのかどうかを、おたずねになったんじゃないんですか?」

「そうじゃない。わたしがきみにきいているのは、きみはヘラに、昨夜と今朝《けさ》のきみのことを書いてやるつもりなのか? ということだ。」

「ぼくの昨夜と今朝のこと、といったって、ほんとうに、なにもとくべつ書くようなことはないと思いますがね。それに、たとえ書くことがあったにしても、それを書く書かないは、ぼくの勝手で、あなたには関係がないことじゃないでしょうか?」

彼は、その瞬間まで、そんなものが彼の心にひそんでいようとは思ってもいなかったような絶望を、両の目にいっぱいこめて、ぼくをみつめた。ぼくの背すじに、冷たいものが走った。

「わたしに関係がある、といってるんじゃない。きみにだよ。それから彼女にだよ。それから、もうひとり、あそこにいるあの男にだよ。かわいそうにあの男は、みずから墓穴を掘っているとも知らないで、きみに流し目をくれてるんだ。きみはなにかい、彼女やあの男をも、わたしと同じように扱おうと思ってるのか？」

「あなたと同じように、ですって？　彼女やジョヴァンニやぼくのことが、いったいあなたとなんの関係があるんです？　ぼくはいったいあなたを、どんなふうに扱ったというんですか？」

「きみは、わたしにたいして、非常にずるいことをした。ぜんぜん、フェアじゃなかった。」

こんどは、ぼくも冷笑的になることができた。「それでは、あなたは、もしぼくがずるくなかったら、もしぼくがフェアな男だったら、ぼくは、その、もっと――」

「わたしがいってるのは、もしきみがフェアな男だったら、わたしをそんなに軽蔑《けいべつ》しはしなかっただろう、ということだ。」

「すみません。しかし、おことばを返すようですが、ぼくは、あなたの生活には、軽蔑すべきものがいっぱいあると考えています。」

「きみの生活についても、同様のことがいえるんじゃないかな。軽蔑すべき人間になる方法は、数えあげていくと、どれほど時間があっても足りないくらい、無数にある。しかし、ほんとうの意味で軽蔑すべき人間になる方法は、ひとつしかない。それは、他人の苦痛を侮蔑《ぶべつ》することができるようになることだ。きみだって、いまきみの目のまえにいる男が、かつてはいまのきみよりも若いことがあったし、それから、それこそ目にみえないほどの徐々たる移り変りをへて、現在のようなみじめな状態に到達したのだということを、すこしは理解してくれてもいいと思うんだが。」

一瞬、二人はだまりこんでしまった。遠くのほうから、ジョヴァンニのあの笑い声が、その沈黙をおびやかした。

ぼくは、やっと口をひらいた。「あなたには、ほんとうに、いまのような生きかたしかできないんですか？　ほかの生活はできないんですか？　ひそかなくらがりで、汚らわしい瞬時の悦楽をむさぼるために、大勢の男たちのまえにいつまでも膝まずき屈服すること以外には？」

「心のなかでは、なにかほかのことを考え、自分の股《また》のあいだの暗いところで、なにが行なわれていようとそ知らぬふりをしている相手のまえに、膝まずき屈服している男たちのことを考えてみたまえ。」

ぼくは、カウンターのうえの、琥珀《こはく》色のブランデーと、こぼれおちて輪になっている液体のしずくとを、じっとみつめた。カウンターの亜鉛の額にかっちりはめこまれて、ぼくの顔が、ずっと下のほうから、絶望的な目で、ぼくを見あげている。

ジャックが、ことばをつづけた。「きみは、わたしの生活が恥辱にみちている理由は、わたしの、男たちとの関係がそうだからだと、思っているんだね。そのとおり、まさにそのとおりだよ。だが、なぜそうなのか、なぜそういう関係が恥辱的なのか、それを考えてみるべきだと思うね。」

「なぜなんです——そういった関係が恥辱的なのは、どうしてなんです?」

「その理由はね、そういった関係には、愛情のひとかけらも、それからよろこびも、まったくないからなんだ。たとえていえば、こわれたソケットに、プラグをさしこむようなものなんだ。ふれあいはあるが、接触はない。ふれあうばかりで、接触はまったく起こらず、あかりもつかない。」

「なぜです?」

「それは、きみが、自分で答をだすべき問題だよ。おそらく、将来いつか、今朝《けさ》のこのわたしたちの話が、むだではなかったと思うような日がくるだろう。」

ぼくは、ジョヴァンニのほうに目をやった。ジョヴァンニは、いま、あの自堕落女のような娘の体に、腕をまわしている。あの娘も、かつては、非常に美しくなる可能性をもっていたであろうに、いまとなっては、それもはかないむかしの夢でしかなくなっているのだ……

ジャックも、ぼくの視線を追って、ジョヴァンニのほうを見た。「彼は、きみがとてもすきになっているんだ、すでにね。しかし、だからといって、きみがそのために、幸福や誇りを感じられるようになると予想したら、大まちがいだ。そんなものじゃない。きみはかえって、おびえ、恥ずかしく思うようになるんだ。なぜだろう?」

「ぼくには、彼の心が理解できません」と、ぼくはやっと口をひらいた。「彼のいう友情というのがなんなのか、どういう意味をもっているのか、ぼくにはわからないんです。」

ジャックは笑った。「彼のいう友情が、なにを意味しているのかわからん、ときみはいうが、それがすくなくとも、きみにとって安全なものではないという予感はしてるだろう。きみは、自分がそのために変化していくのではないかと、おそれている。いったいきみは、これまでどんな種類の友情を経験したことがあるのかね?」

「…………」

ぼくは、黙って答えなかった。

「それじゃ、それに関連してきくが、恋愛のほうは、これまでどんな経験があるんだね?」

「…………」

ぼくが、あまり長いあいだ黙ったままでいたので、ジャックは、からかうような口ぶりで、

「おい、おい、ぼんやりしてないで、しっかりしろよ!」

といった。

ぼくは、背すじに冷たいものを感じながら、笑い顔をみせた。

「彼を愛してやれよ」とジャックは、はげしい語調でいった。「彼を愛してやり、そして、彼にきみを愛させるんだ。きみは、この人生で、それ以外に、なにかほんとうに重要なことが、あるとでも思ってるのかね? それに、きみたちはどちらも男なんだし、まだ前途は洋々たるものなんだ、どんな未来がころがってるかわかりはしない。愛する、といったって、それがどれくらい、持続できると思ってるんだね? せいぜい、五分ぐらいのものなんだよ、うそじゃない、どんなに見てもわずかの五

分、ほんとに瞬時のことでしかないんだ、それもたいてい、残念なことに、くらがりのなかのひそやかないとなみなんだ！　そして、もしきみが、そのいとなみを汚らわしいと思えば、それは汚らわしいものになる――なぜなら、そう思うときには、きみは自分を投げだしてはいないんだし、きみ自身の肉体と彼の肉体と、そのどちらをも、軽蔑《けいべつ》しているからなんだ、だが、もし、きみが、それを恥ずかしいと思うような気持《エゴ》をすてて、自分のすべてをそれに没入させていきさえすれば、きみたちのいとなみは、けっして汚らわしいものではなくなり、おたがいに、なにかをあたえあうことができるようになって、それがきみたちのどちらをも、いっそうすばらしい――永遠につづく……」彼は、ひと息ついて、ぼくの顔をじっとみつめ、それから、自分のブランデーのほうに目をおとした。それから、語調を変えて、ことばをつづけた。「自分のすべてを没入させないような行為ばかりをくりかえしていたら、けっきょく最後には、自分自身のきたならしい体のわなのなかにはまりこんでしまって、身動きがとれなくなってしまうんだ――ちょうど、このわたしみたいにね。」そういって、彼は自分のブランデーを飲みほすと、グラスの音をひびかせるようにしてかるくカウンターのうえにおき、マダム・クロチルドの注意をうながした。

　マダムは、にこやかにほほえみながら、すぐにジャックのまえにきた。その瞬間をねらっていたように、ギヨームは思いきって、赤毛の青年に微笑をなげかけた。マダムは、ジャックのグラスに、おかわりのブランデーをつぎ、それから、そのブランデーのびんを、まだ半分ほど残っているぼくのグラスのうえにかかげながら、あなたはどうとたずねるような目で、ぼくの顔を見た。ぼくは、ためらいをみせた。

「いいじゃないの！」と、彼女はほほえんだ。

そこで、ぼくは残っていたブランデーを飲みほして、マダムにおかわりをしてもらった。それから、一瞬、彼女はちらりと、ギヨームのほうを見た。ギヨームが、「あの子は！　あの赤毛の子は、なにを飲むかな？」と叫んだ。

マダム・クロチルドは、いよいよこれから、精根つきはてるほどの大役の、最後の厳粛な台詞《せりふ》を述べようとしている女優のような態度で、赤毛の青年のほうにむき、「ピエール、あたた、なにをいただく？」と荘重な口調できいた――そういいながら、一方ではちゃんと、この店でいちばん高価なブランデーのびんを、これにしなさい、といわんばかりに、わずかに高くもちあげている。

「ぼく、ブランデーをすこしいただきます」とピエールは、ちょっと間をおいて、もぐもぐつぶやくようにいい、それから、不思議なことに、ぱっと顔をあからめた。その顔は、払暁のうすあかりのなかで、いま天国を追われたばかりの堕落天使を思わせた。

マダム・クロチルドは、ピエールのグラスに高価なブランデーをなみなみとつぎ、それから、しずかにほの暗くなっていく燈火のように、緊張がとけてあざやかな幕切れを見せようとしている雰囲気《ふんいき》のなかで、そのブランデーのびんを棚のうえにもどし、金銭登録機《キャッシュ・レジスター》のところへかえっていった――事実上、芝居は終わり、彼女は、ステージを離れて、舞台裏へひっこんだのだ。そして、そこで、彼女はシャンペンの残りを飲んでしまうことによって、疲れをほぐし、素顔の自分にたちもどろうとしはじめた。ためいきをつき、シャンペンをすすり、満足げに、そとのゆっくりと明けゆく朝の光をみつめていた。

ギヨームは、「マダム、ちょっと失礼します」とつぶやくようにいったが、それから、ぼくたちの背後をとおって、赤毛の青年のほうに近づいていった。

ぼくは、にっこり笑った。「おどろいたな、こんなことは、ぼくのおやじも教えてくれなかった。」

すると、ジャックが、

「きみのお父さんでもわたしの父でも、だれでもいいんだ、ともかくだれかが、教えておいてくれればよかったんだよ、愛情のために死ぬ人間というのはごくわずかで、大多数のものは、その愛情がないために、消滅していったし、現にいまも刻々と死につつある――それも、まったく思いもかけぬような奇妙な場所で！――ということをね。」

それから、

「そら、きみのいい人《ベビー》がこちらへくる。しっかりやるんだよ、いいね。」

そういうと、ジャックは、ぼくからすこし離れ、となりの青年にむかって話しかけはじめた。

そして、とうとう、ジャックのいったとおり、ぼくのいい人《ベビー》ジョヴァンニが、ぼくのところへやってきた――夜明けの朝の光のなかを、顔を紅潮させ、髪をなびかせ信じがたいほどに明けの明星《モーニング・スター》によく似ている目をかがやかせて。「長いこと、あっちへいってて、悪かったね。たいくつして、うんざりしてたんじゃなかった？」

「きみのほうは、たいくつするどころじゃなかったらしいね。まるで、クリスマスの朝に起きた五歳ぐらいの子供のように、はつらつとしている。」

彼は、おどけたように、口をすぼめてみせた。どうやら、ぼくのそのことばを聞いて、よろこび、得意がってさえいるらしい。

「そんなことは、ありえないことだよ。クリスマスの朝は、ぼくはいつも失望してたんだから。」

「いやいや、ぼくのいうクリスマスの朝というのは、まだ非常に早い時間、クリスマス・ツリーのしたになにがあるか、まだそれを見ないまえのことだよ。」

ぼくのそのことばには、意外に卑猥《ひわい》な意味があると、彼は感じたらしい。彼の目が、そのことを語っている。ぼくたちは、いっしょになって笑った。

「なにか食べないか?」と、彼がきいた。

「うん、お酒なんか飲んでなかったら、なにか食べてもいいころだけど。どうしようかな。きみのほうは、どうなんだい?」

「ぼくたち、なにか食べるべきだと思うな」と、そのいいかたが、ぜんぜん自信がなさそうだった。

ぼくたち二人は、また笑いはじめた。

「よし、じゃあ、なにを食べよう?」

「白ブドウ酒にかき、なんてことは、どうもあんまりいいたくはないけど、今朝《けさ》みたいなときには、ほんとうは、いちばんそれがいいんだよ。」

「そうか、じゃ、それにしよう。歩けるうちに、早くテーブルにいこう。」

ぼくは、ジョヴァンニの肩ごしに、ギヨームと赤毛の青年のほうを見た。二人は、明らかに、話しあう話題をみつけたらしい。それがなんであるか、想像もつかないが、しきりに話しこんでいる。それから、ジャックも、あの背の高い、まだ子供みたいな、あばた面《づら》の青年と、話に熱中していた。その青年は、タートル・ネックの黒いセーターを着ているために、実際よりもずっと青白く、やせて見えた。ぼくたちが、この店に入ってきたとき、コリントゲームをやっていた青年で、名まえはイヴというらしい。

「彼らも、食事をするんだろうか？」と、ぼくはジョヴァンニにきいた。

「おそらく、いまはしないだろう。だけど、きっといまに、なにか食べるだろう。みんな、おなかがペコペコなんだ。」

ぼくは、そのみんなというのを、ぼくたち一行のことではなく、最初からこの店にたむろしていた、若い青年たちのことだと思った。

ぼくとジョヴァンニは、食堂に入っていった。さきほどまでいた客は、もうだれもいない。あのウエイターの姿も見えない。

「マダム！　ここでになか食わせてもらえるのか？」と、ジョヴァンニが叫んだ。

ジョヴァンニの叫ぶ声に応じて、マダムが、あたりまえだよ、と叫びかえしてきた。同時に、あのウェイターもあらわれた。彼の白いジャケットは、近くで見ると、遠くから見たよりも、いっそう白く、しみひとつない。

ジョヴァンニの叫び声は、また、ジャックとギョームに、ぼくたちが食堂にきたことを、いわば正式に通告した結果ともなり、彼ら二人がそれぞれ話しかけている青年たちの目のなかに、ある種の、血に飢えたような愛着の炎を、はげしくもえたたせたにちがいない。

「はやく食事をすませて、家にかえろう。今夜もどうせ、仕事があるんだから」と、ジョヴァンニがいった。

「きみが、ギョームに会ったのは、この店なのか?」

ジョヴァンニは、顔をゆがめて、目を伏せた。「ちがう。話せば長いお話だよ。」それから彼は、にやりと笑った。「ちがう、ここで会ったんじゃない。ぼくが、彼に会った場所は」――(彼は声をあげて笑った)――「映画館のなかだよ!」ぼくも、笑った。「あれは、ゲイリー・クーパー主演の西部劇だったな。」それがまた、ひどく滑稽《こっけい》なことのように思われ、ぼくたち二人は、ウエイターが白ブドウ酒をもってくるまで、笑いつづけていた。

ジョヴァンニは、ブドウ酒をすすり、すこしうるんだような目を見せながら、話をつづけた。「さて、例によって例のごとく、最後の銃声がとどろいて、音楽《ミュージック》がワァーンともりあがり、正義の勝利をたたえながら、エンド・マークが出ると、ぼくは席から立ちあがって通路に出、ロビーのほうにいこうとした。そのとき、であいがしらにばったりぶつかったのが、彼、ギョームだったんだ。ぼくは陳謝して、そのままロビーにいった。すると、彼が、ぼくのあとを追うようにしてやってきて、くどくどと、ながい話をはじめやがった。それがなんでも、ぼくの席にあったはずの彼のスカーフが、見えなくなったとかいうんだ。話がおかしいと思って、よくきいてみると、やっこさん、どうも、ぼくのすぐうしろの席にすわってたらしく、自分のコートとスカーフとを、自分のすぐまえの席、つまり、ぼくがあとからいってすわった席、の背にかけておいた、ところが、ぼくが自分の席にすわったとき、そのスカーフをぼくが自分の尻のしたにひきずりこんでしまった、と、まあ、そういうんだな。そこでぼくは、腹をたてたような顔をして、自分はそこの映画館ではたらいている人間じゃないし、そんなことをいわれても困る、映画館の人にたのんで捜してもらうようにしてくれ、といってやったんだが――ところが、どうも、ぼくも本気になって怒る気がしない。というのが、彼の話を聞いてると、ついふきだしたくなるようなことばかりなんだ。彼がいうには、映画館ではたらいているような連中はみんな泥棒だ、もしあのスカーフをみつけても、ねこばばをきめこんで、返してなんかくれはしないことはわかってる、あのスカーフは非常に高価なしろものだった、しかも、母親からの贈りもの、だいじな、だいじな――と、まあ、そんな調子で、さすがのグレタ・ガルボも、顔まけするような愁嘆場《しゅうたんば》をやらかすんだ。そこでぼくは、しょうことなく、もう一度さっきの席までいってみたんだが、もちろん、スカーフなんか、どこにもありはしない。ロビーにもどって、そのことを彼にいってやったら、おどろいたね、やっこさん、目をしろくろさせて、まさにその場にぶったおれて死んでしまいそうな嘆きようなんだ。もちろん、そのころまでには、ぼくと彼とが、なにやらガチャガチャやってるってことが知れわたって、みんなは、ぼくたち二人をじろじろ見てるんだ。ぼくはむかむかしてきて、彼を蹴っとばしてやろうか、それとも野次馬たちに一発くらわせてやろうか、などとも考えたんだが、なにしろ、彼のほうは、もちろん、りゅうとしたりっぱな服装で、ぼくのほうは、オンボロときている。場所がわるい、このロビーから早く出ていったほうがいい、とぼくは思った。そこで、ぼくたちはそとに出て、とある喫茶店《カフェ》にいき、そこのテラスに、いったんおちついた、というわけだ。それからまた彼は、ながながと、あのスカーフがどうの、母親に申しわけがないの、と、やらかしはじめたが、それがひとしきりすんで、どうやら気分が鎮まると、彼はぼくに、夕食をいっしょに食べないかと、誘いをかけてきた。だがもちろん、ぼくは、ことわった。彼のお相手をするのは、もうそれまででたくさんだ、これ以上はもうやりきれない、というのが、そのときの、ぼくの正直な気持だったんだ。だが、ことわった、といっても、あまり邪険《じゃけん》なことわりかたをしたんでは、こんどはその喫茶店《カフェ》のテラスで、またまた、愁嘆場がはじまるおそれがあったので、それを防止するためには、今日《きょう》はつごうがわるいが、数日後にはありがたくお招きにあずかろう、と約束するよりほかなかった——もちろん、いくつもりはなかったんだが。」——(彼は恥ずかしそうな笑いをうかべた)——「いざ、その当日になってみると、ぼくはもうながいあいだ、ろくなものは食べていなかったし、すっかり飢えていた……」

彼は、ぼくの顔を見た。ぼくはふと彼の顔に、彼に会って以来ずっと、ちらりちらりと見えかくれしていた、あの影が——彼の美貌《びぼう》と虚勢のしたにひそんでいる、恐怖と、相手に気に入られたいというはげしい欲望と、その二つの影が、おそろしいほどにうごめいているのを、ふたたび見た。ぼくは、はげしい心痛におそわれ、手をさしのべて、彼をなぐさめてやりたいような衝動を感じた。

注文したかきがきて、ぼくたちは、それを食べはじめた。ジョヴァンニは、陽《ひ》のあたるところにすわっていたので、ブドウ酒の黄色いかがやきと、陽をうけたかきのどんよりとしたさまざまな色合が、彼の黒い髪のうえに、照り映えていた。

彼は、口をまげながら、話をつづけた——

「ところで、その夕食なるものも、もちろん、たいへんなものだった。なにしろ、彼という男は、自分のアパートの部屋のなかでも、泣いたりわめいたりするんだからね。しかし、一方、ぼくはそのころにはもう、彼がバーの経営者で、フランス市民であるということを知っていた。ところが、ぼくはフランス人ではないし、仕事にはあぶれていたし、外国人に必要な労働手帖《カルト・ド・トラヴァイユ》も、もちろんもってはいなかった。そこでぼくは考えた、この男、もしかしたら利用できるかもしれないぞ、ぼくに手出しをさせないような方法が、なにかみつかりさえすれば、とね。ところが、残念なことには」——(あの影のある視線をぼくにむけて)——「彼に手をつけられないままでいることは、どうしてもできなかった。彼の手ときたら、たこの足の数よりも多いんだ。それに、威厳のある品位なんてものは、爪の垢ほどももっていない男なんだ。だけど」(またひとつ、かきのからを荒々しく投げすて、グラスにブドウ酒をつぎなおしながら)——「ぼくはいまは、労働手帖《カルト・ド・トラヴァイユ》もちゃんともってるし、なかなかもうかる仕事にもついている。」(彼はにやりと笑った)「なんだか、ぼくは仕事がうまいらしいね。そのせいか、仕事のほうは、彼はたいてい、ぼくにまかせっきりだ。」ジョヴァンニは、カウンターのほうに目をやった。そして、子供っぽいと同時に年よりじみた、とまどいのある悲哀の色をうかべながら、「彼はほんとに、男なんてものじゃない。彼の正体は、ぼくにはとてもわからない。おそろしい奴《やつ》だ。だが、労働手帖だけは、もうぜったいに手ばなさない。仕事のことは、また別問題だ。」——（彼はテーブルをたたいた）——「しかし、彼とぼくとのあいだには、もう三週間ぐらい、ぜんぜんトラブルが起こっていない。」

「だけど、そのトラブルが、近いうちに起こりそうだと思ってるんだろう？」

「うん、そうなんだ。」ジョヴァンニは、愕然《がくぜん》としたような視線を、すばやくぼくに投げかけてきた。まるで、自分が語ったことが、一語でもぼくに理解できたのかと、いぶかっているようなふうだった。「きっと、また近いうちに、トラブルが起こるだろう。もちろん、いますぐにじゃない、彼のやりかたは、そんなんじゃないんだ。だけど、ぼくとけんかをするような材料《たね》を、彼はかならず、近いうちにでっちあげるだろう。」

それから、ぼくたちはしばらくのあいだ、かきのからに囲まれて、タバコをふかし、残りのブドウ酒を飲みほしながら、黙りこんでいた。ぼくは急に、はげしい疲れをおぼえた。そとの狭い街路——いまぼくたちのいるこの無気味で異様な一角は、朝の光で黄銅色にそまり、大勢の人びととの往還でざわめいている。ぼくには、その人びとを、永久に理解することはできないだろう……

ぼくはとつぜん、家にかえりたいという、耐えがたいほどの切望に、胸をしめつけられた。家といっても、パリの路地裏にあるあの宿——管理人が未納家賃の請求書をもって待ちかまえているあの宿、のことではない。故郷、海のむこうの故国、ぼくがよく知り理解することのできる事物や人びとのところ——ぼくが、絶望と痛恨の責苦にさいなまれながらも、つねに、他のなにものにもまして、愛着だけはもちつづけるであろうあの事物、あの場所、あの人びと、のところへ、かえりたいというのだ……。そのような感情が、ぼくの心にひそんでいようとは、それまで考えたこともなかった。ぼくは恐ろしくなった。根無し草のように世界を漂泊する放浪者、定着することを知らぬ冒険家、としての自分を、ぼくはそのとき痛切に意識した。たまりかねて、ジョヴァンニの顔を見たが、それは、なんの救いにもなりはしなかった。ジョヴァンニは、この不思議な都会、ぼくのものではないこの不思議な都会、に属する人間なのだ。これからぼくが経験しようとしていること——それは、一方では、信じなければ安心ができないほどに異様なものではなかったが、他方では、信じがたいほど異様なものでもあることが、ぼくにはわかりはじめてきた。そして、ぼくの心の奥底では、《恥を知れ！　恥を知れ！　かくも唐突《とうとつ》に、かくもおぞましく、どこかの男とかかりあいになろうとしているおまえは、恥というものを知らないのか！》という声が、とどろいた。だが、一方、考えてみれば、それは、それほど異様なことでも、それほど新奇なことでもないのだ。異様なのは、そのようなことが、人間同士のおそろしいからみあいの、ごく些細《ささい》な一様相にすぎず、世界じゅういたるところで、永久に、際限もなくつづいているということだ。

「いこう」と、ジョヴァンニがいった。

ぼくたちは、椅子から立ちあがり、カウンターのところにもどっていって、ジョヴァンニが料金を支払った。シャンペンのびんが、また一本、栓《せん》をぬかれていた。ジャックとギヨームは、足もともおぼつかないほどに、酔いしれかけていた。こうなったら、事態はもはや、異常な無気味さをましていくばかりであろう。かわいそうに、あの辛抱つよく待っている青年たちは、はたして、なにか食べるものにありつくことができるだろうか……。ジョヴァンニは、ギヨームとちょっと立ち話をし、今夜も店に出るというようなことを話しあった。その間、ジャックは、あの青白い背の高い青年に夢中になっていて、ぼくのほうは、あまり見ようともしなかった。ぼくたちは、別れのことばを述べて、そとに出た。

「ぼくは、宿にかえるよ。部屋代のたまってるぶんを、払わなきゃいけないんだ。」

そとの通りに出ると、ぼくはジョヴァンニにそういった。

ジョヴァンニは、目をみひらいて、意外だというような顔をした。そして、おだやかな口調《くちょう》で、

「なにをいってるんだ。いまから宿にかえったって、ぜんぜん意味ないよ。どうせ、いやらしい管理人にぶつぶついわれ、それから、自分の部屋に入って、たったひとりで寂しく眠り、あとで目がさめてみたら、胃がいたいやら、口のなかは酸っぱいやらで、ああ、こんなことなら、いっそ死んでしまいたい、と思うくらいがおちなんだ。それよか、ぼくの部屋へいって寝よう。そして、ちゃんとその時間がきたら起きて、どこかで、かるいアペリティフでも飲み、それから、食事をしよう。そのほうが、ずっと楽しいよ。ほんとだ、嘘《うそ》いわない、きてみたらわかるよ。」

そういって、彼は微笑をうかべた。

「だけど、着るものをとってこなくっちゃ。着たきりすずめでも困るだろう」と、ぼくはいった。彼は、ぼくの腕をつかんだ。「そりゃそうだ。しかし、いま、す、ぐ、とりにいく必要はないさ。」ぼくがしりごみをすると、彼は立ちどまった。「さあ、いこうよ。きみは、自分の宿にかえったって、どうせ、いやらしい管理人に文句をいわれたり、寂しい部屋のなかでぼんやりしているばかりだろう。ぼくの部屋へきたほうが、それよりもずっとましだよ。きてよかった、ときっと思うようになるよ。だいいち、きみが寝て目をさましても、ぼくの部屋だったら、ぼくがそばにいて、きみににっこり笑ってあげられる。きみの部屋では、そうはいかないだろう?」

「意地が悪いなあ、きみは。」

ぼくには、それだけしかいえなかった。

「意地が悪いのは、きみのほうだよ。ぼくがすっかり酔っぱらってて、ひとりではとてもかえれそうにないのを知ってるくせに、ぼくをひとり寂しく、おきざりにしていこうとするんだもの。」

ぼくたちは、どちらも笑った。たがいに、相手を苦しめ悩ますようなゲームに興じていたことに、気がついたのだ。二人はセバストポル通りにまできていた。「だけどもう、きみがこのジョヴァンニを、この非情な町のどまんなかで、こんなあぶなっかしい時間に、ふりきって逃げてしまおうなどと考えた苦々《にが》しい話題は、これ以上むしかえさないようにしよう。」彼もまた、いらいらしたおちつかない気持になっていることに、ぼくは気がついた。通りのずっとむこうのほうから、一台のタクシーが、ゆっくりとぼくたちのほうに近づいてきた。彼は手をあげた。「さあ、ぼくの部屋を、きみに見せてあげよう。いずれにしても、近いうちに、きみがぼくの部屋をどうしても見なければならないようになることは、完全に確実なことだったんだから。」タクシーが、ぼくたちのそばにきて止まった。ジョヴァンニは、まるで、ぼくが逃げだしはしないかと急に心配になったかのように、ぼくの体をタクシーのなかに押しこんだ。それから、自分が乗りこんできて、ぼくの隣りにすわると、運転手に、「ナシオン広場」と行く先を告げた。

彼のアパートがある街路は、幅がひろく、優雅というよりは、むしろおちつきがあるといったほうがいいだろう。かなり新しいアパートの建物がずらりと並んでおり、街路のむこうは、小さな公園になっている。彼の部屋は、その街路のいちばんはずれの建物の、一階の奥にあった。ぼくたちは、玄関とエレベーターのまえを通りすぎて、短い暗い廊下を歩き、彼の部屋に入った。その部屋は、小さな暗い部屋で、雑然ととりちらかっているようすが、ようやく見わけられるていどだったが、ストーブでたくアルコールの臭いが、鼻をついた。部屋に入ると、彼はすぐにドアに鍵《かぎ》をかけた。それから、うす暗がりのなかで、ぼくたちはむかいあって立ちながら、しばらく、たがいの顔をじっとみつめあったままでいた——狼狽《ろうばい》と安堵《あんど》とが交錯し、はげしい息づかいをしながら。ぼくはわなないていた。すぐにあのドアをあけて、この部屋からとびだしていかなければ、自分は失われてしまう、とぼくは思った。しかし、自分にはそのドアがあけられないことが、もはや遅すぎることが、よくわかっていた——もはや遅すぎて、まもなく、呻くこと以外には、なにもできなくなるのだ。彼は、ぼくの体を引きよせ、すべてをぼくにまかせるといわんばかりに、ぼくの腕のなかに自分の体を投げかけてきた。

それから、ゆっくりと、抱きあったまま、ぼくの体をあのベッドのうえに、引きたおした。ぼくの心のなかのすべては、《ノー！》とかんだかく叫んでいたが、体ぜんたいは、《イエス！》とためいきをついていた。

ここ南フランスでは、雪はあまり降ることはない。しかし、いままですでに半時間のあいだ、雪片が、最初はむしろしずかに、そしていまはずっとはげしく、降りつづけている。それは、おそらく大吹雪《ふぶき》になろうと決意したのではないかと思われるような降りかただ。この冬、この地方は寒さがきびしかった。しかし、外国人がそのことを口にすると、この地方の人びとは、それを育ちの悪い無作法者のしるしであると見るようだ。いちどきにあらゆる方向から吹きよせてきたのではないかと思われるような寒風が、すべてのものに浸透して、人びとの顔がその風のなかでひりひりと痛むようなときでさえも、かれらは、海辺であそぶ子供たちのように、ほがらかで陽気なのだ。「いいお天気ですな。」――そういって、名にし負う南国の太陽がもう何日も姿を見せないでいる険悪な空に、顔をふりむけるのだ。

ぼくは、この大きな部屋の窓辺を去って、屋敷のなかを歩く。そして、台所に入って、鏡をのぞきこんでいると――湯がぜんぶ冷たくなってしまわないうちに、ひげを剃《そ》っておこうときめたのだ――表のドアをノックする音が聞こえる。漠然《ばくぜん》とした、狂おしいような希望が、一瞬、ぼくの胸のなかでおどりあがる。それからぼくは、それが、道の向いにある家からやってきたこの屋敷の管理人にすぎないことを知る。彼女は、ぼくが銀の食器類を盗んではいないか、皿《さら》類をこわしてはいないか、家具をたたきこわして薪《まき》にしてしまったのではないかを、たしかめにきたのだ。そして、実際に、彼女はドアをガタガタ鳴らし、かすれたかんだかい声で、「ムッシュー！　ムッシュー！　アメリカのだんな！」とそとからがなりたてる。いったいどうして、あんなに心配そうな声をはりあげなければならないのかと、ぼくは腹だたしく思う。

しかし、ぼくがドアをあけると、彼女はすぐに笑顔《えがお》になる。コケットと母親《マザー》とをまぜあわせた微笑だ。彼女は、もうそうとう年をとっていて、ほんとうはフランス人ではない。ずっと何年もまえに――「まだあたしが、ほんの娘のころでしたが」――国境のすぐむこう側、イタリーからやってきたのだった。このあたりの女たちは、たいていみなそうだが、彼女も、末の息子《むすこ》が幼年期からぬけ出ると、すぐに喪に服してしまったように見える。ヘラは最初、このあたりの女たちはみな未亡人だと思ったが、やがて、彼女らのほとんどには、まだ夫がいるということを知った。それらの夫たちは、彼女らの息子のようでもあった。彼らはときどき、ぼくたちの屋敷の近くの原っぱで、日光をあびながら、トランプのプロットあそびをしていたが、彼らがヘラを見るとき、その目には、父親がもっている誇らしげな用心ぶかさと、男がもっている油断のない思案と、その両方がふくまれていた。ぼくは村の店《タバ》で、彼らといっしょに玉突きをしたり、赤ブドウ酒を飲んだりしたことがある。しかし、彼らの卑猥《ひわい》なことば、人のよさ、友愛、彼らの手と顔と目に刻みこまれている彼らの生涯――それらは、ぼくの気持を緊張させた、彼らはぼくと、ごく最近大人《おとな》の仲間入りをしたばかりの息子のようにあしらった。しかし同時に、彼らは、ぼくとのあいだに、大きな距離をおいていた。なぜなら、ぼくは、彼らのうちのだれとも、ほんとうは、縁もゆかりもない人間であったからだ。彼らはまた、このぼくに、なにか別のもの、なにか彼らにとってはもはや追求する価値のないあるものを、感じとっていた（あるいは、感じとっていると、ぼくには思われた）。そして、そういった気持が、彼らの目のなかにうかんでいるように思われた。ぼくがヘラといっしょに歩いていて、路上ですれちがうと、彼らは非常にていねいに、「こんにちは、だんなさま、おくさま」といって挨拶《あいさつ》したが、そういうときでも、ぼくは、彼らの目のなかには、そういった気持があらわれているように思った。彼らは、黒い服をきた女たちの息子であるといってもよかった。これまでの長いあいだ世界を荒らし征服し、いま故郷にかえってきて、これから休息し、がみがみ叱《しか》られ、そして死を待つのだ。彼らを故郷で迎える乳房《ちぶさ》は、かつて当初は彼らを養い育ててくれたが、いまは涸《か》れてしまっている。

雪が、管理人の女の頭をおおっているショールからこぼれ落ち、まつ毛のうえにも、ショールからはみでている黒と白のまじった髪のうえにも、かかっている。彼女はまだとても丈夫だが、いまはすこしばかり背が曲がり、すこし息切れがしている。

「だんなさん、こんばんは。ご病気ではなかったんでしょうね？」

「いいえ、元気でしたよ。どうぞお入りください。」

彼女は入ってきて、うしろ手でドアをしめ、ショールを頭からずれおちさせる。ぼくはいまでもまだ、酒の入ったグラスを手にもっている。彼女は黙ったまま、じろりとそれに目をくれる。

「それは、けっこうでした。でも、このところ何日か、お姿をお見かけしませんでしたからね。家のなかに、とじこもっていらっしゃったんですか？」

そういいながら、彼女の目は、ぼくの顔をさぐる。

ぼくは当惑し、腹をたてる。しかし、彼女の目と声のなかにひそんでいる、なにか鋭くてしかも同時にやさしいものを、撃退することはできない。

「ええ、天気が悪かったもんですから。」

「そりゃ、いまは八月のなかばとはちがいますよ。でも、病人のようなお顔はしていらっしゃらない、お元気そうですね。だけど、家のなかにひとりでとじこもっているのは、よくありませんよ。」

「朝になったら出発します。品物の目録を調べるんですか？」と、ぼくは捨てばちになっている。

「そうです」と彼女は答えて、ぼくがここに到着したときに署名した家財道具のリストを、ポケットのひとつから取りだす。「すぐにすみます。まず、裏のほうからとりかかりましょう。」

ぼくたちは、台所のほうへむかう。途中でぼくは、寝室のナイトテーブルのうえに、グラスをおく。

「おのみになっていても、かまいませんよ」と彼女は、ふりかえりもしないで、いう。しかしぼくは、ともかく、グラスをおいていく。

台所に入る。そこは、疑念を起こさせるのが当然なほどに、きれいに整理されている。「お食事は、どこでなさっていたんです？」彼女の質問は、するどい。「村の店《タバ》の話では、もう何日も、あなたをお見かけしなかったそうです。町へいってらっしゃったんですか？」

「ええ、ときどき」と、ぼくはあやふやに答える。

「歩いてですか？　バスの運転手も、あなたの姿は見かけなかった、といってましたけど。」

そういいながらも、彼女はぼくのほうは見ないで、台所のなかを見まわしながら、手にもったリストに、短い黄色の鉛筆でしるしをつけている。

ぐさりと突きささってくるような、彼女のその冷笑的な一問に、ぼくはなにも答えることができない。小さな村では、ほんのひとつの動きでも、村人ぜんたいの目と耳にさらされているということを、ぼくは忘れていたのだ。

彼女はつぎに、バスルームのなかをちらりとのぞく。「そこは、今夜じゅうに、掃除しておきます。」

「そうお願いしたいものです。あなたがここへ越していらっしやったときは、どこもかも、きれいだったんですから。」

台所をとおって、客間のほうへもどっていく。グラスが二個なくなっていることに、彼女は気がつかなかった。ぼくがこわしたのだが、ぼくにはそれを話す気力がない。食器棚のなかにでも、いくらか金をおいておこう。

彼女は客間のあかりをつける。よごれたぼくの衣類が、そこらじゅうにちらかっている。

「これはあした、みんなもっていきます」と、ぼくは笑顔《えがお》をうかべようと努力する。

「ちょっと道をわたって、あたしの家《うち》においでになればよかったんですわ」と、彼女はいう。「あなたが召しあがるものぐらい、よろこんでつくってさしあげましたのに。ちょっとしたスープとか、なにか栄養のあるものを。あたし、毎日、主人のための食事をつくってるんですから、ひとり口がふえても、どうということはありませんでしょう？」

そのことばは、ぼくの心を打つ。しかし、ぼくには、それをあらわす方法がわからない。それに、彼女たち夫婦と食事をともにしていたら、ぼくの神経はひきちぎられてしまいそうになっていただろう、などとは、もちろん、いうことができない。

彼女は、飾りのついた枕《まくら》を見ている。「フィアンセのところへ、お行きになるんですか？」

ぼくは嘘《うそ》をつくべきだと思うが、どういうわけか、それができない。彼女の目がこわいのだ。やはり、あの酒の入ったグラスをあちらへおいてこなければよかった。「いいえ」と、ぼくはきっぱりいう。「彼女は、アメリカへかえってしまいました。」

「ええ？　じゃ、あなたは――あなたはまだ、ずっとフランスにいらっしゃるんですか？」彼女は、ぼくの顔をまっすぐにみつめる。

「ええ、ここしばらく。」

ぼくは汗をかきはじめる。この女、このイタリーからきた百姓女は、さまざまな点で、ジョヴァンニの母親に似ているにちがいない、とぼくはふと考えはじめたのだ。おお、ジョヴァンニの母親！――ぼくは、彼女の苦悩の叫び声を聞くまいと耳をふさぐ。もし息子《むすこ》が朝までには死ぬということを知ったら、もしぼくが彼女の息子にどんなことをしたかを知ったら、そのとき彼女の目にきっとうかぶであろうものを、ぼくは見まいと目をかたく閉じる……

しかし、もちろん、いまぼくのまえにいる女は、ジョヴァンニの母親ではない。

「よくありませんね。あなたのようなお若いかたが、こんな大きな家のなかに、女もつれないで、ひとりとじこもっているのは、けっしていいことじゃありません。」

彼女は、一瞬、ひどく悲しげな顔をする。それから、なにかもっといおうとするが、思いなおして口をつぐむ。彼女はヘラについてなにかいいたいのだ。彼女も、この土地のほかの女たちも、みんな、ヘラがすきではなかったのだ。

彼女は客間のあかりを消して、こんどは、大きな寝室、主寝室、に入る。これは、ヘラとぼくとが使っていた寝室で、ぼくがさきほどグラスをおいてきた寝室ではない。この部屋も、非常に清潔で整《せい》頓《とん》されている。彼女は部屋のなかを見まわし、それからぼくを見て、微笑をうかべる。

「この部屋は、最近は、使っていらっしゃらなかったんですね。」

ぼくは、自分が苦痛にさいなまれながら赤面しているのを感じる。彼女は声をあげて笑う。

「でもきっとまた、幸福になれますよ。別の人をみつけるんです、いい女のひとをね。そして結婚して、赤ちゃんをつくるんです。そうです、そうしなくっちゃいけません」と、まるでぼくが彼女の言にさからいでもしたかのように、彼女はいう。そして、ぼくがそれにたいして、まだ一言《ひとこと》も答えないうちに、たたみかけるようにして、「あなたのお母さんは？」

「死にました。」

「ああ！」彼女は同情して歯を鳴らす。「それは悲しいことです。それで、お父さんのほうは？　お父さんもおなくなりですか？」

「いいえ、父はアメリカにいます。」

「かわいそうなお方！」彼女は、ぼくの顔をじっとみつめる。ぼくは彼女のまえで、まったく困惑してしまう。もし彼女がすぐに立ち去らなければ、ぼくは泣きくずれるか罵声《ばせい》を吐きはじめるだろう。

「でもあなたは、船乗りのように、世界じゅうをただ放浪していようなどというおつもりはないんでしょう？　そんなことをなさったら、なくなられたお母さまが、さぞなげかれますよ。やがては所帯をおもちになるんでしょう？」

「ええ、もちろんです。いつかは。」

彼女は頑丈《がんじょう》な手を、ぼくの腕におく。「お母さまがなくなられて――それはほんとに悲しいことです！　――でも、お父さんがあなたの赤ちゃんをごらんになれば、きっとおよろこびになられますよ。」彼女は口をつぐむ。黒い目がやさしくなる。彼女はぼくを見ているが、同時に、ぼくを通りこしたむこうをも見ている。「あたしたちには、息子《むすこ》が三人いました。二人は戦争で死にました。戦争で、あたしたちはお金もぜんぶ失いました。一生のあいだ、ただひたすらに、老後のささやかな平和を願って、働きつづけてきたあげくに、それをぜんぶ奪いとられてしまうなんて、まったく悲しいことです。主人はそのために、死んだも同然のようになってしまいました。すっかり変わってしまいました。」ぼくには、彼女の目がただ鋭いだけではなく、同時に、苦しげで、とても悲しい目であることが、わかってくる。彼女は肩をすくめる。「ああ！　どうしようもありませんわね！　考えないほうがいいんですね。」それから、彼女はほほえむ。「でも、末の息子は、北フランスに住んでいて、二年ほどまえに、こちらへたずねてきたんですよ。男の子をつれてね。そのときは、まだ四歳でしたが、とてもかわいい子でしたよ！　マリオという名です。」彼女は身振りをする。「あたしの主人の名をとったんです。十日ほど泊まっていきましたが、そのときは、あたしたちも、若がえったような気がしました。」彼女はまた微笑する。「とくに主人のほうがね。」そして、彼女はしばらくそこに立ったまま、その微笑をうかべつづけている。それから、彼女は不意にたずねる。「あなたは、お祈りをしますか？」

ぼくはもうこれ以上、一瞬たりともこんなことに耐えられるかどうか、わからなくなってくる。

「いや」と、ぼくはどもる。「いや、あまり。」

「でも、信心はおありなんでしょう？」

ぼくはほほえむ。それは、好意をしめすような微笑でさえもないが、しかしおそらく、ぼくはそれがそうであってくれればいいと願う。「ええ。」

しかし、彼女には、ぼくのそのときの微笑が、いったいどんなふうに見えたのだろう。彼女は、それを見ても安心しなかった。「お祈りしなければいけません」と、彼女はおごそかにいう。「ほんとうですよ。ちょっとした短いお祈りを、ときどきするだけでもいいんです。小さなろうそくに火をともしなさい。もし天上の聖人さまたちのお祈りがなかったら、あたしたちは、この世に生きていることはぜったいにできないのです。どうやら、あたしの口のききかたは」と彼女はいって、すこし胸をはりながら、「あなたのお母さまみたいになってしまいましたわね。わるく思わないでください。」「ちっとも、わるくは思ってませんよ。むしろ、ありがたく思ってます。こんな話をしてくださって、とてもありがたいですよ。」

彼女は満足げな微笑をうかべる。「男のかたは——あなたのような若いかたばかりでなく、お年よりのひとも——みんな、ほんとうのことをいってくれる女が、かならず必要なんです。殿方は、まったくしょうがありませんからね。」そして彼女は微笑し、どこの国でも通用するこの洒落《しゃれ》の巧妙さに、むりやりぼくをも微笑させ、それから、主寝室のあかりを消す。ぼくたちは、ふたたび廊下をとおって、ありがたいことに、ぼくの酒の入ったグラスのところにいく。この寝室は、もちろん、乱雑をきわめている。あかりはつけっぱなしで、ぼくのバスローブ、本、よごれた靴下、よごれた二、三のグラス、古いコーヒーが半分ほど残っているコーヒー・カップ——そういったものが、あたり一面にとりちらかっている。ベッドのうえのシーツも、もみくしゃになっている。

「朝までには、ちゃんとかたづけておきます。」

「たのみますよ。」彼女はためいきをつく。「あなた、ほんとうにあたしの申しあげたことをおききになって、お嫁さんをもらわなきゃだめですよ。」そのことばで、ぼくたちは、急に笑いだす。それから、ぼくはグラスの酒を飲みほしてしまう。

道具調べは、だいたい終わった。ぼくたちは、最後の大きな部屋にいく。酒のびんが窓のまえにおいてあるあの部屋だ。彼女はそのびんを見て、それからぼくを見る。「でも、朝までには、ぐでんぐでんになってしまうんでしょう。」

「いや、とんでもない！　そのびんは、それはもっていくぶんです。」

それが嘘《うそ》だということが彼女にわかっていることは、明らかだ。しかし、彼女はまた肩をすくめてみせる。それから、ショールで頭をつつむ動作によって、彼女は非常に儀礼的になり、すこしはにかんでいるようすにさえなる。彼女が立ち去ろうとしているのを見て、ぼくは、彼女をひきとめることがなにかないかとしきりに考える。彼女にここにいてもらいたいのだ。彼女が道をわたってかえっていってしまったら、夜はいっそう暗く長くなるだろう。ぼくは彼女に――彼女に？　――いいたいことがあるが、もちろんそれは、ぼくの口から出てくることはないだろう。ぼくはゆるされたい、彼女がぼくをゆるしてくれたらと思う。しかしぼくは、自分の罪を陳述するすべを知らない。ぼくの罪はなにか奇妙なぐあいに、ぼくが男であるということにあり、彼女はすでにそのことを知りつくしているのだ。おそろしいことに、ぼくは彼女に素裸にされたような気がする。ぼくが大人《おとな》になりかけの少年で、母親のまえに素裸で立っているような気がするのだ。

彼女が手をさしだす。ぼくは、おどおどしながら、その手をとる。

「ごきげんよう。ここでのご滞在が、楽しい思い出になりますように。それから、またいつか、どうぞお出かけになってください。」彼女は微笑していて、その目は親切そうだ。しかしその微笑はまったく社交的なものであり、ひとつの商取引の優雅な終結をしめすものだ。「ありがとう」と、ぼくはいう。「おそらく、来年またきましょう。」彼女はぼくの手をはなし、ぼくたちはドアのところへ歩いていく。「そうそう！」と、彼女はドアのところでいう。「朝、あたしを起こさないでくださいね。鍵《かぎ》は、あたしの家の郵便箱に入れておいてください。あたしは、もういまでは、朝はやく起きる必要はなにもない女なんです。」

「わかりました。」ぼくは微笑して、ドアをあける。「おやすみなさい。」「おやすみ。それから、さようなら《アデュー》！」彼女は、暗闇《くらやみ》のなかへあゆみ出る。しかし、この屋敷と、向いの彼女の家とから、あかりが路上に流れでている。町のあかりが、下のほうできらめき、潮騒《しおさい》が、わずかのあいだ、また聞こえてくる。

彼女はぼくからすこしはなれたところで、ふりかえる。「忘れてはいけませんよ。ひとはだれでも、ときどきお祈りをしなければならないのです。」

それから、ぼくはドアをしめる。

朝がくるまでに、しておかなければならないことが多くあるということを、彼女はぼくに悟らせた。ぼくは、もういっぱい酒をのむまえに、バスルームの掃除をすることにきめる。そして、それをはじめる。まず浴槽《よくそう》をこすって洗い、つぎに水をバケツに入れて、床《ゆか》をふく。バスルームは小さな正方形で、つや消し窓がひとつある。それはぼくに、パリのあの閉所恐怖症を起こさせるような部屋を想起させる。ジョヴァンニが、あの部屋の模様がえをする大計画をたてたことがあった。そして、実際に、彼がそれに着手したことがある。そのときは、壁土《プラスター》が部屋のなかのあらゆるもののうえにとびちり、床《ゆか》のうえには煉瓦《れんが》の山ができ、そのなかでぼくたちは暮らしていた。ぼくたちは夜なかになると、煉瓦を箱につめて家からはこびだし、町の通りに捨ててきた。

おそらく、朝はやく、彼は呼びだされるだろう。おそらく、夜が明ける直前だろう。したがって、ジョヴァンニが最後に見るものは、あの灰色の、光のないパリの空だろう。ぼくたちはあの空のしたを、いくたびか、絶望の酒に酔いしれながら、手をとりあってよろめきあるき、部屋にかえっていったのだった。

第二部

1

思い出してみると、あの部屋での生活は、まるで海の底で行なわれていたかのようである。時はぼくたちのうえをよそごとのように流れ去り、何時間がたとうと、何日が経過しようと、それらにはなんの意味もなかった。最初は、ぼくたちの同棲《どうせい》生活には、毎日あらたに生まれでるよろこびとおどろきとがあった。もちろん、そのよろこびの底には、苦悩があり、そのおどろきの底には、恐れがあった。その苦悩や恐れが、表面に出てこようとしなかったのは、最初のことだけで、やがてぼくたちの同棲生活が本格化し、いわば、ぼくたちの舌のうえの苦汁となったころには、それらは表面にあらわれでてきた。そして、そのうえを、ぼくたちは転倒したりすべったりしながら、平衡《バランス》を失い、尊厳さを失い、誇りをも失っていった。ジョヴァンニの顔は、朝昼晩と、あれほど幾度も見おぼえていたのに、ぼくの目のまえで硬化し、陰微なところでくずれはじめ、ひび割れはじめた。目の光は、ぎらぎらとかがやくようになり、広く美しい額は、そのしたの頭蓋《ずがい》骨を暗示しはじめた。肉感的な唇は、内側にめくれ、心の底からあふれでる悲哀に、せわしくわなないた。それはもやは見知らぬ人の顔になってしまった——というより、それが見知らぬ人の顔であってくれればいいと希求するほど、ぼくは彼の顔を見るたびに、はげしい罪の意識におそわれるようになったのだ。そのような変形は、ぼくが見おぼえていたために起こったのに、見おぼえるという行為が、そのような結果をもたらすとは、ぼくが予想もしていなかったことだった。

ぼくたちの一日は、夜明けまえにはじまった。それはぼくが、閉店まえの一杯をやるのに間にあうように、ギヨームのバーに飄然《ひょうぜん》と入っていくときだ。ギヨームが一般客にたいして店を閉めたあと、数人の友人とジョヴァンニとぼくとは、朝食をとり音楽をきくために、ときどき店のなかに残ったことがある。ジャックがそこにいることも、ときどきあった（ジョヴァンニとの出会い以来、彼は以前よりもずっとしげしげと足を運んでいるようだった）。ギヨームの店で朝食をとったときには、ぼくたちはふつう、七時ごろになると腰をあげた。ジャックがそこにいあわせているときには、彼はよく、最近どういうわけか急に買いもとめた自分の車で、ぼくたちを家まで送ろうと申しでたが、ぼくたちはたいていいつも、川ぞいの長い道のりを歩いてかえった。

パリには、春が近づいていた。今夜こうして、屋敷のなかを歩きまわっていると、あの川や、石だたみの河岸《かし》や、橋のかずかずが、ふたたび、ぼくの目にありありとうかんでくる。平底船のしたをくぐり、その船のうえで、ときどき女たちが、洗濯物を掛けていた。若い男がカヌーにのって、少々たよりなげな、また、少々まぬけ顔をしながら、力漕《りきそう》していたこともあった。ときおり、土手にそって、ヨットや屋形船やはしけなどがつないであることもあった。また、家にかえる途中、ぼくたちは消防署のまえをなんども通ったので、ついには、消防士らがぼくたちを見おぼえるまでになった。冬がまたきて、ジョヴァンニがはしけのひとつを隠れ家にしていたとき、ある晩、彼がひと塊《かたまり》のパンをかかえてその隠れ家にもぐりこむのを見て、警察に密告したのは、消防士のひとりだった。

そのころの朝、樹木は緑色をまし、川の水かさが減り、茶色の冬の煙が川面《かわも》を下って消えていって、釣りびとたちが姿をあらわした。ジョヴァンニが、彼らはたしかに一匹の獲物にもありついてはいないようだが、あれはあれで、彼らにとってはけっこう楽しい手すさびなのだと、おしえてくれた。河岸《かし》では、露店の古本屋がまるでお祭り気分になって、天候の回復を心まちにしているようだった。いい天気になれば、通りがかりのひとが、ふと立ちどまって、古ぼけた本をぱらぱらめくってみるようになるし、旅行者たちは、財布《さいふ》のゆるす以上の、あるいは国にもちかえったときその処置に困るほどの、多くの色刷版画《カラープリント》を、ぜひともアメリカやデンマークにもちかえりたいと思うようになるのだ。また、自転車にのった少女たちが、同様のいでたちの少年たちとつれだって、姿を見せはじめるのもそのころだった。かれらが、日がかげりはじめる夕暮に、自転車はもう翌朝までどこかへかたづけてしまって、川辺にならんでたわむれているのを、ぼくたちはときどき見かけたことがある。それは、ジョヴァンニが職を失ったあとのことで、ぼくたちはそのころには、夕暮に歩きまわっていたのだ。その夕暮は、悲痛にみちた夕暮ばかりだった。ジョヴァンニは、ぼくが彼からのがれようとしていることを知ってはいたが、それがはっきりと断言されることを恐れて、あえてぼくをなじろうとはしなかった。ぼくも、あえて彼に告げようとはしなかった。ヘラはスペインからの帰途にあり、父は金を送ることに同意してきていた。だがぼくはその金を、あれほどぼくを助けるためにつくしてくれたジョヴァンニを、助けるために使おうとは思っていなかった。ぼくはその金を、彼の部屋から逃げだすために使おうと思っていたのである。

朝がくるたびに、空と太陽が少しずつ高くなっているようだった。眼前にひろがる川面にも、日ましに、春を約束するもやの色が濃くなっていた。毎日、古本屋の主人たちは、一枚ずつ着ているものを脱いでいき、そのために、かれらの体の形は、日ごと目をそばだたせるほどに、つぎからつぎへと変形の過程をたどっているように見えた。最後にはどういう形になるのだろうかと、ひとごとながら、気づかわれてくるようだった。

河岸《かし》や横町にむかって開いている窓から、宿の主人たちが、ペンキ屋を呼んで部屋の塗りかえをやらせているのが見えた。牛乳店の女たちは、青いセーターを脱いで、服の袖《そで》をまくりあげ、太くたくましい腕をのぞかせていた。パン屋では、できたてのパンが日ましにあたたかさと新鮮さとを、増していくように思われた。小学校の生徒たちは、すでにケープを脱いでしまい、膝小僧が寒さで赤くなっていることもなくなった。人びとのおしゃべりも、日ごとにかしましくなっていくようだった――ときには固まっていく卵の白味を、ときには弦楽器を、しかし常に熱情の内面と余韻とを、ぼくに連想させるあの奇妙に律動的で激しい言語でのおしゃべり……

しかし、ギヨームがぼくに好意をもっていなかったので、ぼくたちがギヨームのバーで朝食をとるのは、そんなにたびたびのことではなかった。たいていぼくは、店のなかでなるべく目だたぬようにしながら、ジョヴァンニがあとかたづけをして、着がえをすませるのを、待っているだけだった。ジョヴァンニのかえる準備ができると、ぼくたちは、おやすみなさい、といって店を出た。店の常連は、一種の不愉快な母性愛と、羨望《せんぼう》と、見せかけだけの嫌悪《けんお》と、その三つをないまぜにしたような奇妙な態度を、ぼくたちにたいしてとるようになっていた。どういうわけか、彼らは、彼ら同士が話すような話しかたで、ぼくたちに話しかけることができず、その結果、ぼくたちと話すときには緊張を強《し》いられることになり、彼らはそのことに憤慨していた。そして、彼らの生命の不毛の中心が、ぼくたち二人に関しては、関与することを拒否されているという事実が、彼らを激昂させていた。そして、そのような事実は、彼らを、饒舌《じょうぜつ》の麻酔と、征服への夢想と、相互の侮蔑《ぶべつ》などへと追いやり、彼らは自分たちの貧弱さを、あらためて痛感していたのである。

どこで朝食をとり、どこを歩いたにしても、部屋へかえったときには、ぼくたちはいつも非常に疲れていて、すぐには寝っかれなかった。コーヒをわかし、ときには、それにブランデーをもそえて、ベッドにすわり、話をし、タバコをふかした。ぼくたちには、語るべきことが山ほどあるように思われた――すくなくとも、ジョヴァンニは語った。ぼくのほうは、どんなに率直なときでも――ジョヴァンニがぼくにたいしてしたように、ぼくも自分のすべてを彼に傾注しようと必死になっているときでも、肚《はら》のなかにまだなにかをかくしていた。たとえば、ぼくが彼にヘラのことをほんとうに話したのは、彼の部屋で同棲《どうせい》をはじめてから、一カ月もたってからのことである。しかもそれは、彼女からの折々の手紙が、もうすぐにもパリにもどってくるようなことを、におわせはじめていたからであった。

「彼女は、スペインをひとりであちこち歩きまわったりして、なにをしているんだ?」と、ジョヴアンニはきいた。

「旅行がすきなんだよ。」

「それはおかしい。だれだって、旅行がすきなものはいないよ、ことに女にはね。なにかほかに、理由《わけ》があるにちがいないな。」彼はなにかを示唆《しさ》するように眉《まゆ》をあげた。「もしかしたら、スペイン人の恋人ができて、きみにそのことを打ち明けるのをおそれているんじゃないか？　闘牛士とでもできてるのかもしれないよ。」

そうかもしれない、とぼくは思った。「しかし彼女は、打ち明けるのをおそれるような女じゃない。」

ジョヴァンニは笑った。「ぼくにはどうも、アメリカ人というのが、ぜんぜん理解できないな。」

「そんなに理解しにくいところがあるようには、ぼくはちっとも思わないがねえ。ぼくらは、結婚しているんじゃないんだぜ。」

「だけど、彼女はきみの恋人じゃないの？」

「そうだよ。」

「いまでもまだそうなんだろう？」

ぼくは彼の顔を凝視した。「もちろんだ。」

「そうだとすると、きみがパリにいるというのに、彼女がスペインくんだりでなにをしているのか、ぼくにはどうもわからないなあ。」ふと彼は別のことを思いついた。「彼女はいくつ？」

「ぼくより二つしただ。」ぼくは彼をじっとみつめた。「それとこれと、どういう関係があるんだ？」

「彼女は結婚してるの？　つまり、もちろん、だれかほかの男とだけど。」

ぼくは笑った。彼もまた笑った。「もちろん、してないよ。」

「いやね、ぼくはまた、彼女がもしかしたら、きみより年上の女じゃないかと思ったんだよ。どこかに亭主がいてさ、きみとの関係をうまくつづけていくためには、ときどき、その亭主と旅行にでも出かけなきゃいけないことになってるんじゃないかと考えたんだ。そうだとすると、それはなかなか味のあるおもしろい筋立てということになるからね。そんな女のなかには、ときたま、たいへんな上玉がいるし、彼女らはたいてい小金をもっている。きみの彼女もそういう女だったら、きっと、すばらしいスペイン土産《みやげ》をもってかえってくれるだろう。だけど、若い娘が、たったひとり外国をとびまわっているなんていうのは――そんなのは、ぼくはぜんぜんいただけないね。だれか、ほかの恋人でも見つけたほうがいいよ。」

　まったくおかしなことをいっている、とぼくは思った。ぼくは笑いを抑えることができなかった。

「そういうきみには、恋人があるのかい？」

「いまはない。でもいつかまた、できるだろう。」彼はなかば顔をしかめ、なかば微笑した。「いまのところは、ぼくはどうも、女にはあまり興味がないらしい、どうしてだか、わからないけど。むかしはあったんだよ。いずれまた、そういうようになるかもしれない。」彼は肩をすくめた。「たぶん、いまのぼくには、女ば少々わずらわしすぎて、相手にする自信がないからだろうと思う。それに

「……」彼は口をつぐんだ。

そのわずらわしさから抜けでるのに、きみはずいぶん変わった道をえらんだようだね、とぼくはいってやりたかった。しかし、しばらくして、用心ぶかく、「きみの女を、あまり高くかってないらしいね」というにとどめた。

「女！　おんななんて、きみ、ありがたいことに、かうもかわぬもありゃしない、ぜんぜんそんな必要はないね。女なんて、まったく水のようなものさ。魅力的だといってもせいぜいそんなところだし、それに、女心と秋のなんとかっていうように、ひとを裏切ることなんか平気だし、いけしゃあしゃあとカマトトぶることもできるしさ——それにまた、あの浅はかさ、汚らわしさ……」彼はちょっと口をつぐんだ。「ぼくはどうも、女があまり好きじゃないらしいことはたしかだね。だからといって、多くの女にいいよったり、ひとりか二人の女と実際に恋をしたりしたことはある。しかし、たいていは——たいていは、体だけの恋だった。」

「それはまた、ずいぶん寂しい話だね」と、ぼくはいった。われながら、予期していなかったことばだった。

彼も、そんなことばをぼくから聞こうとは、予期していなかった。彼はぼくをみつめ、手をさしのべて、ぼくの頬にふれた。「そのとおりだ」と、彼はいった。それから、「女の話をするときに、ぼくはなにも、底意地の悪いことをいおうとしてるんじゃない。ぼくは女を尊敬している——非常にね——彼女たちの内面生活は、男のとはちがって、とてもりっぱだと思うよ。」

「女はそういう考えかたを、いやがるだろうね。」

「うん。ちかごろの女たちは、思想だのなんのと、愚にもつかないことを頭につめこんで、やれ男女は同権で平等でございますのって、走りまわっている手合が多いからね。ちゃんちゃらおかしいよ！　そういったやつらは、半殺しになるまでひっぱたいてやって、世界を支配しているのはだれか、思い知らせてやる必要があるな。」

ぼくは笑った。「きみが知ってた女のひとたちは、ひっぱたかれるのがすきだったのかい？」

彼はほほえんだ。「さあ、どうだったかな。でも、いくらひっぱたいても、追いはらうことができなかったことだけは、たしかだったな。」二人とも笑う。「ともかく、ぼくの知ってた女たちは、きみの彼女みたいに、スペインを放浪しながら、ときどきパリに手紙をよこすような、そんなばかなことはしなかった。彼女は自分でなにをやってると思ってるんだろう？　彼女はきみが欲しいのかね、それとも欲しくないのかね？　いったいどっちなんだ？」

「それをきめるために、彼女はスペインへいったんだ。」

ジョヴァンニは、目を大きくみひらいた。憤然としている。「そのためにスペインにいっただって？　どうしてアフリカじゃいけなかったんだ？　彼女はなにをしているんだ、スペインの男をひとりひとりテストして、きみと比べてでもいるのかい？」

ぼくはすこしわずらわしくなってきた。「きみにはわからないんだよ。彼女は非常に理性的な女で、複雑な心理の持主なんだ。だから、パリをはなれて、すこし考えてみたいと思ったんだよ。」

「なにを考えることがあるんだい？　そんなの、むしろばかばかしいといいたいね。どのベッドで寝たらいいか、その決心がつかないというだけなんだろう。ふぐは食いたし命は惜しし、というやつだよ。」

「もし彼女がいまパリにいたら」と、ぼくはとつぜんいった。「ぼくはきみといっしょに、この部屋にはいないだろう。」

「なるほど、この部屋には住んでいないかもしれない、しかし、たがいに会うことだけはつづけているだろう、それでいいじゃないか？」

「それでいいじゃないかって？　もし彼女にみつかったら、どうなるんだ？」

「みつかる？　なにをみつかるんだ？」

「ああ、もういいかげんにしてくれよ。わかってるくせに。」

彼はひどくまじめな顔になって、ぼくを見た。「きみの話を聞いてると、きみの彼女っていうのは、ますますもって、とほうもない女のように思えてくる。彼女がいったい、なにをするっていうの、いちいちきみのあとをつけまわすの？　それとも、私立探偵をやとって、ぼくたちのベッドのしたにでももぐりこませるっていうの？　それにだいいち、ぼくたちのしてることは、彼女にはぜんぜん関係のないことじゃないか？」

「きみはだめだ、真剣になれないんだから。」

「どういたしまして、なれますとも」と、彼はいいかえした。「それに、実際、いまは真剣なんだ。

きみのほうこそ、わけのわからない男だよ。」彼はうめくような声をあげ、コーヒーをつぎたして、床《ゆか》のうえからブランデーをとりあげた。「きみの話を聞いてると、まるでイギリスの殺人推理小説みたいに、なにもかもみんな、極度に熱をおびて、複雑怪奇な様相を呈しているように聞こえる。みつかる、みつかる、ときみはうるさくいっているが、それじゃあ、まるでぼくたちはなにかの犯罪の共犯者みたいじゃないか。ぼくたちはなにも、犯罪をおかしているわけじゃないんだぜ。」彼はブランデーをついだ。

「いや、ぼくがいいたいのはだね、もし彼女にみつかったら、彼女の心がひどく傷つくだろう、ということだけなんだ。世間のひとは、非常にきたないことばを使って非難するからね、その——こういった状態にたいして。」ぼくは口をつぐんだ。彼の顔が、ぼくの推理は非常に論拠が薄弱で問題にならない、といっているのだ。そこで、自己弁護をするような格好で、「それに、こういったことは犯罪なんだ——ぼくの国ではね。あれこれいってみたって、けっきょくはぼくは、こちらで育った男じゃない、アメリカ人なんだ。」

「きみは、きたないことばで非難されるのがこわいらしいが、もしそうだとすれば、よくもまあきみは、今日まで長いあいだ生きながらえてこられたもんだね。まったく理解に苦しむよ。世間の人間は、きたないことばばかり使ってるんだぜ。かれらが、そんなことばを使わない唯一のときといえば、つまりたいていの人のばあいだが、それはかれらが、なにかきたならしいことを描写しているときだけさ。」彼はそこで息をつぎ、ぼくたちはたがいの顔を凝視した。自分のいっていることとは裏はらに、彼自身、むしろおびえているようだった。「もしきみの国のひとが、プライバシーは犯罪だと考えているんなら、それはまたずいぶんひどい話で、きみの国のためにも嘆かわしいことだよ。ところで、きみの彼女のことだけど——彼女がパリにいるときは、きみはいつも彼女のそばにくっついているの？　つまり、一日じゅう、毎日さ。ときには、ひとりで酒を飲みに出かける、というようなこともあるんじゃないのかい？　ときたまは、彼女をつれないでひとりで散歩をする、ということもあるんだろう？　きみのいう、その考えごとをするためにさ。なにしろ、アメリカ人というのは、えらく考えごとをするのがすきらしいからね。ところで、きみがひとりで考えごとをし、酒を飲んでいるときにだね、きみのそばを彼女以外の女がだれか通りかかったとする。そのとき、きみはその女には目もくれないかい？　そんなことはないだろう。ふと空を見あげ、自分の体に血がたぎってくるのを感じたりするんじゃないのかな？　それとも、そんなことはぜんぜんなくて、ヘラがパリにいると、なにもかもがストップし、ひとりで酒を飲むのも、他の女に目をくれるのも、空を見あげるのも、ぜんぶやめてしまうのか？　ええ？　どうなんだい？」

「さっきもいったとおり、ぼくたちはまだ結婚してはいないんだ。だから、そんなの愚問だよ。だけど、今朝《けさ》はどうやら、なにをいっても、きみにはぜんぜんわかってもらえそうにないな。」

「でも、とにかく、きみは——ヘラがパリにいるときでも、ときどきは、他の人間に会うことはあるんだろう、ヘラをつれないで？」

「もちろんだ。」

「それで、彼女は、自分といっしょでないときにきみがしたことを、あとでいちいちぜんぶ聞きたがるのか？」

ぼくはためいきをついた。話の途中のどこかで、収拾がつかなくなってしまったような感じだった。ただもう、そんな話は一刻もはやく切りあげたかった。ブランデーを一気に早く飲みすぎて、喉《のど》に灼《や》けつくような痛みをおぼえた。「もちろん、そんなことはないよ。」

「そうだろう。そうするとだな、きみは非常にチャーミングでハンサムな男で、それに教養もあるときている。だったら、きみが不能《インポ》でもないかぎり、彼女にしろきみにしろ、なにをくよくよ思い悩んだり、不平をいったりすることがあるんだい？　まったく理解に苦しむよ。ねえきみ、実際的な生活《ラ・ヴィ・プラティーク》に入る手筈《てはず》をととのえるのは、すごく簡単なことなんだぜ——実行しさえすればいいんだからね。」彼はちょっと思案した。「そりゃ、ときには、思ったとおりにうまくいかないこともあるだろう。そういうときには、また別のやりかたを考えてみればいいんだ。だけど、そうだからといって、ぜったいにイギリス的なメロドラマだけはいけないよ。あんなふうにやったんじゃ、人生はもうまったく耐えがたいものになってしまうばかりだからね。」彼はさらにブランデーをつぎ、まるできみの問題はぜんぶ自分が解決してやったとでもいうように、ぼくにむかってにやりと笑った。その笑いには、なにか非常にたくまない自然なものがあったので、ぼくも思わず笑い返さずにはいられなかった。ジョヴァンニは、自分は非常に現実的な男であるが、ぼくがその逆なので、自分は人生の冷厳な諸事実をぼくに教えてやっているのだ、と信じたがっていた。彼にとっては、そのような一種の使命感は、非常に必要なのだった。なぜなら、ぼくが心の奥底では、どうしようもないくせに全力をあげ必死になって、彼に抵抗していることを、彼も心の奥底でいやいやながら知っていたからである。

最後には、ぼくたちは静かになって、黙りこんでしまい、眠りについた。そして、目をさますのは、午後の三時か四時ごろ、にぶい陽《ひ》の光が、とりちらかした部屋の片すみにさしこんでいるころだった。起きあがると、どちらもばたばた大騒ぎをし、たがいにぶつかりあったり、冗談をとばしたりしながら、いそいで顔を洗い、ひげを剃《そ》った。口にこそ出さなかったが、どちらも、一刻も早くその部屋からぬけだしたいと、夢中になっていたのである。出かける準備が終わると、二人は、そとの街へ、広いパリの空のしたへ、踊るようにしてとびだしてゆき、どこかで急ぎの食事をすませ、最後にギョームのバーの戸口で、ぼくはジョヴァンニと別れるのであった。

それから、ぼくはひとりになって——ひとりになってほっとしながら、映画にいくか、散歩をするか、部屋にかえって本を読むか、それとも公園のベンチで本を読むか、喫茶店《カフェ》のテラスに腰をおろすか、人びとに話しかけるか、手紙を書くか、した。手紙といえば、ヘラには、実情をかくしてたわいもないことを書きつらね、父には、送金を依頼するばかりであった。だが、ジョヴァンニと別れてひとりになって、なにをしたにしても、そのあいだじゅう、ぼくの肚《はら》のなかには、もうひとりのぼくが重苦しく横たわっていた——自分の人生の問題について、恐怖のあまりすっかり冷たく凍りついたもうひとりのぼくが。

ジョヴァンニはぼくの体に、いらだたしい渇望をめざめさせ、さいなむような悶《もだ》えをあたえていた。

ぼくがそれに気づいたのは、ある日の午後のこと、彼を店まで送る途中、モンパルナス通りを歩いていたときだった。さくらんぼ一キロほど買ったぼくたちは、歩きながらそれを食べていた。その午後、ぼくたちはどちらも、どうしようもないほどに、子供っぽく元気がよかった。二人の大の男が、広い歩道のうえを押しあいへしあいしながら、さくらんぼの種をまるで紙つぶてのように、たがいの顔めがけて吐きとばしている光景は、まったくけしからぬものであったにちがいない。だがぼくはそのとき、そのような子供っぽさは、ぼくの年齢では、およそ想像を絶したとほうもないことであり、したがってそこから生ずる幸福感は、なおさらそうだということに気がついた。その瞬間、ぼくは心からジョヴァンニを愛した。ジョヴァンニの顔が、そのときほど美しく見えたことはなかった。そして、彼の顔をじっとみつめながら、彼の顔をそんなに晴れやかにさせる力が自分にあるということは、ぼくにとっては非常に大きな意味があることだと感じた。そのような力を失わないためには、よろこんで多くのものをあたえてもよいと思った。そして、氷がわれて川の水がせきをきって流れるように、ぼくは自分が彼のほうに流れよっていくのを感じた。しかし、ちょうどその瞬間、歩道をゆくぼくたちのあいだを、ひとりの見知らぬ青年が通りぬけた。そのとたん、ぼくはその青年に、ジョヴァンニの美しさを賦与してみた。すると、ジョヴァンニに感じたのと同じものを、ぼくはその青年にも感じたのだった。ジョヴァンニはそれに気づき、ぼくの顔を見て、いっそう大きな声をあげて笑った。ぼくは赤面し、彼は笑いつづけた。すると、広い街路も陽光も彼の笑い声も、すべてが悪夢のなかの一場面に変わっていった。ぼくは街路樹や、木の葉のあいだからこぼれおちている陽光に、じっと目をこらしていた。悲哀と羞恥《しゅうち》と恐怖と痛恨が、ぼくをおしつつんだ。同時に――それはぼくの混乱の一部であるとともに、それ以外のものでもあったが――ぼくは首すじの筋肉がこわばっていくのを感じた。ふりかえって、明るい並木通りをむこうへ消え去っていくさきほどの青年の、うしろ姿を見まもりたいという気持をじっと抑制していたのである。ジョヴァンニがぼくの体によびさましたけものは、もはやふたたび眠りにつくことはないだろう。しかし、ジョヴァンニと別離する日は、いつかくるだろう。そうしたらぼくは、他のだれかと同様に、どんな青年を見かけてもふりむき、そのあとを追って、無気味な暗い道をたどり、底知れぬ暗い陰微な場所へと入っていくのだろうか？

そのような恐ろしい予感とともに、ぼくの心のなかには、ジョヴァンニにたいして憎悪《ぞうお》の念がわいてきた。それは、彼にたいするぼくの愛情と、同じくらいに強いものであり、同じ根に培《つちか》われているものだった。

2

あの部屋を、どのように説明し描写したらいいのか、ぼくはその方法をほとんど知らない。ある意味では、あの部屋は、かつてぼくが入ったことのあるどの部屋にもあたるといえるし、また、今後ぼくが身をおくどの部屋も、すべてあのジョヴァンニの部屋をぼくに想起させることになるだろう。ぼくは実際、あの部屋にそんなに長いあいだ、滞在していたわけではない。ぼくたちが出会ったのは、まだ春にならないころで、ぼくがあそこを出たのはその年の夏だった。それにもかかわらず、ぼくはいまでも、あそこで一生をすごしたような思いをぬぐい去ることができない。あの部屋での生活は、まえにも述べたように、いわば海の底でいとなまれたようなものであり、ぼくがあそこで、シェイクスピアのいう《海による変貌《へんぼう》》を経験したことは、たしかである。

まず第一に、その部屋は、二人が住むのに十分なほど広くはなく、小さな中庭に面していた。面していたというのは、その部屋には窓が二つあった、というだけのことで、その二つの窓にたいして、中庭は、底意地の悪さを感じさせるような圧迫感をあたえ、まるでおのれをジャングルとでもはきちがえたかのように、日に日にこちらにむかって蚕食してくるような感じだった。ぼくたちは——というよりはむしろジョヴァンニは、ほとんどいつも窓を閉めきりにしていた。彼はまえまえから、いちどもカーテンを買ったことはなく、ぼくがあの部屋にいたあいだに、二人で買おうとしたこともなかった。プライバシーを確保するために、ジョヴァンニは、どろどろと濃くて白い光沢剤をつかって、窓ガラスをくもらせていた。ときどき、子供たちが窓のそとで遊びたわむれているのが聞こえたり、見なれぬ影が窓にぬっと映《うつ》ることがあった。そういったとき、ジョヴァンニは、部屋のなかを動きまわっていたり、ベッドに臥《ふ》していたりしていても、急に猟犬のように体をこわばらせ、ぼくたちの安全をおびやかすかに見えたものがなんであれ、それが立ち去ってしまうまでは、完全に息をころしてじっとしたままでいた。

彼は以前からずっと、その部屋を大々的に模様変えしようといろいろ計画をねっていた。そして、ぼくがそこに住むようになるまえに、すでにその計画の一部の実行に着手していた。壁のひとつは、壁紙をひきはがされて、汚点が縞《しま》になって入り乱れている白さを露呈していた。それとむかいあった壁のほうの壁紙は、けっしてひきはがされないことになっていて、そこでは、フープ・スカートの貴婦人と半ズボンの男がつれだって、ばらの花にかこまれながら、永遠の散策を楽しんでいた。床《ゆか》のうえは、ほこりをかぶった壁紙が、積み重ねられたり巻かれたりして、そうとうの面積を占領していた。床のうえにはまた、ぼくたちのよごれた洗濯物が、ジョヴァンニの大工道具や、ペンキのブラシや、テレピン油のびんなどといっしょに、足の踏み場もないほど雑然ととりちらかっていた。したがって、二人のスーツケースは、なにかのうえにあぶなっかしくのっけられてしまい、その結果、それをあけようとすれば落下してしまうおそれがあったので、靴下のような小物は、数日間、はきかえないままでいることがたびたびあった。

ジャック以外には、ぼくたちを訪れてくるものはだれもいなかったし、ジャックにしても、そんなに足しげくやってくるわけではなかった。その部屋は、市の中心部からはずっと離れたところにあったし、電話もついていなかった。

ぼくはいまでも、自分のあの部屋で目をさました最初の午後のことを、よくおぼえている。ジョヴァンニはぼくのかたわらで、落下した岩石のようにずっしりと体を横たえて、熟睡していた。部屋にもれこんでいる陽《ひ》の光が、あまりにもかすかだったので、時間のことが気にかかった。そっと、タバコに火をつけた。ジョヴァンニの目をさまさせたくなかったのだ。彼が起きたとき、彼の視線をどううけとめたらいいのか、まだ見当もついていなかったのだった。ぼくは、あたりを見まわした。ジョヴァンニは、ここへくるタクシーのなかで、自分の部屋がひどくきたない、というようなことをいった。「きっとそうだろう」と、ぼくは軽くうけながして、彼から顔をそむけ、窓のそとに目をやった。それから、二人はどちらも黙りこんだままでいた。彼の部屋で目をさましたとき、ぼくは、あの沈黙の中味には、なにか緊迫した不安のようなものがあったことを思いだした。あの沈黙が破られたのは、ジョヴァンニが、内気そうな痛ましい笑みをうかべて、「なにか、適切な詩的な比喩《ひゆ》でもみつからないかなあ?」といったときだった。

それから彼は、まるで目のまえに手にふれることのできる比喩でもあるかのように、ごつごつした指を宙にひろげた。ぼくは彼をみつめた。

「見てみたまえ、この大都会のごみを」と、彼はやっといった。彼の指は、窓外のとび去っていく街路を指さしていた。「この大都会のごみのすべて！　それをかれらは、どこへもっていくのだ？　ぼくにはそれがわからない——だが、その行く先がすべて、ぼくの部屋だといってもむりはなかろう。」

「ねえきみ、その行く先はどうもセーヌ川らしいぜ」と、ぼくはいってやった。

しかし、目をさまして部屋のなかを見まわしたとき、ぼくは、彼の詩的な比喩なるもののうちに、虚勢と気弱さがひそんでいたことを感じとった。これはパリのごみなどというものではない。そういうものだったら、個性はないはずだ。これはまぎれもなく、ジョヴァンニが吐き出した生活の残渣《ざんさ》だ。ぼくのまえにも横にも、部屋じゅういたるところに、ボール紙や皮の箱が、壁のようにそそりたっていた紐《ひも》でしばってあるのもあれば、鍵《かぎ》のかかっているのもあり、なかには、はちきれそうになっているのもある。ぼくの目のまえのいちばん上の箱からは、バイオリンの楽譜が何枚かあふれ出ていた。バイオリンが、ひびわれて反《そ》りまがったケースに入って、テーブルのうえにおいてあったが、それは見ただけでは、それがそこにおかれたのが昨日《きのう》であったのか、それとも百年もまえのことだったのか、推測しかねるようなしろものだった。テーブルのうえには、ほかに、黄色くなっている古新聞紙や、空《あき》びんが山積し、たったひとつだけ、茶色くしなびじゃがいもがおいてあったが、その萌芽《ほうが》はすでにくさっていた。赤ブドウ酒の床《ゆか》のうえにこぼれたのを、そのままふかないで自然に乾くにまかされたために、部屋のなかの空気には鼻をつくような重苦しい甘さがあった。しかし、ぼくが愕然《がくぜん》としたのは、部屋の乱雑さのせいではなかった。そうではなくて、部屋の乱雑の謎《なぞ》をとく鍵を捜しはじめてみると、それはふつうみつかるようところにはどこにもない、ということに気づいたためだった。それというのも、これは、習慣とか環境とか気質の問題ではなく、劫罰《ごうばつ》と悲痛の様相だったからである。自分にどのようにしてそれがわかったのか、ぼくは知らない。ただ、瞬時にして、そうとわかったのだった。たぶん、そうとわかったのは、ぼくが生きたかったからであろう。ぼくは、致命的で不可避的な危険を考量するときと同じように、神経をはりつめ、打算的になって、知力およびその他の総力のかぎりをつくしながら、部屋のなかを見まわした。しずまりかえってものいわぬ壁。永遠に枯れることのないばら園のなかの遠いむかしの古風な恋人たち。二つの大きな氷と炎の目のように凝視している窓。悪霊がときどき顔をのぞかせたことのある、雲のように低くたれこめ、黄色い電燈の背後にあって部屋にこもる悪意をかげらせてはいても和らげてはいない天井。天井の中心部から、不分明な病《や》めるセックスのようにぶらさがっている黄色い電燈……。このなまくらな矢、この押しつぶされた光の花のしたに、ジョヴァンニの魂をとりまく数々の恐怖が存在しているのだ。ぼくには、なぜジョヴァンニがぼくを求め、自分の最後の隠れ家にぼくをつれてきたのか、その理由がわかった。ぼくはこの部屋を粉砕し、ジョヴァンニに新しいよりよい生活をあたえることを期待されているのだ。その生活は、ただぼく自身だけのものでしかありえなかったが、ジョヴァンニの生活を変えるためには、まずジョヴァンニの部屋の一部になる必要があった。

最初、ぼくをジョヴァンニの部屋に誘った動機は多岐《たき》多様であり、それらは彼の希望や欲望とはほとんど関係がなく、ぼく自身の絶望の根ぶかい一部であったために、ぼくははじめは、ジョヴァンニが仕事に出かけたあと、主婦の役を演じることによって、一種のよろこびをみずから創《つく》りだしていた。古新聞や、酒の空《あき》びんや、とほうもないごみや屑《くず》の山をそとに捨てたり、無数にある箱やスーツケースの中味を調べて、整理したりした。だが、ぼくは主婦ではない――男はけっして主婦になることはできはしない。したがって、そのよろこびは、けっして本物でもなければ深いものでもなかった――もっとも、ジョヴァンニはつつましやかな感謝にみちた笑《え》みをうかべながら、ここにきみにいてもらえるのはなんとすばらしいことだろうとか、きみの愛情と利発さのおかげで、自分はまっ暗な気持にならずにすんでいるとか、口をきわめてぼくに謝意を告げるのだった。毎日のように彼は、自分がいかに変化したか、愛情が自分をいかに変化させたか、どんなに楽しく自分は働き、歌い、かつぼくを大事《だいじ》に思っているか、ぼくはその証拠を見せようとした。ぼくはおそろしい混乱におちいっていた。《これがおまえの人生なんだ。あらがうのはやめろ。やめろ!》あるいは、《ぼくは幸福だ。彼はぼくを愛してくれている。なにも心配することはない》と考えたりしているときがあるかと思うと、反対に、彼が身近にいないときなど、《もう二度と、彼にはぼくの体をふれさせまい》と決意したりすることもあるのだった。そして、彼がぼくにふれているときには、《たいしたことじゃない。たかが体だけのことだ。すぐにすんでしまうことさ》とみずからをなぐさめ、ことがすむと、暗闇《くらやみ》のなかに横たわって、彼の寝息に耳をかたむけながら、ぼくの体をまさぐる手を――ジョヴァンニの手でも、だれの手でもいい、ぼくを激情のるつぼにたたきこみ、完全な頂点にまで昂《たか》まらせてくれるだけの力をもった手を、夢想したりするのだった。

午後の朝食のとき、ぼくはときどき、タバコの紫煙をのんびりとくゆらせているジョヴァンニを残して、オペラ通りのアメリカン・エキスプレス社に出かけていった。そこには、もしきているとすれば、ぼくあての郵便物がおいてあるはずだった。ときたま、ジョヴァンニもいっしょについてくることがあったが、そんなとき、彼はかならず、自分はあんなに大勢のアメリカ人にとりかこまれていることにはとても耐えられない、自分には、彼らはみんな同じような人間に見える、といった――彼にはきっとそうだったろうと思う。だが、ぼくには同じようには見えなかった。ぼくは、彼らはみんな、彼らをアメリカ人たらしめているなにか共通のものをもっている、ということに気づいていた。だが、それがなんであるか、的確につきとめることはどうしてもできなかった。ただ、その共通の資質がなんであれ、ぼくもそれをわかちもっていることはたしかだった。そして、ジョヴァンニがぼくに魅力を感じた理由の一部にそれがあることを、ぼくは知っていた。ジョヴァンニは、自分がぼくにたいして不満をもっているということをぼくに知らせたいときには、《きみは、正真正銘のアメリカ人だ》といった。逆に、きげんがいいときには、《きみは、ぜんぜんアメリカ人じゃない》といった。そして、そのどちらのばあいにも、彼はぼくの心の深みで、彼のなかには脈打っていないひとつの神経に、打撃をくわえているのだった。ぼくはそのことに憤慨した。アメリカ人と呼ばれることに憤慨した（そして、そのように憤慨することに憤慨した）。なぜなら、それだとぼくは、たとえそれがなんであれ、それ以上のなにものでもなくなるような気がしたからである。同時にぼくは、アメリカ人ではないといわれることにも憤慨した。なぜなら、それだとぼくは、ぜんぜんなにものでもなくなるような気がしたからである。

　しかし、あるどぎつく明るい真夏の午後、アメリカン・エキスプレス社に入っていったとき、ぼくは、この活動的でいらだたしいほどに快活な一群の人間たちは、見たとたんに個性のない単一体として目にうつる、ということを認めざるをえなかった。これが故国であったら、個々の傾向や習慣や話しかたを、なんのぞうさもなく、簡単に弁別することができただろう。それがこちらでは、よほど聞き耳でもたてないかぎり、だれもかもみんな、たったいま大挙してネブラスカ州から渡来したばかりのように見えるのだ。故国だったら、かれらが着ているさまざまな衣服を見わけることができただろうに、こちらでは、みんな明らかに同じデパートで買ってきたカバンやカメラやベルトや帽子などばかりしか、目につかないのだ。故国だと、面とむかった女の、個性的な女らしさがいくらかでも感じとれたであろうに、ここでは、いちばん見事にできあがっているやつでさえ、氷のように冷たいか、さもなくば、ひからびきった、まやかしのセックスにしか関係がないように見えるし、孫のいるような婆さん連中でさえ、過去に肉体的な交渉などというものは、一度も経験したことがないような顔をしているのだ。そして、男たちで顕著なことといえば、彼らはいつまでたっても年をとることができない人間のように見える、ということだった。彼らはみんな石鹸の匂いがしたが、それはまったく、身近にせまる切迫した危険な臭気にたいする、彼らの防臭剤であるように思われた。にこやかにほほえんでいる妻と、ローマ行きの切符を予約している六十男の目には、どことなく、汚されないまま、触れられないまま、変化しないままに、年をとらないでここまできている少年の面影《おもかげ》がひかっているようだった。彼の妻は、オートミールをむりやりに彼の喉に流しこませている、彼の母であるといってもよいほどだった。ローマは、彼の母が見させてあげると約束した映画であってもよかった。しかし、ぼくはそれと同時に、自分がいま見ているものは真実のほんの一部にすぎず、しかもそれはたぶん、いちばん重要な部分でもなく、それらの顔のしたに、それらの衣服や語調や無骨さのしたに、力と悲哀が、発明者の力と、断絶されたものの悲哀が、どちらも自認されないまま、自覚されないままに、ひそんでいるのではないかということも感じていた。

　ぼくは、郵便物をうけとる行列で、二人の娘のうしろにならんだ。彼女たちはヨーロッパにひきつづき滞在することにきめ、ドイツにあるアメリカの在外公館での仕事をみつけたいと希望しているようだった。そのうちのひとりは、スイスの一青年と恋愛中らしかった。(彼女がその友人と低い声でかわしている緊張した心配そうな会話から、ぼくはそう判断したのだ。) 友人のほうは彼女に、《はっきりした態度をとる》ようにとしきりに忠告していたが、その《態度》というのがどういう性質のものなのか、ぼくにはわからなかった。恋愛中の娘は、友人のことばにうなずいていたが、その顔は同意よりもむしろ困惑しているようなようすだった。もっとなにかいいたいことがあるのだが、それを表現する方法がわからなくて、ことばが喉まで出かかっているのに、どうしてもそれがいえない、といったふうだった。「あんた、そのことで、ばかみちゃだめよ」と、友人のほうがいっていた。「わかってるわよ、もちろん」と、恋愛中の娘は答えていた。どうやら、彼女はたしかにばかをみたくはないと強く思っているらしいのだが、ばかという語のひとつの定義を見失ってしまい、別の定義をどうしてもみつけることができそうにもない、といったような印象だった。

　ぼくあてには、二通の手紙がきていた。一通は父から、もう一通はヘラからのだった。ヘラからの便《たよ》りといえば、これまではほとんどはがきばかりだったので、封書であるからにはなにか大事な用件が書かれているのではないかと思い、読みたくない気持だった。そこでまず、父からの手紙をひらいた。ひっきりなしに開閉しているダブル・ドアのそばの、陽《ひ》の光があたっているところからちょっとはずれたもの陰に立って、ぼくはそれを読んだ――

　冠省　おまえはいったい、いつになったらアメリカにかえってくるのだ？　わしはなにも、自分勝手なわがままを押しつけるつもりはさらさらないが、昨今、おまえの顔が見たくてしかたがないし、離れて暮らすのも、もうこれくらいにしてもらいたいと思う。いったいおまえはそちらでなにをしているのだ？　あまりこちらに便りもよこさないので、ぜんぜん見当がつかなくて心配しているが、そんなにずっとそちらに滞在しつづけて、自分のへそばかりみつめながらうかうかしていると、きっとそのうちに後悔するようになるぞ。そちらには、おまえのためになるようなものはなにもないはずだ。自分ではそうは考えたくないのかもしれんが、なんといっても、おまえが根っからのアメリカ人であることに変りはないのだ。それに、遠慮のないところをいわせてもらうと、いくら勉強、勉強といってそちらにがんばっているにしても、自分の年齢のことも少しは考えてみるがいい。もうおまえもやがて三十、勉強にばかりうつつを抜かしている年ごろでもなかろう。わしもだんだん年をとってきておるし、おまえはわしの唯一の望みなのだ。おまえの元気な顔をもういちど早く見せてくれ。

おまえからの便りには、金を送れ、金を送れ、とだけしか書いてないが、そのことについては、おまえはさぞかしわしを恨んでいることだろう。だがわしは、なにもおまえを餓死させようなどとは思っていないし、万一おまえが本当に困っているのなら、わしはなにをさしおいてもおまえを助けてやるつもりでいる。そのことは、どうかよくわかってくれ。ただ、いくらおまえの金だからといっても、そちらで自由勝手に使うにまかせておいて、いざ国にかえってみたら一文《いちもん》無しというのでは、かえっておまえのためにならないと思うのだ。くどいようだが、いったいおまえは、そちらでなにをしているのだ？　おやじであるこのわしぐらいには、それを打ち明けてくれよ。おまえには想像もつかぬことかもしれんが、わしにだって、昔は血気さかんな青年だったころもあったのだ……

それにつづいて、義母の最近の動静や、彼女がぼくにとても会いたがっているということや、知人や友人たちの消息などが、書きつらねてあった。文面から見て、ぼくがいつまでも帰国しないということが、父にとってはひどく心配になりはじめていることは明らかだった。ぼくが帰国しない理由がさっぱりわからないのである。しかし、そのために、日ごとに漠然《ばくぜん》と暗くなっていくばかりの、さまざまな思惑や疑惑の穴におちこんで、そのなかで焦燥していることはたしかだった。ただ、そういった思惑や疑惑を、はっきりとことばにあらわす方法を、たとえどんなに思いきってやってみようと思っても、父は知らなかったのだ。父がぼくにいちばんききたがっている質問や、それに関しての提案――《デイヴィッド、女のことか？　もしそうだったら、その女をこちらへ連れてかえったらいいのだ。その女がだれであろうと、わしはなにもいわないつもりだ。連れてかえればいいのだ。わしもおよばずながら、おまえがその女とちゃんとやっていけるよう、力を貸してやるから》といったようなことは、その手紙のなかにはひとことも書いてなかった。もしぼくの返事が否定的であったばあい、とても耐えられそうにないから、そこまでは書けなかったのだろう。ぼくが否定的な返事をしたら、それはぼくたち父子《おやこ》が、父子でなくなったことを意味することになるのだ。ぼくは手紙を折りたたんで、ズボンのうしろのポケットに入れ、そとの陽光をあびた異郷の大通りに、しばらく目をやっていた。

上から下まで白ずくめの水兵がひとり、大通りを横ぎってこちらへやってくる。水兵たち独特の、あの体を横にゆさぶって歩く滑稽《こっけい》な歩きかた、多くのことを短時間のうちに大急ぎでどうしてもやろうというあの希望にみちた一途《いちず》なようす――ぼくは知らずしらずのうちに、彼の姿をじっとみつめながら、ぼくが彼だったら、と希求していた。彼は――どういうわけか――ぼくがどんなに若かったときよりも若く見え、ぼくより白皙《はくせき》金髪で美しく、まぎれもない男らしさが、皮膚のように身についているように思われた。彼はぼくに、故郷のことを思いおこさせた――おそらく、故郷というのは、場所のことではなく、ひとつの宿命的な状況に他ならないのではないだろうか？　ぼくには、彼の酒の飲みっぷりや、友人たちと交際しているようすや、苦痛や女たちに困惑させられているありさまが、手にとるようにわかる気がする。ぼくの父も、かつてはあんなふうだったのだろうか？　ぼくもあんなふうであったことがあるのだろうか？　——といっても、さながら光のように大通りを横ぎって威勢よく歩いてくるこの青年に関して、その素性や係累《けいるい》を想像することは、およそ困難なことだった。ぼくたちが接近したとき、彼はまるでぼくの目のなかに、なにかすべてを暴露《ばくろ》するような狼狽《ろうばい》の色でも読みとったかのごとく、さげすみをこめた猥雑《わいざつ》な知ったかぶりの視線を、ぼくにむかって投げた。それはちょうど、もしかしたら彼が、わずか数時間まえに、町のどこかで、自分を淑女だとひとに思いこませようと極端に身なりを飾った淫乱女《いんらんおんな》か売春婦に、投げかけたかもしれない視線と同じもののように思われた。そして、あと一瞬でも、もしぼくらがそのようにたがいに近接したままの状態をつづけていたら、その輝くばかりに美しい青年の口から、「おい、おまえさん。あんたの正体はお見とおしだぜ」といったたぐいの残酷なことばが、ぼくにむかって噴出してくることはたしかであるように思われた。ぼくは顔がほてり、胸がしめつけられ、体がわなわなくのを感じた。彼のむこうのほうをじっと凝視するように努力しながら、ぼくは急いで彼のそばを通りすぎていった。彼がぼくをそのように不意に恐れさせたのは、ぼくがなぜか、ほんとうは彼のことを考えていたのではなく、ポケットのなかの手紙のことを、ヘラとジョヴァンニのことを、考えていたからだった。ぼくは、ふりかえってみる勇気もなく、通りのむこう側までたどりつくと、あの水兵がぼくに近づいた瞬間、即座にさげすみの色をうかべたのはなぜか、このぼくになにを見たというのだろうか、と考えてみた。それがぼくの歩きかたとか、ぼくの手のかまえかたとか、ぼくの声とか――いずれにしても、彼はぼくの声を聞いてはいないが――そんなことと関係があると推測するほど、ぼくは幼稚ではない。それはなにかもっと他のものだ。だが、ぼくがそれをつきとめてみることはけっしてないだろう。また、あえてつきとめてみようともしないだろう。そうすることは、裸の太陽を裸眼で見ようとするのと同じようなことなのだ。しかし、広い歩道のうえを、通りすがりの男であれ女であれ、だれの顔をもあえて見ようとはせず、ひたすらに速い足どりで急いでいきながら、ぼくはふと、あの水兵がぼくの無防備な目のなかに見たものが、羨望《せんぼう》と欲情であったことを悟った。ぼくはそれをジャックの目のなかに見たことが、それまでなんどもあった。そして、それにたいするぼくの反応とあの水兵のとは、同じものだった。しかし、たとえぼくが依然として愛情を感じることができ、彼がそれをぼくの目に見たとしても、それはもうなんの救いにもならなかったであろう。なぜなら、愛情――ぼくが目をむけることを運命づけられている青年たちにたいする愛情は、色情などというものよりも、はるかにはるかに恐ろしいものだからである。

ぼくは、予期していた以上に遠くまで歩いていた。あの水兵が、まだぼくをみつめているかもしれないと思われるあいだは、立ちどまる勇気がなかったのだ。川の近くの、ピラミッド街のとある喫茶店《カフェ》のテーブルにつくと、ぼくはヘラからの手紙を開いた――

お元気ですか？　スペインはとてもいい国です。すっかり気に入ってしまいました。それでも、やはり、パリはわたしの大すきな都会であることに変りはありません。近ごろわたしはしきりに、あのおバカさんたちのところへかえりたく思っています。地下鉄に乗ろうとして押しあいへしあいしたり、バスからわざと飛びおりたり、走りまわるオートバイをひょいとさけてよろこんだり、交通の混雑をひきおこして動きがとれなくなったり、あのパリの至るところにあるくだらない公園でおかしな彫像に見とれたりしている、あのパリのおバカさんたちのところへ、ふたたび舞いもどりたくてしかたがありません。コンコルド広場を徘徊《はいかい》しているあのいかがわしい女たちさえ、なつかしく思いだしています。スペインはパリとはぜんぜんちがいます。スペインについては、人それぞれによっていろいろな見方があるでしょうが、すくなくとも軽薄なくだらなさというものがないことはたしかです。ほんとうに、いつまでもスペインにいようかしら、と思うこともあるくらいです――ただしそれは、いままで一度もパリにいったことがなかったら、という仮定つきの話ですけど。スペインはとても美しく、石が多くて陽《ひ》ざしはまぶしいくらい明るく、ひっそりとした感じのところです。だけど、しばらく滞在していると、だんだんオリーブ油や魚やカスタネットやタンバリンにもあきてくるようです――すくなくとも、いまのわたしはそうです。いまのわたしは、家にかえりたい、パリの家にかえりたい、としきりに考えています。おかしなことですわね、これまで、ここがわたしの家だなんてこと一度も考えたことがなかったわたしが、家だなんて概念を一度ももったことがないわたしが、こんなことをいいだすなんて。

こちらでは、わたしにはなにも変わったことは起こりませんでした――そう聞けば、あなたはうれしいでしょう？　本当のことというと、わたしもうれしいんです。スペインの人は、みんなとてもいい人たちばかりです。でも、もちろん、ほとんどの人はすごく貧乏だし、そうじゃない人は、鼻持ちならない人が多いようです。旅行者も大勢きてますが、わたしにはとてもその人たちには好意がもてません。主としてイギリス人やアメリカ人の飲んだくればかりなんですが、それが、あなた、やっかいばらいかなにか知らないけど、家《うち》からちゃんと仕送りをうけて、こちらにずっときてるんです。（わたしも家があればいいと思うわ！）わたしはいまマロールカ島にきてますが、ここは、恩給暮しをしている未亡人たちを残らず海にたたきこみ、ドライ・マーティニを飲むことを法律で禁止しなければ、とても結構な土地とはいえないところです。こんなの、わたし、いままで見たことがありません！　いい年した婆さん連中が大酒のんで、男とあればだれかれのみさかいもなく、色目をつかってるんです。とくに、ハイティーンの若い男の子となれば、もうたいへんなんです。そんなありさまを見て、わたしは自分にいいきかせたことでした、《ヘラや、よく見ておきなさい。あれがおまえの未来の姿かもしれないんだよ》と。ただ困ってるのは、わたしが自分自身をあまりにも愛しすぎてる、ということです。そこで、わたしはやっと、二人にそれをやらせてみて――つまり、このわたしを二人が愛するということをやってみて、その結果がどうなるかを見てみよう、ということにきめました。（そうきめてしまったいまは、とてもすがすがしい気持です。あなたも――ギンベル・デパートの品物で身をかためたなつかしのナイトであるあなたも、そのような気持になってくださることと思います。)
　わたしはいま、バルセロナで会ったイギリス人の一家といっしょに、セビリヤへ退屈な旅行をする破目《はめ》になってしまいました。その一家の人たちは、スペインがすっかり気に入ってしまって、わたしをぜひとも闘牛見物につれていこうといっています。闘牛といえば、わたし、こちらへきてこれだけあちこちを歩きまわってるのに、まだ一度も見たことがないんです。その人たち、ほんとにとてもいい方ばかりで、ご主人はＢＢＣ関係の詩人かなにか、奥様は彼にすっかりほれこんでいる世話女房といったところ、見ていて、ほんとにすばらしいと思います。そのお二人に、自分勝手にわたしに夢中になってると思いこんでるほんとに変人のご子息がいらっしゃるんですが、ご心配ご無用、そのご子息はあまりにもイギリス人的だし、まだほんとに坊やってところなの。あした出発して、セビリヤのほうへ十日ほどいってきます。それから、彼らはイギリスへ、そしてわたしは
——あなたのもとへ！

　ぼくはその手紙を折りたたんだ。その手紙が、実はぼくが長いあいだ待ち望んでいたものだということに気がついたのは、読みおわったときのことだった。ボーイがやってきて、なにをお飲みになりますか、とたずねた。先刻までは、アペリティフを注文するつもりだったが、こうなると、いささか滑稽《こっけい》ながら、祝杯でもあげたいという気持になって、スコッチの水わりを注文した。このときほど、スコッチの水わりがアメリカ的だと思えたことはなかった。グラスをかたむけながら、ぼくはヘラの

いうくだらないおバカさんたちのいるパリの街を、じっとみつめた。パリはいま、やけつくような太陽のもとで、ぼくの心象風景と同じように、混乱をきわめている。さてこれからどうしよう、とぼくは考えた。

ぼくはおそろしくなった、ということはできない。むしろ、恐れなどすこしも感じなかったというほうがいいだろう——聞くところによると、弾丸をうちこまれた人間は、しばらくは痛みをぜんぜん感じないというが、ちょうどそれと同じであった。そして、ある種の安堵《あんど》さえ感じていた。決意をかためる必要が、ぼくの手から離れたように思われたのだ。ぼくたち、ジョヴァンニとぼくとは、どちらも、自分たちの牧歌《ロマンス》が永久につづくわけのものでないことははじめから承知していたのだ、とぼくは自分自身にいいきかせた。しかも、ぼくは彼をだましていたわけでもない——彼はヘラのことはぜんぶ承知していたからだ。彼は彼女がいつかは、パリにもどってくることを知っていたのだ。そして、いまや彼女が近いうちにもどってこようとしているからには、ぼくのジョヴァンニとの生活は、清算をせまられることになる。こういうことは、ぼくにもかつてはすでに一度あったことだし、多くの男が一度は経験することだ。ぼくは勘定をすませ、立ちあがると、川をわたって、モンパルナスのほうへ歩いていった。

ぼくは意気揚々とした気分だった。だが、ラスパイユ通りをモンパルナスの喫茶店《カフェ》のほうにむかって歩いていると、ヘラと二人でここを歩いたこと、ジョヴァンニと二人でここを歩いたことが、いやでも思いだされてくる。そして、足を一歩すすめるごとに、目のまえにうるさくちらついて離れないのは、彼女のではなく、彼の顔だった。彼はぼくの知らせをどう受けとるだろうか、ということが心配になってきた。まさか暴力をふるうようなことはしないだろうが、どういう顔をするだろうかと思うと、心は重かった。彼の顔に苦痛の色がうかぶのを見るのが、気にかかった。しかし、それさえも、実は、ぼくがほんとうに恐れていることではなかった。ぼくのほんとうの恐れは、心の深層にうずもれて、ぼくをモンパルナスへとかりたてていた。どんな女でもいい、ぼくは女をさがして、ぼくの男をためしてみたかったのだ。

しかし、どの喫茶店《カフェ》のテラスにも、奇妙にひとかげがなかった。テラスのテーブルに目をやりながら、ぼくは通りの両側をゆっくりと往《ゆ》きつもどりつしてみた。ぼくの知った顔はなかった。レストラン・クロズリ・デ・リラまで歩いていって、そこでひとりで一杯のんだ。二通の手紙をまた読んでみた。すぐにジョヴァンニを捜しだして、彼と訣別《けつべつ》するつもりであることを話してやりたいとも思ったが、彼はまだバーを開いてはいないだろう。こんな時間に、彼がパリのどこかにいるか、見当もつかない。ぼくはまたゆっくりと通りをもどっていった。すると、二人のフランス人の売春婦が目にとまった。しかし、どちらもあまり心をそそられるような女ではなかった。まだまだぼくは、あんなのにひっかかるほどではない。セレクト喫茶店までいくと、そこに入ってすわった。往来の人びとを見ながら、ぼくは酒をのんだ。長いあいだ、知っている人間はひとりも通らなかった。

そしてやっとあらわれたのは、あまりよく知っている女ではないが、スウという名のブロンド女だった。体はやや太り気味で、けっして美人ではなかったが、毎年ミス・ラインゴールドに選出されるようなタイプの女だった。カールしているブロンドの髪を非常に短く切り、胸は豊かでないかわりに、ヒップは大きく、自分が外見やセックス・アピールにはまったく無頓着《むとんちゃく》だということを世間に示すためにちがいないが、ほとんどいつも、タイトのブルージーンズをはいていた。たしか、フィラデルフィアからきている女で、家は金持らしかった。ときどき、酔っぱらうと、彼女は生家のことを罵倒《ばとう》したが、おなじ酔っぱらってても風向きがかわっているときには、生家の人たちの節倹と誠実の美徳を称揚してやまなかった。ぼくは彼女に会って狼狽《ろうばい》と同時に安堵《あんど》を感じた。彼女があらわれたとたん、ぼくは心のなかで、彼女の衣服をぜんぶはぎとりはじめていた。

「すわれよ。一杯やろう」と、ぼくはいった。

「うれしいわ、お会いできて」と彼女は叫ぶような声をあげ、腰をおろして、ボーイはいないかとあたりを見まわした。「なんだか、ずいぶん姿を見せなかったわね。どうしてらしったの?」——ボーイをさがすのをあきらめると、ぼくのほうに体をのりだして、親しそうににやりと笑った。

「元気だったよ。きみは?」

「あたし! さっぱり、鳴かず飛ばずってところね。」そういって彼女は、野獣的であると同時に弱々しそうにもみえる口の両はじを下げて、自分のいっていることはなかば冗談であり、なかば本気であるというようなそぶりを見せた。「あたしは、煉瓦《れんが》の城壁みたいなものよ。」ぼくらはどちらも笑った。彼女はぼくの目をのぞきこむようにした。「あなた、パリのはずれの、動物園の近くに住んでらっしゃるんですってね。」

「うん、あちらのほうに、女中部屋をみつけたもんでね。とても安いんだ。」

「おひとりで住んでらっしゃるの？」

彼女がジョヴァンニのことを知っているのかどうか、ぼくにはわからなかった。ぼくは額がうっすらと汗ばんでくるのを感じた。「まあね」と、ぼくは答えた。

「まあね、だって？　いったい、それどういうこと？　お猿かなにかといっしょなの？」

ぼくはにやりと笑った。「そうじゃないんだ。つまり、ぼくの知合いのフランス人でね、自分の女の部屋にころがりこんで同棲《どうせい》してる奴《やつ》がいるんだが、二人はしょっちゅうけんかばかりしててね、女におっぽりだされると、ときどきぼくのその部屋――といっても実は、それは元来が彼の部屋だもんだから、そこへやってきて、二、三日泊まっていくんだよ。」

「まあ！　恋の悲しみ、ってとこね！」

「そうでもないよ。けっこうそれで楽しんでるんだから。ああいうのがすきなんだな。」ぼくは彼女の顔をみつめた。「きみはどうなの？」

「城壁は難攻不落よ。」

ボーイがやってきた。

「それだって、武器によりけりじゃないのかい？」と、ぼくは思いきっていってみた。

「ねえ、あたしになにをおごってくださるの？」

「なにがいい？」ぼくらはどちらもにやにや笑っていた。ボーイはぼくらのそばに立って、むっつりした顔をしながら、心のなかでは笑っているようだった。

「そうねえ、あたし」――彼女は青いきつい目のまつ毛を、さかんにぱちぱちさせた――「リカールをいただこうかしら。氷をすごくたくさん入れてね。」

「リカール二杯、氷をたくさん入れて」と、ぼくはボーイにいった。

「かしこまりました。」

彼はぼくたち二人を、軽蔑《けいべつ》しているにちがいない。ぼくはジョヴァンニが、一晩に数えきれないくらいなんども、この《かしこまりました》という台詞《せりふ》を口にすることを思いだした。それは、ほんとにつかのまにぼくの頭に思いうかんだことだったが、それと同時に、別の同じようなつかのまの思いが、心のなかをよぎった。それは、ジョヴァンニにたいする新しい意識――彼の内的な生活や苦痛、ぼくたちがベッドを共にした夜、彼のなかで激流のようにもだえているもの、にたいする思いであった。

「さっきの話のつづきだけど」と、ぼくはいった。

「さっきのつづき?」彼女は目を大きくみひらいて、呆然《ぼうぜん》としたまなざしを見せた。「それ、なんでしたっけ?」彼女は媚態《びたい》と同時に、自分の頑固《がんこ》さをもみせようと努力していた。ぼくは、自分がなにかひどく残酷な行為をしているように感じた。

しかし、だからといって、もうあとへひくことはできなかった。「城壁をどうしたら陥落させられるかっていう話だよ。」

「あなたが、城壁なんかに関心をもってらっしゃるということ、あたし、ちっとも知らなかったわ」と、彼女はにやにや笑った。

「このぼくには、きみの知らないことが、たくさんあるんだよ。」ボーイが酒をもってきた。「いろいろ探索してみるのも、おもしろいとは思わないかい？」

彼女は不満そうな目で、グラスをみつめた。それから、またぼくのほうにむき、さきほどのような目で、「率直にいって、おことわりするわ。」

「ああ、まだきみは若いんだ、そんなことをいうもんじゃない。きみにとってはまだ、すべてのことが探索であり発見であるはずだ。」

彼女はしばらく黙っていた。グラスをすすった。それから、やっと、「あたしはもう、やれるだけの探索や発見は、ぜんぶやったわよ。」しかしぼくは、彼女の太ももがブルージーンズのしたで、はちきれそうに動いているのを見まもっていた。

「そんなことをいったって、一生涯、煉瓦《れんが》の城壁でおしとおすことはできないだろう。」

「どうして？　できないことはないと思うわ。」

「ねえ、きみ、ぼくはきみに、ひとつの提案をしてるんだぜ。」

彼女はまたグラスをとりあげてすすりながら、まっすぐにそとの街路に視線を釘づけにした。「それで、その提案て、なんなの？」

「ぼくを一杯やるのに招《よ》んでくれ、ということだ、きみのところで。」

彼女はぼくのほうにむいた。「あたしのところには、お酒なんかないと思うわ。」

「途中でなにか買っていけばいいんだ。」

彼女はぼくの目を、長いあいだじっとみつめた。ぼくは必死になって、目を伏せないように努力した。「そんなこと、いけないと思うわ」と、彼女はやっといった。

「どうして?」

彼女は籐《とう》椅子のうえで、ちょっと当惑したような動きを見せた。「どうしてって、そんなことといわれたって困るわ。あなたの目的がわからないんだもの。」

ぼくは笑った。「きみが招んでくれさえすれば、おしえてあげるよ。」

「無理なことをいうひとね、いやだわ」と、彼女はいった。そのときはじめて、彼女の目や声に、なにか純粋なものが感じられた。

「無理いってるのは、きみのほうじゃないのかなあ。」ぼくは微笑をうかべて、彼女を見た。その微笑に、ぼくは子供っぽさと同時に、執拗《しつよう》さをこめていた。「ぼくがいってること、そんなに無理だとは思わないけどなあ。ぼくは自分の持札をぜんぶテーブルのうえにひらいて見せたんだぜ。それなのに、きみはまだ自分の手のうちをかくしてるんじゃないか。男が、自分はあなたにすっかり惹《ひ》きつけられました、といってるのに、どうしてそれが無理なことをいってることになるのか、どうもよくわからないなあ。」

「ねえ、おねがい、もうよして」と彼女はいって、グラスの酒を飲みほした。「あなた、夏の陽《ひ》でちょっとカッカしてるんじゃない、きっとそうよ。」

「このさい、夏の陽なんかぜんぜん関係ないよ。」そして、彼女がそれに答えようとしないので、ぼくは必死になって迫った。「きみはただ、ぼくらがもう一杯やるのを、ここにするか、それともきみのところにするか、それをきめればいいんだよ。」

彼女はとつぜん指をならしたが、どうもそれは軽快なふうにはひびかなかった。「じゃ、いきましょう。きっとあとで後悔するようになると思うけど。でもあなた、ほんとになにか飲むものを買っていかなきゃだめよ。うちには、ほんとになにもないんだから。でも、そうしてもらえば」と彼女は、しばらくしてつけくわえた、「あたしのほうも、まんざら損ばかりというわけでもなさそうね。」

そのとき急に、ぼくのほうがはげしい抵抗を感じ、逡巡《しゅんじゅん》した。彼女の顔を見ないようにするために、ぼくは大仰《おおぎょう》な身ぶりをしてボーイを呼んだ。すると、あいかわらずむっつりした顔で、ボーイがやってきた。勘定をすませると、ぼくらは席をたち、スウの小さなアパートがあるセーヴル街にむかって歩きはじめた。

彼女のアパートは、暗い部屋で、家具がいっぱいあった。「こんなにたくさん家具があるけど、あたしのものはひとつもないのよ。みんな、この部屋の持主であるフランス人のお婆さんのものなの。そのお婆さんは、疲れた神経をやすめるために、いまモンテカルロに静養にいってらっしゃるわ。」神経といえば、彼女も、非常に神経をたかぶらせて、興奮しているようだった。それは、しばらくのあいだ、ぼくにとっては、たいへん助かることのように思われた。ここへくる途中で買ったブランデーの小びんを、ぼくは大理石ばりのテーブルのうえにおいて、彼女を抱きよせた。なぜだか、ぼくがそのときおそろしく意識していたのは、いまの時刻が夜の七時すぎで、まもなく太陽は川面《かわも》に沈んでしまうだろう、そしてパリじゅうの夜がやがてはじまり、ジョヴァンニはもう店に出て働いているにちがいない、ということだった。

彼女の体はとても大きく、そこには胸騒ぎがするほどの流動性があった。しかし、その流動性にはよどみがあり、収縮してしまった硬さが感じられた。それは、征服されることをこばむひとつの重苦しい不信の念であり、それを彼女の体にうえつけた元凶は、あまりにも多数のぼくのような男たちであった。ぼくらがこれから行なおうとしていることが、順調な経過をたどることはないだろう……すると、まるでぼくのその気持を感じとったかのように、彼女はぼくの腕から身をひいた。「ねえ、一杯飲みましょうよ。もちろん、お急ぎでなかったらの話だけど。あたし、ぜったい必要以上に、あなたをおひきとめしないように注意するわ。」

彼女はにっこり笑った。ぼくもまた微笑した。その瞬間、まるで、二人の盗賊のように、ぼくらの気持はこのうえなく密接していた。「一杯じゃなく、なんばいも飲もう」と、ぼくはいった。

「でも、あんまり飲んじゃだめよ。」彼女は流し目をくれて、また笑った。その作り笑いは、往年のスクリーンの女王が、長年の失脚のあとで、ふたたび非情なカメラのまえに立つさまを連想させた。

彼女はブランデーのびんをとりあげて、部屋の片すみの台所《キチン》のなかに姿を消した。「ねえ、おくつろぎになってね」と彼女は、台所のなかからぼくにむかって叫んだ。「靴をおぬぎなさいな。それから靴下も。そして、あたしの本でも読んでてちょうだい――本といえば、あたし、この世に本というものが一冊もなかったら、どうしようかと思うことがよくあるのよ。」

ぼくは靴をぬいで、ソファのうえに横になった。そして、なにも考えまいとした。しかし、心のなかではしきりに、ぼくがジョヴァンニと行なったことも、これからスウとしようとしていることに比べて、おそらくそんなに背徳的なことではなかったのではないか、と考えていた。

彼女は二つの大きなグラスにブランデーを入れて、部屋のなかにもどってくると、ソファのうえのぼくににじりよってきた。二人はグラスをふれあわせ、それから、少量を飲んだ。そのあいだずっと、彼女の目はぼくの顔をみつめつづけていた。ぼくの指が、彼女の乳房《ちぶさ》にふれた。すると、彼女の唇がひらき、彼女はひどくぎごちないやりかたで、グラスを下におき、ぼくの体によりかかってきた。それは深い絶望の動作であった。彼女が自分の体をあたえようとしている相手は、このぼくではなく、永遠にあらわれることのない夢のなかの恋人なのであった。

そしてぼくは――ぼくのほうは、あの暗闇《くらやみ》のなかで、スウとからみあいながら、さまざまなことを考え、心配していた。この女は避妊の策をなにか講じているのだろうか？　もしスウとぼくとの子供ができたら――ぼくはいま、いわば、逃避の行為を行なっているのに、もしそんなことになって抜きさしならぬ状況に追いこまれたら？（それを思うと、ぼくは酔いにまかせてにわかに笑いたくなった。）スウはブルージーンズを、彼女がさきほど喫《す》っていたタバコのうえに脱ぎすてたのではなかろうか？　この部屋の鍵《かぎ》を、だれかほかにもっているのではないか？　ぼくらの発する声が、うすい壁をとおしてよそに聞こえるのではないだろうか？　数分後には、ぼくたちはおたがいをどれだけ憎悪するようになるのだろうか？

　ぼくは同時に、あたかも一種の仕事にとりかかるような気持で——いつまでも忘れることのできないやりかたで行なう必要のある仕事にとりかかるような気持で、スウに接していた。そして、自分はいま彼女にたいしてなにか非道なことをしているのだということを、ぼくは心の深層のどこかで感じていた。だが、ぼくの体面にかけても、そのことは、できるだけ秘めておかなければならない。

　ぼくは、このいまわしい情交をとおして、ぼくが軽蔑《けいべつ》しているのは彼女、彼女の肉体、ではないということを——いとなみが終わって起きあがったとき、ぼくが直視できないのは彼女ではないということを、すくなくとも、彼女に伝えたいと思った。するとふたたび、ぼくは心の奥底のどこかで、ぼくの恐れは極端でなんら根拠がなく、それは実はでっちあげられたひとつの嘘《うそ》なのだ、ということを感じた。ぼくが恐れていたものは、ぼくの肉体とはまったく関係がない、ということが刻々といっそう明白になってきた。スウはヘラではないのだ。彼女は、ヘラがもどってきたときなにが起こるだろうと恐れるぼくの恐怖を、軽減してくれはしない。むしろ、それを増大させ、ますますリアルなものにするのだ。

　同時にぼくは、自分のスウにたいする演技が、あまりにも首尾よくはこんでいることに気づいた。スウはぼくのことなどほとんど無視して、ひとりで愉悦におぼれていこうとしていた。だがぼくは、そのために彼女を軽蔑《けいべつ》しようなどとは思わなかった。スウはいくたびか叫び声をあげ、こぶしを握ってぼくの背をはげしくたたいた。ぼくはそれに耐えながら、彼女の太ももの動きや、もだえる足から、ぼくが解放される時期を予測していた。《もうすぐ終わりだ。》彼女のうめき声は、いよいよ高く、いよいよはげしくなっていき、反対にぼくは、ぼくの腰部の冷たい汗の流れを意識するばかりであった。《ひとりで燃えろ、はやく陶酔するがいい。》まもなく、昂《たかま》りは下降線をたどりはじめ、ぼくは彼女とぼく自身に憎悪を感じ、やがて、すべては終わってしまい、小さな暗いアパートの部屋が急速に現実の世界にもどってきた。するとぼくは、一刻も早くその部屋から出ていきたいと思うばかりになった。

彼女は長いあいだ、じっと横たわったままでいた。ぼくは、そとの夜が自分を呼んでいるのを感じた。ぼくはようやく上体を起こし、タバコをとった。

「せっかくのお酒、飲んじゃいましょうよ。」

彼女は起きあがり、ベッドのそばのスタンドにスイッチを入れた。ぼくはさきほどから、その瞬間がくるのを恐れていた。しかし彼女は、ぼくの目になにも読みとらなかった——彼女はただ、まるでぼくが白い軍馬にまたがって、はるかな道のりを彼女の獄舎にまで訪れてきた男ででもあるかのように、ぼくをじっとみつめた。

「きみに乾杯」と、ぼくはいった。

「きみにですって?」彼女はくすくす笑った。「もう、そんな呼びかたやめて!」彼女はぼくのほうに上半身をのりだすようにして、ぼくの口に接吻した。すると、一瞬、彼女はなにかを感じたらしく、背をうしろにもどして、ぼくの顔を凝視した。だが、その目は、そんなにきつく張りつめた目ではなかった。それから彼女は、快活に、「ねえ、またいつか、いまのようなことできるかしら？」

「いつだってできるさ。」ぼくはいいながら、笑おうと努力した。「準備万端、いつでもオーケーの状態じゃないか。」

彼女はしばらく黙っていた。それから、「いっしょに夕食をたべない――今夜はどう？」

「わるいけど、ほんとにわるいんだけどね、ぼく、今夜は、約束があるんだ。」

「そう。じゃ、明日《あした》は？」

「ねえ、スウ、いいかい。ぼくはね、だいたい約束をするのがきらいな男なんだよ。だからさ、いつか急に不意をおそうようにしてやってくるから、待っててくれよ。」

彼女はグラスの酒を飲みほした。「さあどうだか、あやしいもんね。」彼女は立ちあがり、ぼくから離れてむこうへ歩いていった。「あたし、ちょっと服をきて、あなたといっしょにそこまでいくわ。」

彼女が姿を消すと、水を流す音が聞こえてきた。ぼくは、靴下だけをはいた裸の姿のままで、ブランデーをもう一杯グラスについだ。ぼくは、ついさっきぼくを呼んでいるように思われたあの夜のなかへ、出かけていくのが恐ろしくなっていた。

彼女が、ちゃんとした衣服《ドレス》をきて革靴をはき、髪をいくぶんふんわりとふくらませて、もどってきた。そんな容姿の彼女は、ふだんよりもずっとすばらしく、ほんとうに娘らしく、女子学生らしく見えることを、ぼくは認めざるをえなかった。ぼくも立ちあがって、服を着はじめた。「きみ、すばらしく見えるよ」と、ぼくはいった。

彼女には、口にだしていいたいことがたくさんあったらしかったが、それをむりやりに抑えて、一《ひと》言《こと》もいわなかった。それが苦しそうな表情となって顔にあらわれていたが、ぼくはそれをほとんど正視することができず、恥ずかしい気持におそわれた。「またいつか、寂しいと思うことがきっとあるでしょう」と、彼女はやっと口をひらいた。「そんなときには、またあたしがお相手してあげるわ。」そういいながら、彼女はこれまで見たこともないような不可思議きわまる微笑をうかべた。それは、心痛と執念にみち、屈辱にゆがんでいたが、彼女はそのゆがんだ顔のうえに、無器用に、明るく娘らしい陽気さをよそおうとしていたのだ。それは、彼女のたるんだ体のしたの骨のように硬直した陽気さだった。もし運命がスウにぼくを捕えることをゆるしたら、彼女はその微笑だけでぼくを殺すことができるだろう。

「つごうのいいときには、窓にろうそくをつけておいてくれよ」と、ぼくはいった。彼女がドアをひらき、ぼくたちは街頭に出ていった。

3

中学生みたいな言いわけをぶつぶつつぶやきながら、ぼくはもよりの町かどで彼女と別れ、通りを横ぎって喫茶店《カフェ》のほうへ歩いていく彼女の、のっそりしたうしろ姿を見送った。

することもなかったし、いくところもなかった。ぼくはいつのまにか、川にそって、ゆっくりと家にむかっていた。

そしてそのときがおそらく、ぼくの生涯で、死というものがひとつの実現《リアリティ》として、ぼくの心にうかんだ最初であった。ぼくは、ぼく以前にこの川を見おろして、その底で眠りについてしまった人たちのことを考えた。彼らのことに思いをめぐらせた。どのようにして彼らはそれを——そのような投身という肉体的な行為をしたのだろう。たぶんだれでもそうであるように、ぼくもずっと若いころには、自殺を考えたことがあった。しかしそれは、復讐《ふくしゅう》のためであった。世界がぼくをどんなにひどく苦しめているかということを、なんとか世間に知らせてやろうとして考えついたことだった。だが、いま、家にむかって漫然《まんぜん》と歩いていくとき、この夕刻の静寂は、あの嵐のような遠いむかしの少年時代とは、なんの関係もなかった。ぼくが死者たちのことを考えたのは、かれらの生涯はすでに終わっているのに、ぼくにはまだ自分が自分の生涯をどのようにして全うしたらいいのかわからなかったからだった。

ぼくが心から愛しているこの市《まち》パリは、完全な静寂につつまれていた。まだ夕暮がはじまったばかりだというのに、通りにはほとんど人影はないようだった。しかし、眼下の、川の土手や、橋のしたや、石垣の陰から、ふるえわななく集団のため息が、ほとんど聞きとれるような気がした。そこでは恋人たちと敗残者たちが、眠り、抱きあい、体をからみあわせ、酒をのみ、おりてくる夜のとばりをじっとみつめているのだ。ぼくが通りすぎていく家々の壁のむこう側では、フランス国民が皿《さら》を洗い、男の子や女の子を寝かしつけ、金銭や商売や教会や不安定な国家など、果てしもない問題に顔をしかめているのだ。あの壁、あのかたく閉ざされた窓のなかに、彼らはかくれ、幽闇《ゆうあん》と、この長い夜の長い呻吟《しんぎん》から、護られているのだ。これから十年後、いま寝かしつけられている小さな子供たちのなかには、ぼくのように、川岸をさまよい歩き、どうして自分が安穏の網の目からこぼれおちてしまったのかを、考えるものがいるかもしれない。

なんと長い道程を経てきたものか、とぼくは思う——ただ打ち砕かれるために！

だが、川をはなれ、家にむかう長い街路を歩きながら、ぼくがふと子供が欲しいと思ったのは嘘《うそ》ではない。明るさと安穏があり、まぎれもない男として、妻がぼくの子供を寝かしつけるのを見ていられるあの内側に、ふたたびもどりたいと思った。毎夜、同じベッドと同じ腕が欲しかった。自分がどこにいるのかを知りながら、朝、目をさましたかった。ぼくのために、大地そのもののように、ゆるぎのない地面になってくれる女が——そこでぼくがつねに日々新たに再生をくりかえすことができるような女が、ぼくは欲しかった。かつてそんな状態にいたことがあった、ほとんどそれに近い状態にいたことがあった。ふたたびそうなることもできる、それを現実のものとすることもできるのだ。ぼくがほんとうのぼくにもどるには、ここしばらく忍苦の努力を重ねればいいのだ。

廊下を歩いていくと、ぼくたちの部屋のドアのしたから、あかりがもれているのが見えた。ぼくが鍵《かぎ》をさしこむまえに、ドアは内からひらいた。目のうえに髪の毛をたらし、笑いながら、ジョヴァンニがそこに立っていた。ブランデーのグラスを手にしていた。最初ぼくは、彼の表情の陽気な明るさのように見えたものに、驚嘆した。だがすぐに、それが明るさではなく、ヒステリーと絶望であることに気がついた。

ぼくは、彼がいまごろ部屋でなにをしているのかききはじめたが、彼は片手でぼくの首をきつくかかえこむようにして、ぼくを室内に引きずりこんだ。彼はふるえていた。「どこへいってたんだ?」ぼくは、彼から少し体を引き離しながら、彼の顔をのぞきこんだ。「ほうぼう、きみをさがし歩いていたんだぞ。」

「仕事には出かけなかったのか?」

「うん」と、彼は答えた。「一杯やれ。ぼくが自由になったのを祝うために、ブランデーを一本買ってきたんだ。」彼はぼくのグラスに、ブランデーをついだ。ぼくは体を動かすこともできそうになかった。ぼくの手にグラスを押しこむようにしながら、彼はぼくのほうにふたたび迫ってきた。

「ジョヴァンニ――いったい、どうしたんだ?」

彼は答えなかった。とつぜん、ベッドのふちに腰をおろし、体を曲げた。彼が激しい怒りに駆られているのだということに、そのときぼくは気がついた。彼は目をあげて、ぼくの顔を見た。その目には涙があふれていた。「やつらは、じつにきたない。みんな、下種《げす》で、いやらしくて、きたない。」彼は片手をのばすと、ぼくをひきよせて床《ゆか》のうえにすわらせた。「きみだけは別だ。きみはちがう。」彼はぼくの顔を両手ではさんだ。それほどの優しさが、ぼくがそのとき感じたほどの恐怖を生みだすようなことはめったにないだろう。「見すてないでくれ、おねがいだ」と彼はいって、ぼくにキスをした。それは、執拗《しつよう》な優しさが奇妙にこめられた接吻だった。

彼に触れられると、ぼくはかならず欲情を感じた。しかし、また同時に、彼の熱いあまったるい吐息は、ぼくに吐き気をもよおさせた。ぼくはできるだけ優しく体をはなし、ブランデーを飲んだ。「ジョヴァンニ、なにがあったんだ？　話してくれ。どうしたんだ？」

「あいつがぼくをくびにしやがったんだ、ギヨームの奴《やつ》が。追いだされたのさ。」彼は笑って立ちあがり、小さな部屋のなかをあちこち歩きはじめた。「もう二度と店にくるなっていうんだ。ぼくは悪漢でかっぱらいで、うすぎたない男娼《だんしょう》だっていやがった。それに、ぼくがあいつを追いかけているのは——このぼくがあいつを追いかけているんだってさ——あいつから、なにか、かっぱらおうとしているからだなんていうんだ。愛の終わり、ってとこだよ、ちくしょう！」彼はまた笑った。ぼくはなにもいえなかった。部屋じゅうの壁がぼくにむかって押しよせてくるように感じた。

ジョヴァンニは、ぼくに背をむけて、白く塗った窓のまえに立った。「あいつはそんなことを、階下のバーの、みんなのいるまえでしゃべったんだ。客がいっぱいくるまで待っててね。ぼくは、あいつを殺してやりたかった、みんなも殺してしまいたかった。」彼は部屋のまんなかにもどってくると、グラスにまたブランデーをついだ。彼はそれをひと息で飲みほし、それからとつぜんグラスをわしづかみにすると、力いっぱい壁にたたきつけた。グラスは、一瞬、かんだかい反響をのこして、こなごなに砕け、ベッドのうえや、床《ゆか》一面にとび散った。ぼくはすぐには身じろぎもできなかった。それから、足が水にすくわれて動けないように感じながらも、同時に、敏速に動いている自分をみつめながら、ぼくは彼の両肩をしっかりとつかんだ。彼は泣きはじめた。ぼくは彼を抱いていた。ぼくは彼の苦悩が、彼の汗のなかの酸分のように、ぼくのなかにはいりこんでくるのを感じ、また、ぼくの胸が彼のために、はり裂けそうになるのを感じた。それと同時に、われながら気乗りのしない懐疑的なさげすみの気持で、自分はなぜ彼をたくましい男だと考えていたのだろうか、といぶかってもいた。

彼はぼくから体をひきはなすと、壁紙のはがれた壁を背にしてすわった。ぼくも彼とむかいあってすわった。

「いつもの時間にいったんだ」と、彼は語りはじめた。「今日は、えらく気分がよかったんだよ。店についたときに、あいつはいなかった。それでいつものように、カウンターのうえを掃除してから、ちょっと飲んだり食ったりしてたんだ。そこへあいつがきたんだけど、ごきげんななめで、雲ゆきがあやしいことはすぐにわかった。きっと、だれか若い男にふられたばかりだったんだろう。変なものでね。」(彼は笑った)「ギヨームが険悪になっているときは、すぐにそれとわかるんだ。そんなときは、えらくとりすました顔をしてるからね。なにか恥をかかされて、たとえちょっとのあいだでも、自分がどんなにいやらしい男か、どんなに孤独な男かということを思い知らされると、すぐにあいつは、自分がフランスでも最高の旧家名門の家柄の出だということを思いだすんだ。だけど、たぶん、ときどき、その名も自分とともにほろんでしまうということも考えるんだろうな。そこであいつは、そんな気持を追いはらうために、急いで、なにかしなければならないんだ。大騒ぎするか、うんとかわいい男の子をひっぱってくるか、酔っぱらうか、けんかをするか、エロ写真を見るか。」彼はひと息つくと、立ちあがって、ふたたび、あちこち歩きはじめた。「今日あいつに、なにがあったんだか知らないけど、あいつは入ってくると、はじめはいやに仕事熱心な顔つきをして、ぼくの仕事にけちをつけようとしやがった。だけど、なにもけちをつけることがないもんで、すぐに二階へあがっていった。すると、やがて、ぼくのことを呼ぶんだ。ぼくは、二階のあいつの小部屋にいくのは、大きらいなんだ。いけばかならず、ひとさわぎあるにきまってるんだ。それでも、とにかく、ぼくはいかなきゃならなかった。そしたらあいつ、部屋着をきて、香水の匂いをぷんぷんさせているんだ。自分でも、なぜだかわからないけど、あいつがそんなふうにしているのを見たとたんに、むしょうに、はらがたってきた。なんか、自分はすごい男たらしだというような顔つきで、ぼくを見やがった——ところが、あいつは男たらしどころか、その正反対で、くさったミルクみたいな体をしてやがるのにね！——それから、きみのことをきいた。ちょっと、びっくりしたな、いままで、きみのことを口にしたことなんかなかったからね。元気でいる、といってやった。すると、まだいっしょに住んでいるのかってきくんだ。たぶん嘘《うそ》でもいっておけばよかったんだろうけど、あんないやらしい爺《じじい》のオカマ野郎なんかに嘘をつくこともなかったので、そうだ、と答えた。ぼくはなるべくはらをたてまいとしていた。すると、あいつが実にひどいことをききはじめたので、あいつの顔を見ながら話を聞いているのがむかむかしてきた。そこで、さっさと切りあげるのが上策だと思ったから、そんなことは、坊さんや医者だってききはしない、すこしは恥を知りなさい、といってやった。たぶんあいつは、ぼくがそんなことをいうのを待ってたんだろう、急に怒りだしたかと思うと、ぼくのことを街から拾ってきてやって、あれもしてやった、これもしてやった、それもみんなぼくを愛らしいと思ったから、つまりぼくに惚《ほ》れていたからだとか、それからまだ、なんだかんだと御託《ごたく》をならべて、そのあげくに、ぼくがなんの感謝の念ももたず、礼儀も知っていないのはけしからん、なんていいだした。どうもまずいぐあいにもっていってしまったらしい、これが二、三カ月まえだったらうまくやれたのになあ、あいつをヒイヒイいわせて、ぼくの足をなめまわさせてやったのになあ、ほんとだよ――だけど、ぼくはそんなことはしたくなかった。ほんとに、あんなやつと、きたないまねなんかしたくなかった。ぼくはまじめにやろうと思ってたんだ。ぼくはあいつに、自分は嘘《うそ》をついたことは一度もないし、あいつの情人《いろ》になることなんかいやだと、ずっとことわりつづけてきたじゃないか、仕事はちゃんとくれてたじゃないか、そんなふうに反駁《はんばく》してやった。また、ぼくは仕事だって一生けんめいやったし、まじめに働いてきたし、とまあ、それでも、もし、たとえあいつがぼくのことを思っていたように、ぼくがあいつのことを思わなかったとしても、それはぼくが悪いのじゃない、ともいってやった。そしたらあいつは、あのときのことを――たった一度のことなのに――おぼえているだろうといいだした。

おぼえているとはいいたくなかったのだが、なにしろ腹がへってまいっていたし、吐き気をこらえるのに苦労していた。それでも、腹をたてまいと思っていたし、うまく切りぬけようと努力はしてたんだ。それでこういってやった、あのときはひとりで、だれもいなかった。だがいまはもうひとりじゃない、いまはちゃんといいひとがいるんだ、とね。そういえばあいつもわかってくれるだろうと思ったんだ。なにしろあいつは、ロマンスだとか貞節なんていう夢物語が、とてもすきな男だからな。だけど、こんどばかりはだめだった。彼は大笑いしやがって、きみのことでまたひどいことを二、三いった、きみはけっきょくは、自分の故郷《くに》じゃとてもできそうもないことを、フランスでやっているアメリカの若僧じゃないか、きみはすぐにぼくを捨てていってしまうだろう、なんてね。それでもう、ぼくもついに怒ってしまって、悪口をきくために給料もらって働いてるんじゃない、といってしまった。それから、下の店に客が入ってきた音がしたので、それ以上はなにもいわずに、回れ右して出ていった。」

彼はぼくのまえにきて立ちどまった。そして、「もうすこし飲んでいいかい?」と、彼は笑《え》みをうかべながらたずねた。「こんどはグラスをこわさないようにするから。」

ぼくは自分のグラスをわたしてやった。彼はそれを飲みほすと、もどしてよこした。彼はぼくの顔をじっとみつめた。「心配することはないよ」と、彼はいった。「うまくいくよ。ぼくはなにも心配してない。」それから彼の目はくもり、彼はふたたび窓のほうに視線をむけた。

「それで」と、彼はいった。「それっきりでおしまいになればいいと思っていた。ぼくは店で働いていて、ギヨームのことや、あいつが二階でなにを考えているか、なにをしているかなんてことは考えないように努めていた。ちょうど一杯やりたくなる時間だろう、だからとても忙しかった。すると、とつぜん、二階でドアがバタンとしまる音がした。その音を聞いたとたん、いよいよはじまった、おそろしいことになった、ということがぼくにはわかった。あいつは店に降りてきた、フランスの実業家でございますっていうふうに、すっかり身支度をととのえてね。そしてまっすぐに、ぼくのほうにむかって歩いてきた。あいつは、ぼく以外のものには見むきもしようとしなかった。そして、青い顔して怒っているようだった。とうぜん、それはみんなの注意をひいた。みんなは、あいつがなにをしているのようとしているのかを見ようと、かたずをのんで待っていた。ぼくは、正直なところ、あいつはぼくをなぐろうとしてるんだな、いや、もしかしたら、気でも狂ってポケットにピストルでもしのばせているのかを見ようと、じゃないか、と思った。だからぼくは、おびえたような顔をしていたにちがいない。だがそれも、なんの役にもたたなかった。あいつは、カウンターのうしろへくると、ぼくのことを男色者《おかま》だの泥棒だのとののしりはじめ、すぐに出ていけ、出ていかないと、警察を呼んで、豚箱へ入れてもらってやる、などとおどかした。ぼくはすっかり唖然《あぜん》としてしまって、なんにもいえなかった。そのあいだ、彼の声はますます高くなっていくばかり、客もみんな聴《き》き耳をたてはじめていた。すると、とつぜん、ぼくは落っこちていくような、とても高いところから落っこちていくような感じがした。そして、しばらくは、怒ることもできなかった。涙が、火のように熱い涙が、こみあげてくるのを感じた。息もつけなかった。あいつがぼくにたいして、ほんとうにそんなことをしてるなんて、とても信じられなかった。ぼくがなにをしたというんです？　なにをしたというんです？　とぼくは問いつづけた。だが、あいつは答えようとはしなかった。それから、あいつはどなった、大きな声で、まるで拳銃《けんじゅう》をぶっぱなしたような声で、《そんなこと、自分でちゃんとわかってるはずだ、おかま野郎め！》と。だが、だれにも、あいつがなにをいってるのかわかりはしなかった。まるで、あいつとぼくとは、また、あの映画館のロビーにもどっているような感じがした、そら、ぼくがあいつとはじめて会ったところさ。みんなは、ギヨームが正しくて、ぼくが悪い、ぼくがなにかひどいことをしたのだ、と思っていた。あいつはレジのところにいくと、いくらかの金を取りだした——だけど、ぼくには、そんな時間にレジにたくさんの金が入っているわけがないのを、あいつはちゃんと知っているということがわかっていた——そしてそれを、ぼくに突きつけながら、《これをもっていけ！　もっていけ！　夜なかにおまえにこっそり盗まれるよりは、こうしてくれてやるほうが、よっぽどましだ！　さあ、出ていけ！》といった。ああ、お客たちのあの顔つきといったら、きみに見せてやりたいほどだった。えらく分別くさそうで、悲劇的な顔をしやがって、いま、すべてがわかってみると、そんなことならずっとまえから知っていた、といいたげだった。そして、ぼくとなんのかかわりも持たなかったことを、とても喜んでいるようだった。ああ、あのばか野郎たちめ！　きたない下種《げす》どもめ！　男妾《おとこめかけ》たちめ！」彼はまた泣いていた、こんどは怒っていたのだ。「それから、ついに、ぼくはあいつをなぐってしまった。すると、たくさんの手がぼくの体につかみかかってきて、ぼくはとりおさえられ、それからどうなったんだか、よくわからないんだが、やがてぼくはその通りにほっぽり出されていた、手にはひきちぎられた札束をもち、みんなにじろじろ見られながら。ぼくにはどうしたらいいのかわからなかった。こそこそと逃げてしまうのはいやだったが、もしめんどうなことがさらに起こったら、警察がきて、ギヨームはぼくを豚箱にいれるかもしれなかった。だけど、もう一度ぼくはあいつに会ってやる、どうしても会ってやる。そのときには……！」

彼は立ちどまると、壁をじっとみつめながら腰をおろした。それから、ぼくのほうにむきなおり、長いあいだ、黙ったままぼくをみつめていた。それから、「もしきみがここにいてくれなかったら」と、彼は非常にゆっくりといった、「これでジョヴァンニも一巻の終り、というところだ。」

ぼくは立ちあがった。「ばかなことをいうな、それほどの悲劇じゃないよ。」ぼくはひと息ついた。「ギヨームは、いやなやつだ。やつらは、みんなそうだ。だけど、その事件が、きみがこれまで経験したことのある最悪の事件というのでもないんだろう？」

「いやなことが起こるたびに、人間は弱くなっていくものなんだなあ。」ジョヴァンニは、まるでぼくのいったことを聞いていなかったようであった。「そして、だんだん耐えられなくなっていくんだね。」それから、ぼくを見あげながら、「うん、最悪なことは、ずっとまえに起こったよ。そして、その日から、ぼくの生活はひどいことになってしまったんだ。きみ、まさかぼくを捨てて出ていきゃしないだろうね？」

ぼくは笑った。「もちろんだ。」ぼくはグラスの破片を、毛布から床《ゆか》のうえにふるい落としにかかった。

「きみに捨てられたら、ぼくはなにをするかわからなくなる。」はじめてぼくは、彼の声のなかに、脅迫するような調子を感じとった――それとも、それはぼくのせいだったのかもしれない。「ぼくはずっと長いこと、ひとりぼっちだった――もしまた、ひとりになってしまったら、とても生きてはいられないだろう。」

「きみはいま、ひとりぼっちじゃない」と、ぼくはいった。それから、そのときぼくと彼との接触にはとても耐えられそうになかったので、すばやく、「散歩にいかないか？　さあ、いこう、ちょっと、この部屋から出よう。」ぼくはにやりと笑い、彼の首を、サッカーの要領で、乱暴に打った。ふたりは、一瞬、もつれあった。ぼくは彼の体を押しはなした。「一杯おごるよ」と、ぼくはいった。

「それで、ぼくをまたこの部屋まで連れてもどってくれるかい？」と、彼はきいた。

「ああ、もちろんだよ。」

「ぼく、きみを愛してるんだよ、わかってるね？」

「わかってるよ。」

彼は流しにいき、顔を洗いはじめた。それから、髪に櫛《くし》をいれた。ぼくは彼をみつめていた。彼は、鏡のなかのぼくにむかって笑いかけた。彼は急に、美しく幸福そうな、そして若々しい、顔になっていた――ぼくは生まれてこのかた、そのときぐらい自分がやりきれなく、年老いて感じたことはなかった。

「ぼくたちは、うまくやっていけるね！　そうだろう？」と、彼はさけんだ。

「そうとも。」

彼は鏡からむきなおった。すると、ふたたび深刻な表情にもどっていた。「だけどねえ、つぎの仕事がみつかるまで、どれくらい時間がかかるか、わからないんだ。それに金もない。きみは持ってる？　今日《きょう》、ニューヨークから、いくらか送ってきた？」

「ぜんぜん、きてなかった」と、ぼくはおちついていった。「だけど、すこしならあるよ。」ぼくはポケットのなかの金をぜんぶ取りだすと、テーブルのうえにおいた。「四千フランぐらいだ。」

「ぼくのは」と、いいながら、彼はあちこちのポケットに手をつっこんで、紙幣や小銭《こぜに》をそこらじゅうに散乱させた。彼は肩をすくめ、ぼくを見て笑った。それは、あの奇妙にやさしい、たよりなさそうな、いじらしい笑いであった。「ごめんよ。ぼく、すこしおかしくなってるんだ。」彼はよつんばいになると、散乱した金をかき集め、テーブルのうえの、ぼくがおいた金のわきに並べた。約三千フラン相当の紙幣は、ちぎれ破れていて、はりあわせなければならなかったので、それだけは別にした。残りの金の合計は、九千フランぐらいだった。

「たいした金でもないな」と、ジョヴァンニは、くらい口調でいった。「だけど、明日《あした》はなんとか食える。」

ぼくはどうも、彼に心配そうにされるのがいやだった。彼のあの憂慮の表情に耐えることができなかった。「明日《あす》、もういちど、父に手紙を出してみるよ。なにか嘘《うそ》をついてやろう、父が信じるような嘘をね、そして金を送るようにさせてやろう。」そしてぼくは、まるでかりたてられるように、彼のほうに動いていき、彼の肩に手をおくと、自分自身に彼の目をじっとのぞきこむことを強《し》いた。そして、にっこりとほほえんだ。その瞬間、ぼくは自分のなかで、ユダと救世主とが邂逅《かいこう》したのを実感した。「びくびくするなよ。心配することはないよ。」

そして、彼のそば近くに立ち、彼を恐怖から守ってやろうというはげしい情熱を感じながら、決意が――またしても！　――ぼくの手から奪いとられてしまったことを、ぼくは同時に感じていた。なぜなら、父もヘラも、その瞬間には、現実のものではなかったからだ。だが、それさえも、ぼくにとっては現実のものはなにもなく、なにものも、ぼくにとって、ふたたび現実のものになることはないであろう（もしこの落下感覚が現実でないならば）という、ぼくの絶望的な意識ほどに、現実的ではなかった。

今夜の時間もしだいに減少しはじめ、いま、時計のうえを過ぎていく秒針の一秒ずつの動きとともに、ぼくの心の奥底にある血がさわぎ、泡だちはじめる。そしてぼくは、たとえ自分がなにをしようとも、もだえるような苦悩が、この屋敷にいるぼくに、やがて襲いかかろうとしていることを知っている――ジョヴァンニがまもなく直面しようとしているあの断頭台の大きな刃と同じように、銀色の裸体をむきだしにしている、このぼくに。ぼくの死刑執行人は、ぼくとともにここにおり、ぼくとともにあちこちを歩きまわり、ものを洗い、荷づくりをし、ぼくの酒を飲んでいる。彼らは、ぼくの振りむくところ、どこにでもいる。壁、窓、水、そとの暗闇《くらやみ》——彼らはどこにでもいる。彼らに呼びかけてみようか——ジョヴァンニが、いま、この瞬間、独房に横たわりながら、呼びかけているかもしれないように。だが、だれも聞いてくれるものはいないであろう。弁明を試みてみようか。ジョヴァンニも弁明を試みたことがあった。赦《ゆる》しを請うてみようか——もし、ぼくが自分の罪に名をつけ、それに直面することができるならば、もし、なにか、だれか、どこかに、赦す力をもっているものがいるならば。

だめだ。もし、ぼくが罪を感じることができれば、それは助けになるだろう。だが、潔白の終末は、同時に罪の終末でもあるのだ。

たとえ、いま、どんなふうに思えようとも、ぼくは告白しなければならない。ぼくは、彼を愛したのだ。相手がだれであろうと、二度とふたたび、あのように愛することはあるまい。そして、このことは、大きな安堵《あんど》であるかもしれない——もし、あの刃が落ちてきたとき、ジョヴァンニがなにかを感じるとすれば、それは安堵であるということを、ぼくもまた知らなければ。

ぼくはこの屋敷のなかをあちこちと歩きまわる——あちらこちらと。ぼくは刑務所のことを考える。ずっと昔、まだジョヴァンニにも、めぐり会っていなかったころ、ぼくはジャックの家のパーティで、半生を刑務所ですごしたということで高名だったひとりの男に会ったことがある。彼は自分の刑務所生活について本を書き、刑務所当局からは不興をかったが、ある文学賞を獲得していた。だが、この男の生涯はすでに終わっていた。彼はよく、刑務所にいるということは生きていないということと同断なのだから、死刑は陪審員のあたえうる唯一の慈悲ある判決だ、といっていた。だが、じっさいは、彼は刑務所から出なかったにひとしいのだ、刑務所は彼にとって、すべての現実であり、彼は他のことについては、なにも話すことができないのだから、とぼくは考えた。彼のすべての動きには、タバコに火をつける動作にいたるまで、人目を忍ぶようなところがあり、彼が目をむけるところにはどこでも、壁が立ちふさがってくるように思われた。彼の顔とその色は、暗闇《くらやみ》と湿気とを想起させた。彼の体を切りひらいてみると、それは茸《きのこ》のようなものではないかと、ぼくは思った。彼は熱心に、なつかしむように、格子《こうし》のはまった窓や、扉《とびら》や、扉ののぞき窓や、廊下のはずれのあかりのしたに立っている看守のことなどを、詳細に説明してくれた。刑務所の内部は、上下三階になっており、すべての色合が青銅色だ。看守の立っている場所のあかりをのぞいては、すべては陰鬱《いんうつ》で、暗く、冷たい。空中には、金属壁にこぶしを打ちつける音の余韻がたえず漂っている。それは、単調にとどろく土人の太鼓の音にも似て、ひとを狂気に誘わないともいえないような音だ。看守たちは動き、つぶやき、廊下を歩調正しく歩き、ドンドンと鈍い音をたてて階段を上下する。彼らは黒い服をきて、銃を持っている。彼らはつねに恐れ警戒しており、親切なそぶりはほとんどあえて見せようとはしない。三階の一番したには、刑務所の大きく冷やかな中心部があり、そこにはつねに動きがある。信頼されている囚人たちがいろいろなものを手押し車で運び、事務所に出入りし、タバコやアルコールや女にありつこうとして、看守におべっかをつかっている。獄舎のなかに夜が深まってくると、そこかしこにつぶやきが起こり、みんなは、夜が明けるころには獄舎の中庭に死がしのびこんでくるのだということを

――なぜだか――知っている。明けがた早く、模範囚が食事の入った大きなドラム罐《かん》を手押し車で運んでくるまえに、黒い服をきた三人の男が廊下を音もなく進んでくる。そして、そのうちのひとりが、錠前に鍵《かぎ》をさしこんでまわす。彼らは囚人のだれかひとりに手をかけ、廊下を急がせて連れていく。最初は神父のところへ、それから、彼のためにのみ開かれる扉のところへ。その扉は彼に、おそらく、朝の光を一瞬見ることを許し、それから、彼は腹ばいに板のうえに投げだされ、そしてあの刃が彼のうえに落下してくるのだ。

ジョヴァンニの獄房の大きさはどのくらいであろうか。彼の部屋よりは大きいのであろうか。彼の部屋よりも冷たいということはわかる。彼はひとりだろうか、それとも、二、三人の同房者がいるのだろうか。トランプ遊びでもしているのだろうか、それともタバコをすっているのだろうか、おしゃべりをしているのだろうか、あるいは、手紙を書いているのだろうか――だが、いったい、だれに手紙を書くというのだ？　――それとも、あちこち動きまわっているのだろうか。近づいてくる明けがたが、彼の生涯の最後の朝だということを、彼は知っているのだろうか。（囚人は、ふつう、知らないものだ。弁護士は家族や友人には知らせるが、囚人には知らせないのだ。）彼は心配しているだろうか。知っているにしろ知らないにしろ、心配しているにしろしていないにしろ、恐れを感じていることはたしかだ。同房者がいるにしろいないにしろ、ひとり寂しく孤独を感じていることはたしかだ。ぼくは彼の姿を思いうかべてみようとする。彼はぼくに背をむけて、房の窓辺に立っている。彼の立っているところからは、おそらく獄舎の反対側の翼《そで》が見えるだけであろう。もしかしたら、すこし背伸びをすれば、高い塀越《へい》しに、そとの街路の一画も見えるだろう。彼の頭髪は切られただろうか、それとも長いままだろうか——おそらく切られているはずだ。顔はちゃんと剃《そ》っているだろうか。いま、数かぎりなく細かいことが、ぼくたちの愛しあったことの証拠と果実とが、ぼくの心にあふれてくる。たとえば、彼はバスルームへ行きたいと感じてはいないだろうか、今日《きょう》は食事がのどを通っただろうか、汗をかいているだろうか、それともさっぱりしているだろうか。刑務所のなかで、だれか彼を愛したものがいただろうか。それを思うと、なにかがぼくの体をわななかせる。砂漠のなかで死んでいったもののように、ぼくはひどくふるえてかさかさに乾いていくように感じる。そして、ぼくは、ジョヴァンニが今夜、だれかの腕のなかにしっかりと抱かれていることをねがっている自分に気づく。だれかが、ここに、ぼくといっしょにいてくれたらと思う。だれでもいい、ここに、ぼくといっしょにいてくれるひとがいたら、夜を徹して愛してやるだろう。ジョヴァンニを、夜どおし激しく愛してやるだろう。

ジョヴァンニが職を失ってから、ぼくたちは毎日を無為にすごしていた。その無為というのは、運のつきた登山者が、深淵《しんえん》のうえで、いまにもぷつんと切れそうなロープ一本に身を託しているときのような、無為であった。ぼくは父に手紙を書かなかった。書くのを一日一日とひきのばしていた。それはあまりにも決定的な行為であるように思われたのだ。父にどんな嘘《うそ》をつけばいいかは知っていたし、その嘘が役だつこともわかっていた。ただ、それがまるっきりの嘘になるのかどうか、自信がもてなかったのである。くる日もくる日も、ぼくたちはあの部屋で、ぶらぶらすごした。ジョヴァンニは、また、部屋の改造にとりかかった。彼は、壁のなかに本箱を埋めてしまえば、すばらしいことになると憑《つ》かれたように考え、壁をこつこつとけずり、ついに煉瓦《れんが》にまで達し、煉瓦を一生けんめいに打ちこわしはじめていた。それは、たいへんな重労働であり、気ちがいじみた仕事であった。しかし、ぼくは彼をとめるだけの熱意も勇気も持ちあわせてはいなかった。ある意味では、彼はその仕事をぼくのために、ぼくにたいする彼の愛情を証明するために、やっていたのだ。彼は、ぼくが彼といっしょに、あの部屋にとどまることを望んでいたのだ。おそらく彼は、自分自身の力で、あの蚕食してくる壁をくずすようなことはしないで、押しかえそうとしていたのだった。

いま——もちろん、いまになってみれば、ぼくはあの日々のなかに、なにかとても美しいものがあったことを認める。だが、そのころは、非常な苦痛の連続であった。そのころ、ぼくは、ジョヴァンニがぼくを道づれに、海の底に引きずりこもうとしているように感じたのだった。彼は仕事もみつけることができなかった。ぼくは、彼が本気になって仕事をさがしているのではない、また、そんなことができるような男ではないことを知っていた。彼は、いわば深傷《ふかで》を負っていたものだから、他人の目がまるで塩のように彼の心にしみたのだ。ぼくと長いあいだはなれていることは、彼にはとても耐えられないことだった。この神の冷たい緑の地上で、彼のことを思い、彼のことばと沈黙の意味を知り、彼の腕を知り、しかも凶器をもっていない唯一の人間は、ぼくであった。彼を救済するという重荷が、ぼくの背にかかっているように思われ、それがぼくには耐えられなかった。

金は、だんだん減少していった。いや減少どころではない、急速になくなっていったのだ。毎朝、ジョヴァンニは、「今日《きょう》もアメリカン・エキスプレス社へいくのかい？」ときいたが、彼はその声のなかに、心配をあらわすまいと努めていた。

「ああ、いくよ」と、ぼくはいつも答えた。

「今日は金が着いているかな？」

「どうだかな。」

「ニューヨークでは、きみの金を、いったい、どうしようとしているんだ？」

まだまだ、ぼくは行動に移れなかった。ぼくはジャックのところへいき、ふたたび彼から一万フランを借りた。彼には、ジョヴァンニとぼくは、なかなかの苦境に立たされている最中であるが、もうじきそれも切りぬけられるだろう、といっておいた。

「あいつも、なかなかいいとこあるな」と、ジョヴァンニはいった。

「あの男だって、ときには、いいやつになれるるんだ。」ぼくたちはオデオン劇場のちかくの喫茶店《カフェ》のテラスにすわっていた。ぼくはジョヴァンニの顔を見ながら、一瞬、ジャックが、ぼくの手からジョヴァンニを奪ってくれたら、どんなにうれしいだろうと思った。

「なにを考えてるの？」と、ジョヴァンニがきいた。

一瞬、ぼくは虚をつかれてびっくりし、同時に恥ずかしく感じた。「ぼく、パリから出ていきたいと考えていたんだ。」

「どこへ、いきたいんだ?」

「そういわれると、わからない。だが、どこでもいいんだ。この市《まち》がすっかりいやになってしまったんだよ」とぼくは、彼ばかりでなくぼくまでがおどろいたぐらいの、はげしい語調で、とつぜん、いった。「この古びた石ばかりの、いやらしい、きざなやつらが、うようよしている町に、うんざりしてしまったんだ。この町では、手にふれるものはみんな、その手のなかで、こなごなにくだけてしまうんだ。」

「そのとおりだ」と、彼はまじめな顔つきでいった。彼はおそろしく真剣な目で、ぼくをみつめていた。ぼくは、強《し》いて彼を見ながら、笑顔《えがお》をつくった。

「しばらく、ここから出てみたくはないか?」と、ぼくはきいた。

「ああ。」彼は、あきらめの身振りでも示すかのように、手のひらをそとにむけ、ちょっと両手をうえにあげた。「きみのいくところなら、どこにだっていきたい。ぼくは、きみが急にひどくパリがいやになったほど、そんなにパリのことを強く感じてはいないんだ。パリを、とてもいい町だと思ったことは、一度もない。」

「その……」と、ぼくはいいながら、なにを自分はいおうとしているのか、自分でもよくわからなかった。「田舎《いなか》はどうだい? それともスペインは?」

「ああ」と、彼は快活にいった。「彼女が恋しくなったんだね。」

ぼくはやましい気持になり、いらだち、心のなかが愛と苦痛でいっぱいになった。ぼくは彼をけとばしたくなり、また彼をぼくの腕のなかに受けいれてやりたくなった。「そんな理由で、スペインへいくんじゃない。」ぼくは、無愛想にいった。「ちょっと、見物したいだけだよ。それだけだ。それに、このパリは、ものが高くて出費がかさむばかりだからな。」

「それじゃ」と、彼はあかるくいった。「スペインへいこう。もしかしたら、イタリーのことを思いださせてくれるかもしれない。」

「イタリーのほうが、いきたいんじゃないのか？　自分の故郷へいってみたくはないのかい？」

彼は微笑した。「もうあそこは、ぼくの故郷《くに》じゃないんだよ。」それから、「そうだ、イタリーには、ぜったい、いきたくない。たぶん、けっきょくは、きみがアメリカへかえりたくないのと同じ理由からだろうね。」

「いや、ぼくはアメリカへかえるよ」と、ぼくはあわてていった。すると、彼はぼくを見た。「きっとちかいうちに、かえるつもりだ。」

「それじゃ、ちかいうちに、きみはいろいろと、おもしろくない目にあうよ――ちかいうちにね。」

「なぜ？」

彼は微笑した。「きみが故郷にかえるとする、するときみは、故郷がもはや故郷ではなくなっていることに気がつく。それで、きみは、ほんとうに当惑してしまって、おもしろくなくなってしまうんだ。ところが、こちらにいるかぎりは、いつでも、自分はいつか故郷へかえろう、と考えていられるからね。」彼はぼくの親指をもてあそびながら、にやりと笑った。「そうじゃないか？」

「うまいことをいう」と、ぼくはいった。「つまり、ぼくがかえらずにいるかぎりは、かえる故郷はある、というわけなんだね？」

彼は声をあげて笑った。「うん、ちがうかい？　故郷というのは、そこは去ってしまうまでは、ないと同じであり、そして、一度去ってしまうと、もうぜったいに、もどることはできないんだ。」

「そんな歌をどこかで聞いたような気がするな。」

「ああ、そうだろう。そして、きっとまた聞くことになるよ。だれかが、どこかで、いつも歌っている歌のひとつだからね。」

ぼくたちは立ちあがり、歩きだした。「それで、どうなるのかな？」と、ぼくはぼんやりきいた。

「もし、ぼくがきみのいうことをきかなかったら？」

彼はしばらくのあいだ、なにもいわなかった。それから、「きみを見ていると、ときどき、車にひかれるのがいやで、自分から刑務所に入ろうと思ってるような男のことを思いだすな。」

「そいつは」と、ぼくは、はげしくいった。「ぼくよりも、きみのほうについて、いえることじゃないのかなあ。」

「どうして？」

「あの部屋のことをいってるんだ。あのぞっとするような部屋のことだ。きみ、なぜ、あんなところに、長いあいだ、自分を埋めておくんだ？」

「自分を埋めるだって？　わかったよ、わるかったねえ。だけど、パリっていうところは、ニューヨークとはちがうんだ。ぼくみたいな男のための宮殿なんか、そんなにありはしないんだよ。それとも、ヴェルサイユ宮殿にでも住めっていうのかい？」

「ほかにもいろいろと、あんな部屋ではない部屋だって、ありそうなものじゃないか。」

「部屋がたりないんじゃないんだ。世界には部屋はいっぱいある。大きい部屋、小さい部屋、まるい部屋、四角い部屋、高いところにある部屋、低いところにある部屋――どんな部屋だってある。だが、いったい、このジョヴァンニはどんな部屋に住めばいいんだ？　あの部屋をみつけるのに、どんなに長くかかったと思う？　それで、いつから、いつから」――彼は立ちどまると、人さし指で、ぼくの胸をつついた――「あの部屋が、そんなにきらいになったんだ？　いつからなんだ？　昨日《きのう》からか？　それとも、ずっとだったのか？　どうなんだ？」

彼と顔をむかいあわせながら、ぼくは口ごもった。「きらいだというんじゃないんだ。ぼくは――ぼくは、きみの気をわるくさせるつもりはなかったんだ。」

彼の手が、両側にだらんとたれさがった。彼の目は大きくみひらかれた。彼は声をあげて笑った。

「ぼくの気をわるくさせるって！　ぼくはもう、そんなふうにいわれるほど、他人になってしまったのかい？　そんなアメリカ人ふうな礼儀で話されるほど？」

「ぼくがいいたいのはね、引っ越したいってことだけだよ。」

「引っ越せるさ、明日《あす》にだって。ホテルへいこう。ホテルなんだろう、きみがいきたいのは？　クリヨン・ホテルはどうだい?」

ぼくはなにもいわず、ただ、ためいきをついた。それから、ふたたび、ぼくたちは歩きだした。

「わかっているよ。」彼は、しばらくして、とつぜん、しゃべりだした。「わかっているさ！ きみはパリをはなれたいんだ、あの部屋をはなれたいんだ——ああ、きみはひどいよ。なんて、意地がわるいんだ。」

「きみは誤解しているよ」と、ぼくはいった。「ぼくのことを誤解しているんだ。」

彼は、ひとり無気味に笑った。「そう願いたいもんだ。」

あとで、ぼくたちが部屋にかえってから、壁から取りはずした煉瓦《れんが》を、ひとつひとつ袋にいれているとき、ジョヴァンニがたずねた。「きみの彼女のことだけど——近ごろ、なにか便りがあったの?」

「最近はない」と、ぼくはいった。ぼくは顔をあげなかった。「だけど、彼女はもうここ二、三日のうちに、パリにもどってくるんじゃないかなあ。」

彼は立ちあがった。部屋のまんなかに立ち、電燈のしたで、ぼくをみつめた。ぼくも立った。なかば微笑をうかべていたが、同時に、なにか奇妙にぼんやりと、すこしおびえてもいた。

「さあ、ぼくを抱いてくれ」と、彼はいった。

彼が手に煉瓦をつかんでいることを、ぼくははっきり意識していた。ぼくも煉瓦をにぎりしめていた。一瞬、もしぼくが彼のところにいかないと、二人はその煉瓦で死ぬまでたがいになぐりあうのではないか、と思われた。

だが、ぼくはすぐには動けなかった。危機をはらみ、炎のように、いまにもごうごうと燃えあがりそうな、せまい空間をはさんで、二人はたがいににらみあった。

「さあ」と、彼がいった。

ぼくは、煉瓦を落とすと、彼のところへいった。一瞬ののち、ぼくは彼がくずれ落ちる音を聞いた。

そして、このような瞬間ごとに、二人は、ただひたすらに耐えしのび、それだけ長く、小さく、果てしのない殺人をおかしているのだ、とぼくは感じた。

4

とうとうヘラから、ぼくの待ちのぞんでいた手紙がきた。それは、彼女がパリにかえってくる日時を知らせる手紙だった。その日、ジョヴァンニには黙ったまま、ぼくはひとりで外出し、駅へ彼女を迎えにいった。

ぼくは心のなかで、彼女の顔を見たら、即座に、なにか決定的なことが起こるのではないかと、ひそかに期待していた——ぼくのおかれている立場とその状況とを、ぼくに自覚させてくれるような、なにかが。しかし、なにも起こらなかった。彼女がぼくに気づくまえに、ぼくはすぐに彼女を認めた。彼女は、グリーンの服に体をつつみ、髪はまえよりもいくらか短くしていた。顔は陽《ひ》にやけて、いつもとかわらぬ、かがやくばかりの笑《え》みをうかべている。ぼくの彼女にたいする愛情は、以前とすこしもかわってはいなかったが、それがどのくらいの深さのものなのか、自分でもまだわかっていなかった。

ぼくを見ると、彼女はプラットホームのうえで急に立ちどまり、両手をまえで組み、いつものように両足を男の子のようにひろげて、微笑した。しばらく、二人はたがいの顔をみつめあったままでいた。

「ねえ、あなたの恋人よ、抱いてくれないの?」と、彼女はフランス語でいった。それから、ぼくは彼女を腕のなかにひきよせた。そのとき、なにかが起こった。ぼくは、彼女に会えて、むしょうにうれしかった。ヘラの体をぼくの両腕のなかに抱きかかえた感じは、ちょうど、そのぼくの腕のなかが帰るべき家で、彼女をそこへあたたかく迎えいれている感じだった。彼女の体は、ぼくの腕のなかに、しっくりとおさまった。以前から、彼女はいつもそうだった。そして彼女を抱きしめたときの強い感触は、彼女が去ってしまって以来、ぼくの腕がずっとうつろだったことをぼくに気づかせた。

あの天井の高い暗いプラットホームの屋根のしたの、はげしく息をついている列車のすぐかたわらで、ぼくは彼女をしっかりと抱きしめた。ぼくたちのまわりでは、大勢の人たちがごったがえしていた。彼女は、風と、海と、大気の香《かおり》がした。そして、彼女のすばらしく生きいきとした体に、ぼくは、彼女が本気で身をまかしてもよいつもりでいることを感じとった。

それから、彼女は身をひいた。その目はうるんでいた。「顔を見せてちょうだい」と、彼女はいった。ぼくを腕いっぱいにひきはなすと、ぼくの顔を見まわした。「ああ。すてきよ。またお会いできて、とてもうれしいわ。」

ぼくは、彼女の鼻のうえにかるくキスをして、最初の検査はうまく通ったな、と思った。ぼくが彼女のカバンを持ちあげると、二人は出口のほうへとあるきだした。「旅行は楽しかったかい?　セビリヤはどうだった?　闘牛はおもしろかった?　だれか闘牛士に会ったの?　なにもかも、すっかり話してくれよ。」

彼女は笑った。「なにもかもとは、ずいぶん無理なご注文ね。ひどい旅だったわ。わたし、汽車はいや。だから、飛行機にしたいと思ったんだけど、でも、一度スペインの飛行機に乗ってからは、もう金輪際《こんりんざい》、二度と乗るもんかときめたの。それが、ねえあなた、飛んでる最中に、まるでフォードのT型みたいに、ガタガタするのよ　もしかしたら、もとは、じっさいにフォードのT型だったんじゃないかしら――それで、わたしはもう、お祈りしたり、ブランデーをのむやらして、ただじっとすわっていたの。もう二度と無事に地上に降りられないだろうと観念してたわ。」ぼくたちは改札口を通って、通りにでた。ヘラは喜々としてあたりを見まわした――あちこちの喫茶店《カフェ》、黙々としてあるく通行人、交通のひどい混雑、青い外套《がいとう》を着た交通巡査やその白くひかる警棒など、あらゆるものを見て喜んだ。しばらくしてから、彼女はいった。「これまでどこへいってたにしろ、パリって、いつかえってきても、いいわね。」ぼくたちがタクシーに乗りこむと、運転手はぐるりと大きく乱暴に車をまわして、車の流れのなかに入っていった。「たとえ、なにかとても悲しい思いをいだいて、ここにかえってきたとしても、ここにいると――そうね、ここにいると、だんだん、慰めてもらうことができると思うわ。」

「パリをそういうことでためす必要が、でてこないといいがね」と、ぼくはいった。

彼女は微笑したが、それは晴れやかであると同時に、ものうい陰もあった。「そうね。」そういうと、彼女は、とつぜん、ぼくの顔を両手ではさんで、接吻をした。彼女の目には、深い問いかけの色があった。そして、彼女がその間にただちに答えてほしい気持に燃えているということがわかった。だが、ぼくにはまだそうすることができなかった。ぼくは彼女を抱きよせ、目をとじて、彼女に接吻した。すべては昔の二人のままであり、同時に、すべてがちがっていた。

　ジョヴァンニのことは、まだ考えてはいけない、とぼくは自分にいい聞かせた。彼のことを気にかけるのはまだいけない。ともかく今夜のところは、ヘラとぼくは、なにものにも仲をさかれずに、いっしょにいなければならない。だが、ぼくはそんなことがとてもできない相談であることも、よく知っていた。ジョヴァンニはすでに二人を引きはなしていたのだ。ぼくは彼のことを考えまいとした――彼はいまあの部屋にひとりすわって、なぜぼくがこんなに長いあいだそとに出かけているのだろうかと、案じているのだろうが。

　それから、ぼくたちはトゥルノン通りのヘラの部屋で、くつろぎながら、フンダドールを試飲していた。

「これは甘すぎるよ」と、ぼくはいった。「スペインでは、こんなものを飲んでいるのかい？」

「スペイン人がこれを飲んでいるのは見たことないわ。」彼女はそういって、笑った。「あの国民は、ブドウ酒を飲むのよ。わたしは、ジンフィズを飲んだけど――スペインでは、なんだか、そのほうが健康的なような気がしたの。」そういって、彼女はまた笑った。

　ぼくは彼女に接吻しつづけ、抱きつづけることにより、彼女のなかにふたたび自分のゆく道を見いだそうとしていた――あたかも、彼女が手さぐりでもあかりをみつけることのできる、勝手を知った暗い部屋ででもあるかのように。そして、接吻をくりかえしながら、ぼくは、自分を彼女にゆだねてしまう瞬間、あるいは、ゆだねられなくなる瞬間、がくるのをひきのばそうとしていた。しかし、彼女は、二人のあいだにある果てしのない齟齬《そご》は、自分の行為によるものであり、すべて自分の側に責任があるのだと感じているようだった。自分がはなれているあいだに、ぼくがだんだんと手紙を書かなくなっていったのを、彼女は思いだしていたのだ。スペインにいても、かえりちかくなるまでは、そのことが、彼女の気をもませることはなかっただろう。だが、彼女自身があるひとつの決意に達したとき、はじめて、ぼくのほうが、彼女のとは正反対のある決意に到達してしまったのではないかと、おそれはじめたのだ。おそらく、あまりにも長いあいだ、彼女は、ぼくを宙ぶらりんの状態においてしまっていたのだ。

彼女は生まれつき、率直で、がまんして待つことのできない性分だった。物ごとがはっきりしていないと、いやがるたちだった。それなのに、いま彼女は、ぼくがなにかいいだすか、なにかそぶりを見せるかするのを、がまん強く待っており、自分の激しい欲求を抑える手綱をしっかりと手に握っていた。

ぼくは彼女にその手綱をゆるめさせたいと思った。とにかく、ぼくにしてみれば、彼女を取りもどすまでは、心は硬直したままなのだ。ぼくはヘラを通して、ジョヴァンニの幻影と、なまなましい彼の感触とを、焼きつくしたいと思っていた――炎によって、炎を追いはらおうとねがっていたのだ。だが、自分がいま、なにをしているかという知覚は、ぼくの決心をにぶらせていた。そして、ついに、彼女は微笑をうかべて、ぼくにたずねた。「はなれていたのが長すぎたかしら？」

「わからない」と、ぼくはいった。「ずいぶん長い時間だったねえ。」

「ずいぶん寂しい時間だったわ。」彼女が、唐突《とうとつ》にいった。彼女は、ぼくからすこし体をはなし、横むきに体をくずしながら、窓のほうを見やった。「とても、あてどのない感じ――まるで、テニスボールのように、はねかえって、はねかえって――しまいにはどこに落ちるのだろうと心配になりはじめたくらい。わたしは、どこかで小舟に乗りおくれたんじゃないかって感じはじめたわ。」彼女はぼくを見た。「わたしのいっている小舟ってわかるでしょう？　わたしの生まれたところでは、それを題材にして映画をつくるのよ。その舟というのは、待っているときには、小舟なの。だけど、近づいてくるときは、大きな船になっているのよ。」ぼくは彼女の顔をみつめた。ぼくが知っていた、以前のどんな顔よりも静かな顔であった。

「スペインは、ぜんぜん気にいらなかったかい？」ぼくは、いらいらして、たずねた。

彼女は、もどかしそうに、髪に片手をつっこんだ。「いいえ。もちろん、スペインはよかったわ。わるかろうはずはないでしょ？　とても美しい国だわ。ただ、わたしはあそこで自分がなにをしているのかわからなかったのよ。それに、特になんの理由もなく、あちこち歩きまわることに、うんざりしてきたの。」

ぼくはタバコに火をつけて、微笑した。「だけど、きみは、ぼくからはなれるために、スペインへでかけたんだろう？　忘れちゃったのかい？」

彼女も微笑し、ぼくの頰《ほお》をなでた。「あなたにとって、わたしは、いい女ではなかったようね、どう？」

「きみはとても素直だったよ。」ぼくは立ちあがると、彼女からすこしはなれた。「ヘラ、きみの考えごとというのはすんだのかい？」

「手紙でいったとおりよ。あなたこそ、おぼえてないの？」

一瞬、すべてのものが、まったく静止したように思われた。かすかに聞こえていた街路の物音さえも消えた。ぼくは彼女に背をむけていたが、彼女の視線を感じとっていた。彼女が待っているのを感じた――すべてのものが待っているように思われた。

「手紙ではどうもはっきりしなかったんだ。」《彼女にはなにもいわずに、なんとかこの場は切りぬけられそうだ》と、ぼくは思っていた。「きみは、なんというか――不用意だったんだ――ぼくと運命をともにするのを、きみが喜んでいるのか悲しんでいるのか、ぼくには、はっきりわからなかった。」

「あら。」彼女はいった。「でも、わたしたちは、いつも不用意だったわ。あれだって、ああしかいえなかったのだわ。あなたを当惑させないようにと思っていたのよ――わかってもらえないかしら？」

　ぼくが彼女に知ってもらいたかったのは、彼女がぼくを望んでいるということよりも、むしろぼくがそこにいるということだけで、彼女はぼくを救いだしてくれているのだということであった。しかし、そんなことは口にだせなかった。それは、ほんとうのことかもしれないが、もう彼女にはそんなことはわからないということに、ぼくは気がついた。

「だけど、もしかしたら」と、彼女は慎重にいった。「あなたの気持は、いまは、まえとちがっているんじゃないかしら。それだったら、そうといってちょうだい。」彼女は、しばらくぼくの答を待っていた。それから、こういった。「あのね、ほんとうは、わたし、自分でなろうとしているような、解放された自由な女なんかではぜんぜんないのよ。わたし、毎晩、男のひとにわたしのところへかえってきてもらいたいんだと思うの。妊娠することなんか心配しないで、男のひとと寝てみたい。ほんとに、わたし、妊娠させてもらいたいの。何人も子供をつくってみたいと思うわ。いってみれば、実際、それだけが、わたしに適したことなんだわ。」ふたたび沈黙がおとずれた。「そんなの、あなたはきらいかしら？」

「いや、ぼくもそれをずっとねがっていたんだ。」

すばやくふりむくと、ぼくは彼女にむかいあった。いや、まるで、強力な手が、ぼくの両肩にかかって、ぼくを一回転させたようだった。部屋は暗くなりつつあった。彼女はベッドに横になり、ぼくをみつめていた。彼女の口はすこしひらき、目は炎のようにもえていた。ぼくは彼女の体を、それから自分の体を、激しく意識した。ぼくは彼女のほうへあゆみより、頭を彼女の胸にうずめた。ひそかに、じっとして、そこに横たわっていたかった。だが、そのとき、ぼくは、奥ふかいところから、彼女がうごめきはじめたのを感じた。彼女は、強固な城壁をめぐらした市の門をひらいて、栄光の王を迎えいれようと急いでいた。
ぼくは手紙を書いた——

お父さん、もうこれ以上、なにも秘密にしておくつもりはありません。女の子がみつかりましたので、結婚しようと思っています。ですけど、なにも、これまで、かくしていたわけではないのです。彼女がぼくと結婚したいのかどうか確信がもてなかっただけなのです。でも、いじらしい、気のよわいやつで、やっと、ふみきることに同意してくれました。それで、ぼくらは、こちらにいるあいだに縁をむすび、おいおい国にかえろうと計画しています。念のために申しあげますと、彼女はフランス人ではありません。(お父さんがフランス人をきらいではないことは知っています。ただ、彼らには、ぼくたちのような美点がないと考えていらっしゃるでしょう——ついでに申せば、じっさい、そのとおりです。)それはともかく、ヘラは——ヘラ・リンカンというのが、彼女の名まえです。ミネアポリスの生れで、両親はそこで健在です。父親は会社の顧問弁護士、母親はおとなしい世話女房とのこと——で、そのヘラですが、彼女はぼくたちのハネムーンをこちらでしたい考えのようです。申すまでもなく、ぼくはなんでも彼女のすきなようにしたいと思います。そういうわけですから、どうかかわいい息子《むすこ》に、彼が一生けんめいかせいだ金を送ってやってください。トゥ・ドゥ・スュイト。つまり、これはフランス語で《大至急》ということです。
ヘラは——写真は実物どおりによくうつっていません——二年まえ、絵の勉強にこちらにきました。それから、彼女は自分が絵かきにむいていないとさとり、まさにセーヌ川に身投げしようとしていたときに、二人は出会ったのです。それから、あとは、いわば、おきまりのコースでした。きっと、お父さんも彼女がすきになりますよ。それに、彼女だってお父さんがすきになるでしょう。もうすでに、彼女はぼくを、とても幸福な男にしてくれたんですからね。

ヘラとジョヴァンニは、偶然に出会った。それは、彼女がパリにかえって三日目のことだった。その三日間、ぼくは彼に会っていなかったし、彼の名まえを口にすることさえしていなかった。

ぼくたちは一日じゅう、街《まち》をほっつきあるいていた。そして、ヘラは一日じゅうひとつの問題ばかりを考えていた。その問題をそれほどくどくどと彼女が話すのを、それまでぼくは聞いたことがなかった。それは、女についてであった。彼女は、女になるのはたいへんなことだと主張した。

「わからんな、なんで女になるのがそんなにたいへんなんだい？　すくなくとも、男がいるかぎり、そんなことはないよ。」

「まさに、そこなのよ」と、彼女はいった。「そういう必須条件があるってことが、一種の屈辱だって、考えたことはない？」

「おい、よしてくれよ」と、ぼくはいった。「ぼくの知っている女で、それが屈辱的だというのは、ひとりもいないようだったぜ。」

「だけど」と、彼女はいった。「きっと、あなたは女をそういう角度から考えたことはないんでしょう。」

「たしかにないね。ねがわくば、女のほうでもそうあって欲しいな。それで、きみは――きみはなにが不満なんだ？」

「不満なんか、ないわよ」と、彼女はいった。彼女はひくいふくみ声で、なにか軽快なモーツァルトのような曲をハミングしていた。「不満なんか、ぜんぜんないわ。だけど、自分がまだ確立されもしないうちに、だれかぶかっこうな無精ひげをはやしたような他人の意のままになるのは、なんていうか、ほんとにたまらないことのように思えるの。」

「おいおい、ひどいことをいうなよ」と、ぼくはいった。「いったい、いつからぼくはぶかっこうな、他人なんかになったんだい？　たしかに、ひげを剃《そ》らなければならないかもしれんよ、でも、それだってきみがわるいんだぜ。ずっときみから、はなれることができなかったんだからね。」そういって、ぼくはにやりと笑うと、彼女にキスをした。

「そりゃ、いまは他人じゃないかもしれないわよ。でも、以前はそうだったし、きっとまたそうなるわ――なんども。」

「そういうことだったら」と、ぼくはいった。「きみだってそうなるだろう、ぼくにしてみればね。」

彼女はきらっと輝く微笑をうかべて、ぼくを見た。「そうかしら？」それから、「でも、わたしが女ということでいいたいのは、たとえわたしたちがいま結婚して、五十年もいっしょに暮らしても、それでも、そのあいだじゅうずっと、わたしはあなたにとって他人であり、しかもあなたは、ぜったいにそのことに気がつかないだろうっていうことなのよ。」

「でも、ぼくが他人だったら——きみにはそれがわかるっていうんだね？」

「女にとっては」と、彼女はいった。「男はつねに他人だと思うわ。だから、そういう他人の意のままになるなんてことには、なにかとてもいやな感じがあるんだわ。」

「だけど、男だって女の意のままなんだぜ。そう考えたことはないかい？」

「だって」と、彼女はいった。「男が女の意のままっていうのはいいのよ——男はそういうふうに考えるのがすきなんじゃない？　そう考えて、男がみんなもっている女ぎらいの性質を満足させてるのよ。だけど、もしある特定の男が特定の女のいいなりになるなんてことがあったら——そうね、その男は男であることをやめてしまったようなものだわ。それに、そのご婦人も、そうなってしまえば、まえよりももっと巧妙にわなにかけられてしまっているのよ。」

「つまり、ぼくはきみのいいなりになってはいけないけれど、きみがぼくにたいしてならいいというんだね？」ぼくは笑った。「ヘラ、ぼくはきみがだれかのいいなりになるところを見たいもんだな。」

「笑ってもいいわよ。」彼女は、おどけていった。「でも、わたしのいうことだって、でたらめじゃないと思うのよ。スペインでわかりかけてきたの——わたしは自由ではないし、だれかに——自分をむすびつけて――いえ、ゆだねて、はじめて自由になれるだろうって。」

「だれかにかい？　なにかにじゃなくて？」

彼女は黙っていたが、やっとこういった。「わからないわ、でも、わたし、女がなにかにむすびつくのは、実は怠慢によるんだと思うの。できることなら、そんなもの、いつだって、男のために捨てるでしょうよ。もちろん、女はそんなことを認めはしないし、たいていの女は、現にもっているものを手ばなしもしないわ。だけど、それが女をだめにしていると思うの――たぶん、わたしがいいたいのは、それがわたしをだめにしてしまったのかもしれないということよ。」

「ヘラ、どうしたいというんだ？　そのような変りようは、なにを得たからなんだい？」

彼女は笑った。「なにかを得たからというわけではないわ。どうかしたいというわけでもないわ。あなたがわたしを得たからなのよ。だから、こうなったいまは、わたし――あなたの従順にしてこのうえなく主人思いのしもべとなるわ。」

ぼくはぞっとした。困惑したふりをよそおって、首を横にふった。「きみはいったいなにをいってるんだ？」

「まあ、わたし、人生のことを話してるんじゃないの。わたしは、世話をしたり、食事をさせたり、いじめたり、だましたり、愛したりしてあげたりするものとして、あなたを得たのよ――あなたにがまんしていくことになったのよ。これからさきは、女であることに不平をこぼしながら、楽しくやっていけるわ。でも、わたし、女ではないということだって、こわがったりなんかしないわ。」彼女はぼくの顔を見て、笑った。「そう、ほかのことだってやっていくわ。」彼女は叫んだ。「理知的であることは、やめないつもりよ。本を読んだり、議論をしたり、考えたりというぐあいに、なんでも――だけど、あなたの考えどおりには考えないように、大いに心がけるわ――そうすれば、あなたはうれしがるでしょうね。だって、きっと、しまいには混乱してしまって、なんだ、けっきょくはせまい女の頭しかもっていないじゃないかって、あなたに思わせることになるんですもの。そして、もし神さまにおぼしめしがあれば、あなたはますます一層わたしを愛してくれて、二人はとても幸福になれるわ。」彼女は、また笑った。「そんなことで、あなたの頭をつかわなくてもいいのよ。わたしにまかせておいてちょうだい。」

彼女がおもしろがっているのにさそわれて、ぼくもいっしょに笑いながら、もう一度、首を横にふった。「きみはかわいい女《ひと》だよ」と、ぼくはいった。「きみがさっぱりわからなくなったよ。」

彼女は、また笑った。「そうそう、それでいいのよ。あひるが水に平気なように、わたしたちもそれに平気になれるわ。」

ぼくたちが本屋のまえを通ると、彼女はたちどまった。「ちょっと、入ってみない？　買いたい本があるのよ。」店に入っていきながら、彼女はつけくわえていった。「そんなに、たいした本でもないんだけど。」

本屋の女主人のほうへ話しにゆく彼女の姿を、ぼくは愉快に思いながらながめていた。それから、いちばん奥の本棚のほうへ、ぶらぶらと歩いていった。そこには、男がひとり、ぼくに背をむけて立ちながら、雑誌のページをめくっていた。ぼくが彼のとなりに立つと、彼は雑誌を閉じ、下において、ふりむいた。そのとたん、たがいに相手がだれだかわかった。それはジャックだった。

「きみか！」と、彼は叫んだ。「こっちにいたのかね！　ぼくらはもう、きみはとっくにアメリカへかえってしまったのかと思ってたよ。」

「ぼくがかい？」ぼくは笑った。「いや、ぼくはまだパリにいるよ。ただ、ずっと、いそがしかっただけなんだ。」それから、おそろしい疑念におそわれて、ぼくはたずねた。「で、そのぼくらっていうのは、だれのことだ？」

「なあに」と、ジャックは、硬着したような笑いをうかべていった。「きみの稚児《ちご》さんさ。きみは、食いものから、金から、タバコまでみんなすっからかんで、彼をあの部屋にひとり置きざりにしたらしいね。しまいに彼は、電話料までつけにしておいてくれと宿の主人を説きつけて、わたしのところに電話してきたよ。かわいそうに、あの男はまるでガス・オーブンに首をつっこんだような声をしていたぞ。かりに」と、彼は笑っていった。「ガス・オーブンなぞもっていたらの話だがね。」

二人は、たがいの顔をじっとみつめあった。彼は、わざと、なにもいわなかった。ぼくは、なんといっていいか、わからなかった。

「わたしはすこしばかりの食料を車にほうりこんで」と、ジャックはいった。「彼のところへ飛んでいった。彼は、川をさらって、きみを捜さなければならないなどと考えていたよ。だけど、わたしは、彼よりもわたしのほうがアメリカ人のことはよく知っているし、身投げなんかしてはいないから安心しろといってやった。きみはただ——考えるために、姿を消しただけなんだ、とね。わたしの推測は正しかったようだね。ところで、きみはもう、うんと考えたろうから、こんどはきみの先人たちがどう考えたかってことを知るべきだな。」そのあげく、彼はこういった。「一冊、きみがぜったいに読む労をとっていい本は、マルキ・ド・サドだ。」

「ジョヴァンニは、いま、どこにいる?」とぼくはたずねた。

「わたしが、やっと思いついたのがヘラの宿の名まえだった」と、ジャックはいった。「ジョヴァンニがいうには、きみはたぶん彼女を待っているだろうというんで、わたしは、そこにきみをたずねていけばいいという、すてきな考えを彼にさずけてやった。それを実行するために、彼はたったいましがた、とびだしていったよ。そろそろ着いてるころじゃないかな。」

ヘラが、本を買ってもどってきた。

「二人とも、まえに会ったことがあるね。」ぼくは、ぎごちなく、そういった。「ヘラ、ジャックをおぼえているだろう?」

彼女は彼をおぼえていた、また彼がいやらしい男であることも思いだしていた。彼女は慇懃《いんぎん》にほほえむと、手をさしのべた。「お久しぶりですわね。」

「お目にかかれてうれしいですな」と、ジャックはいった。ヘラが自分をきらっていることは彼も知っていたし、それが彼をおもしろがらせてもいた。そして、彼女の反感を強めるために、また実際にそのときはぼくをも憎悪《ぞうお》していたので、彼は彼女のさしのべた手のうえにひくく身をかがめると、たちまち、とほうもなく、むかむかするほど、女性的な物腰を示した。ぼくは、さし迫ってくる凶事を何マイルもむこうから注視しているような気持で、彼をみつめていた。彼はからかい半分にぼくのほうに目をむけた。「デイヴィッドがずっと顔を見せなかったのは」と、彼は小声でいった。「あなたがおもどりになっていたからなんですね。」

「あら」と、彼女はいった。そして、ぼくのほうに近よって、ぼくの手をとった。「デイヴィッドったら、いやなひとね。隠れているだなんて知っていたら――わたし、ぜったいに、そんなことさせませんでしたのに。」彼女は笑った。「でも、このひとったら、なにもわたしに申しませんの。」

ジャックは彼女を見た。「そうでしょうとも」と、彼はいった。「お二人がいっしょですもの、親友たちに顔を見せないわけなんかより、もっとおもしろいお話がきっとあるんでしょうな。」

ぼくは、ジョヴァンニがくるまえにここを出てしまうことが、ぜひ必要だ、と感じた。「ぼくたちはまだ夕食をしていませんので。」笑おうと努めながら、ぼくはいった。「のちほどお目にかかれると思いますが。」ぼくの微笑が、いじめないでくれと彼に請うているものだということは、自分でもわかっていた。

だが、そのとき、店への客の入来を告げる小さなベルが鳴り、ジャックが、「ああ、ジョヴァンニだ」といった。そして、事実、ぼくは背後で彼が身じろぎもせずに立ち、凝視しているのを感じた。そして、ヘラのしがみついてくる手に、彼女の全身に、一種の激しい収縮を感じた。さしもの彼女の沈着さも、それが面《おもて》にあらわれるのを隠せなかった。ジョヴァンニが口を開いたとき、彼の声は、怒りと、安堵《あんど》と、いまにも落ちんばかりの涙にみちていた。

「どこへいってたんだ?」と、彼は叫んだ。「死んでしまったか、車にはねられたか、川に投げ込まれたんじゃないかと心配していたんだぞ――このところずっと、なにをしていたんだ?」

それでもぼくは、奇妙なことに、笑うことができた。そして、われながら自分のおちつきぶりにおどろいていた。「ジョヴァンニ」と、ぼくはいった。「ぼくのフィアンセを紹介しよう。こちらはミス・ヘラだ。ヘラ、こちらは、ジョヴァンニ君だ。」

彼は激情のおさまるまえにすでに彼女を見ていた。そして、呆然《ぼうぜん》とした丁重さで、彼女の手にふれ、黒い凝視するような目で、彼女をみつめた。まるで、これまで女というものを見たことがないような目つきだった。

「はじめまして」と、彼はいった。だが、彼の声は重苦しく、冷たかった。彼はちらりとぼくを見て、またヘラに目をもどした。しばらくのあいだ、四人は活人画の姿勢《ポーズ》をとっているかのように、そこに立っていた。

「こうやって」と、ジャックがいった。「みんな、いっしょにいるんですから、一杯いかがでしょうかな、ほんのちょっとですよ。」ヘラにそういった彼は、彼女がていねいにことわろうとするのを制して、彼女の腕をとった。「古い友だちがいっしょに集まるなんて」と、彼はいった。「毎日あることじゃありませんからね。」彼は、ヘラと自分が連れ立ち、ジョヴァンニとぼくとを先に立てて、どうしても動かざるをえないようにした。ジョヴァンニがドアを開くと、ベルがかしましい音をたてた。

夕暮の大気が炎のようにぼくたちの肌にぶつかってきた。ぼくたちは川をはなれて遊歩道《プールヴァール》にむかって歩きだした。

「どこかへ居場所を移そうとするときにはね」と、ジョヴァンニがいった。「ぼくは管理人のおばさんにいっていくよ。そうすればどこに手紙を回送したらいいかぐらいは、彼女にもわかるだろうからね。」

ぼくは少々かっとなり、みじめだった。彼が顔を剃《そ》り、清潔な白いワイシャツにネクタイ——たしかにジャックのものにちがいないネクタイを着けているのに、すでに気がついていた。「なにをブツブツいってるんだい」と、ぼくはいった。「どこへいけばいいか、きみは自分でよく知ってたじゃないか。」

だが、彼がぼくに投げかけてきた視線とともに、ぼくの怒りは消えてゆき、ぼくは泣きたいような思いになった。「きみは思いやりのないひとだ」と、彼がいった。「ひどい男だ。」そしてそれ以上、彼はもうなにもいわず、二人は黙ったまま、遊歩道《プールヴァール》のほうへ歩いていった。二人のうしろでは、ジャックの声が低く聞こえた。かどのところでぼくたち二人は立ちどまり、彼らが追いついてくるのを待った。

「あなた」と、ヘラがぼくにいった。「もしよければ、あなただけこのままいらして、おつきあいしてちょうだい。わたしはだめなの。ほんとにだめなのよ。とても気分がすぐれないの。」彼女はジョヴァンニのほうにむいた。「失礼ですけど、わたし、スペインからかえったばかりで、汽車を降りてから、まだほとんど腰をおろしてもおりませんの。またこのつぎでしたら、ほんとうに――でも、今夜は、どうしても睡眠をとらなければなりませんから。」彼女はほほえんで、手をさしだしたが、彼にはそれが目にも入らぬようであった。

「ぼくはヘラをうちまで送っていくことにする」と、ぼくはいった。「それから出なおしてくるよ、どこへ行くつもりなのか、教えてくれれば。」

ジョヴァンニが、不意に笑いだした。「なあに、例のところだよ」と、彼はいった。「すぐにわかるよ、ぼくたちのいどころは。」

「ご気分がすぐれないとは、残念ですな」と、ジャックがヘラにいった。「また、ほかのときにでも。」そういうと、彼は、まだ所在なげにさしだされたままの彼女の手のうえに身をかがめて、もう一度接吻をした。彼は体を起こすと、ぼくを見た。「ヘラさんをいつかぜひ、わたしの家へ夕食にお連れしてくださいよ。」彼は顔をしかめてみせた。「きみのフィアンセを、わたしたちに隠しておく必要なんかないでしょうが。」

「ぜんぜん、ないさ」と、ジョヴァンニがいった。「とてもチャーミングなおかただ。だから、ぼくたちも」――にっと笑いながら、ヘラに――「やっぱりチャーミングになるように努めますよ。」

「それじゃ」とぼくはいい、ヘラの腕をとった。「また、あとで。」

「きみがまたもどってくるまでに」とジョヴァンニが、恨みがましく、しかも泣きださんばかりになっていった。「もし、ぼくがこっちにいなかったら、そしたら家にいるからね。どこだかおぼえているね？　動物園の近くだよ。」

「おぼえているよ」と、ぼくはいった。ぼくはあとずさりしはじめた――まるで檻《おり》から ぬけ出て、あとずさりしているかのように。「またあとで。さよなら。」

「じゃ、また」と、ジョヴァンニがいった。

彼らから歩き去っていくとき、ぼくは彼らの視線がぼくたちの背に注がれているのを感じた。長いあいだ、ヘラはなにもいわなかった――おそらく、ぼくと同様、なにかいうのがこわかったのだろう。それから、「わたし、ほんとにあの男にはがまんできないの。あのひとを見ると、ぞっとするわ。」また、しばらくして、「わたしが留守のあいだに、あなたがそんなになんどもあの男に会っていたなんて、知らなかったわ。」

「そんなことはないよ」と、ぼくはいった。自分の手でなにかがしたかった、一瞬のプライバシーが欲しかった。そこで、ぼくは立ちどまってタバコに火をつけた。ぼくは彼女のまなざしを感じた。だが、彼女は疑っているのではなかった。ただ困惑していただけだった。

「それに、ジョヴァンニって、だれなの？」ふたたび、二人で歩きだしたとき、彼女がたずねた。

彼女はちょっと笑った。「そういえば、わたし、あなたがどこに住んでらっしゃるのか、きいてもいなかったわね。あのひとといっしょに住んでるの？」

「パリのはずれで、女中部屋をいっしょに借りてるんだ」と、ぼくはいった。

「それじゃ、あなたがよくないわ」と、ヘラがいった。「なにも知らせないで、そんなに長いあいだ、留守にするなんて。」

「だって、きみ」と、ぼくはいった。「あいつはただ、ぼくといっしょに部屋を借りているというだけなんだぜ。ぼくが、ふた晩ぐらいかえらないからといって、川ざらいをはじめてみようなんて、とんでもない話だよ。」

「ジャックがいってたじゃないの、あなたはお金や、タバコや、なにもかもないまんまで、あのひとをおきざりにしてきちゃったって。それにあなたは、わたしといっしょになるということさえ、話してなかったんでしょう?」

「ぼくがジョヴァンニに話さないことは、たくさんあるさ。それでも、これまでは、あいつは大騒ぎをしたことはなかった——きっと、酔っぱらってたんだろう。あとでよく話しておくよ。」

「あとであちらへまた、もどるつもりなの?」

「そうだな」と、ぼくはいった。「もしあちらへもどらないとしても、部屋にはいくよ。どっちにしても、そうするつもりではいたんだ。」ぼくは笑った。「顔を剃《そ》らなきゃならないからね。」

ヘラはためいきをついた。「わたしのために、お友だちがあなたのことを怒るようでは、わたしが困るわ」と、彼女はいった。「もどっていって、いっしょに飲んであげてちょうだい。そうするって、あなたもいってたでしょう。」

「いや、どっちだっていいんだよ、べつに、彼らと結婚しているわけじゃないんだからね。」

「でも、わたしともうじき結婚するからといって、あなたがお友だちとの約束を破らなきゃならないっていうことにはならないわ。もちろん、だからといって」と、彼女はすぐにつけくわえた。「わたしがあなたのお友だちを、すきにならなければならないなんていうこともないけど。」

「ヘラ」と、ぼくはいった。「そんなことは、よくわかっているよ。」

ぼくたちは遊歩道《プールヴァール》をはずれて、彼女の宿のほうへむかった。

「あのひとって、ずいぶん情熱的なのね」と、彼女がいった。ぼくは上院のある暗い高台をみつめていた。そこのところで、ぼくたちの歩いている暗い、わずかにのぼり坂の道は終わっている。

「だれが？」

「ジョヴァンニよ。きっとあのひとは、あなたのこと、すごくすきなのね。」

「あいつはイタリー人なんだ」と、ぼくはいった。「イタリー人っていうのは、みんな芝居がかっているからね。」、

「でも、あのひとは」と、彼女は笑った。「特別でしょうね、たとえイタリーでも！　どれくらい、いっしょにいたの？」

「二、三カ月になるかな。」ぼくはタバコを投げすてた。「きみがいないあいだに、金がなくなってしまったんだ――いまでも金を送ってくるのを待っているんだけどね――それで、安あがりにつくもんだから、あいつのところへやっかいになったんだ。そのときには、あいつも仕事があって、たいていは恋人といっしょにいたんだよ。」

「あら」と、彼女はいった。「恋人がいるの？」

「恋人がいたんだ」と、ぼくはいった。「仕事もあったのさ。それが、両方とも失ってしまったんだ。」

「かわいそうに」と、彼女はいった。「だから、あんなにとほうにくれた顔をしているのね。」

「心配することないよ」と、ぼくはあっさりいった。ぼくたちは彼女の宿のドアのまえまできていた。彼女は夜間用の呼び鈴を押した。

「あのひとはジャックの大の親友なの？」と、彼女はたずねた。

「たぶんね」と、ぼくはいった。「ジャックをうれしがらせるほどではないだろうけど。」

彼女は笑った。「冷たい風がわたしのうえを吹きすぎていくような感じに、いつもおそわれるわ、ジャックみたいに女をきらっている男のまえにでると。」

「それじゃ」と、ぼくはいった。「彼をきみに近よらせないようにしよう。こんなかわいい娘《こ》のうえを、冷たい風が吹きすぎるなんて、いやだからね。」ぼくは彼女の鼻のあたまにキスをした。それと同時に、宿の奥のほうから、ガラガラという音がして、ドアが、小さく激しく震動しながらひとりでに開いた。ヘラはおどけて暗闇《くらやみ》のなかをのぞきこんだ。「あたし、いつもためらうの」と、彼女はいった。「思いきって、入っていこうかいくまいかって。」そういって、彼女はぼくを見あげた。「ところで、お友だちのところへもどるまえに、階上《うえ》で一杯召しあがっていらっしゃらない？」

「いいとも」と、ぼくはいった、二人は、そっとうしろ手にドアを閉めると、忍び足でホテルのなかに入っていった。ぼくの指はやっと自動消滅スイッチをさぐりあて、かすかな黄色い光が、ぼくたちのうえにこぼれおちた。ぜんぜん意味の聞きとれないどなり声が奥からすると、ヘラは自分の名まえを、フランスふうのアクセントにして、叫びかえした。階段をのぼりかけると、あかりが消えてしまった。ヘラとぼくは子供みたいに、くすくす笑いだした。どの踊場にもスイッチが見あたらなかった――どうして、そんなことが、ぼくたちにとてもおかしく思えたのか、いまでもぼくにはわからない。けれども、とにかくそうだったのだ。ぼくたちは、最上階のヘラの部屋までずっと、たがいの体にしがみついて、笑いつづけていた。

「ジョヴァンニのこと、話してちょうだい。」ずっとあとで、二人がベッドに横たわって、黒い夜が部屋のごわごわした白いカーテンにまとわりつくのを見ているときに、彼女がいった。「あのひとはわたしの興味をひくわ。」

「いま、そんなことをいいだすなんて、ずいぶん気のきかないはなしだな」と、ぼくは彼女にいった。「いったいぜんたい、どういう意味なんだ？　彼がきみの興味をひくというのは？」

「つまり、あのひとがどんな人間で、なにを考えているのかっていうことよ。どうして、あのひとはあんな顔をしているの？」

「彼の顔がどうかしたのかい？」

「どうっていうんじゃないけど。実のところ、あのひとはとても美男子よ。でも、あの顔にはなにかがあるわ――とても古風なものが。」

「寝ろよ」と、ぼくはいった。「つまらぬおしゃべりはよそう。」

「どういういきさつで、あのひとに会ったの？」

「ああ、ある晩、バーで酔っぱらっててだよ、ほかにもたくさんのひとがいた。」

「ジャックもそこにいたの。」

「おぼえてないな。いや、彼もそこにいただろう。あいつも、ぼくと同じときにジョヴァンニに会ったんだったと思う。」

「なぜ、あのひとといっしょに住むようになったの？」

「さっき話したとおりだよ。金がなくなったし、あいつには部屋があった――」

「だけど、それだけの理由じゃないはずだわ。」

「ああ、そうさね」と、ぼくはいった。「彼がすきだったんだな。」

「それで、もうすきじゃないの？」

「ジョヴァンニのことは、とてもすきだよ。きみは今夜、彼のいちばんいいところを見なかったんだ。でも、彼はとてもいい男だよ。」ぼくは笑った。そして、夜の闇《やみ》に包まれ、ヘラの肉体とぼく自身の肉体によって勇気づけられ、さらに自分の声の調子にまもられて、ぼくはこうつけくわえることに大きな安堵《あんど》を見いだした。「ある意味では、彼を愛しているといえるな。ほんとうに愛している。」

「あのひとは、あなたがそれを示すのに、おかしなやりかたをすると思っているみたいね。」

「うん、まあ」と、ぼくはいった。「こちらの人間の流儀は、ぼくたちのとはちがっているからね。ずっと、おおげさなんだ。仕方がないさ。ぼくにはとても――そんなことはできやしない。」

「そうね」と彼女は、考えこむようにいった。「わたしも気がついていたわ。」

「なにに？」

「こちらの男の人たちは――おたがいに愛情をどっさり示しあって、なんとも思わないのね。はじめはちょっとショックだったわ。そのうち、それもちょっといいなあって、思うようになったけど。」

「そう、ちょっといいもんだよ」と、ぼくはいった。

「ねえ」と、ヘラがいった。「そのうち、ジョヴァンニをお夕食にでもさそわなければいけないと思うわ。けっきょくは、あのひと、あなたを救ったことになるんですもの。」

「いい考えだ」と、ぼくはいった。「ぼくは、あいつがこのごろなにをやっているのか知らないが、ひと晩ぐらい、ひまな晩はあるだろう。」

「あのひと、たいていジャックといっしょに歩きまわっているの？」

「いや、そんなことはないと思う。今夜、偶然出会っただけだと思うな。」ぼくは、ひと息ついた。

「だんだん、わかりはじめてきたんだけど」と、ぼくは注意しながらいった。「ジョヴァンニのようなやつらは、むずかしい立場に立たされているんだ。ここは機会にめぐまれた土地じゃないだろう――彼らのためにはなんの準備もされていないんだ。ジョヴァンニは貧しい国からきた男だ。ところが、実際、あいつにできることなんかあまりないわけだ。また、あいつにできることには、ものすごい競争があるんだ。そして、おまけに、金がないときている。自分たちで、なんらかの未来をきずくことを考えられるだけの金がないんだ。だから、みんな街《まち》をほっつき歩いて、しまいにはひもになったり、ギャングになったり、とにかくそんなものになってしまうんだ。」

「冷たいわね」と、彼女はいった。「ここ旧世界の風は。」

「でも、むこうの新世界だって、かなり冷たいぜ」と、ぼくはいった。「こちらも、冷たい。」

彼女は笑った。「だけど、わたしたち――わたしたちには、たがいに暖めあう二人の愛があるわ。」

「ベッドに寝ながらそういうふうに考えた人間は、なにもぼくたちがはじめてじゃないんだよ。」そういいながらも、ぼくたちは、しばらくのあいだ、たがいに黙って抱きあったまま、じっと横になっていた。

「ヘラ。」

「なあに？」

「ヘラ、金が着いたら、それを持ってパリを出よう。」

「パリを出るですって？　どこへいきたいの？」

「どこでもかまわない。とにかく出るんだ。パリにはもううんざりしてるんだ。しばらく、はなれたいんだよ。南部へいこう。たぶん太陽にありつけるだろうよ。」

「南部で結婚するの？」

「ヘラ。」ぼくはいった。「信じてくれ、この市《まち》を出るまでは、ぼくはなにもできないし、なにもきめられないし、まっすぐものを見ることさえできないんだ。ぼくはここでは結婚したくない、ここで結婚するなんて、考えてみたくもないんだ。とにかく出よう。」

「そんなふうにあなたが思っているなんて、知らなかったわ」と、彼女はいった。

「ぼくは何カ月かジョヴァンニの部屋に住んでいたが」と、ぼくはいった。「もう、これ以上はとても耐えられなくなったんだよ。あそこから出なきゃならないんだ。おねがいだ。」

彼女はおちつきのない笑いかたをすると、ぼくからすこし体をはなした。「でも、ジョヴァンニの部屋を出ることと、パリを出ることが、どうして同じになるのか、わたしにはよくわからないわ。」

ぼくはためいきをついた。「おねがいだ、ヘラ。いまは長ったらしい説明をはじめる気にはなれないんだが、たぶんこういうことだ、もしパリにとどまれば、ジョヴァンニにしょっちゅう出会うだろうし、そうすると……」ぼくは口をつぐんだ。

「なぜそれだと、あなたが困るの？」

「それはね――あいつを助けてやるようなことが、なにもぼくにはできないし、また、あいつに監視されているのには耐えられないんだ――まるで――ヘラ、ぼくはアメリカ人なんだ、だからあいつはぼくが金持だと思っているんだよ。」ぼくはひと息つくと、体を起こして、そとのほうを見た。彼女はぼくをみつめていた。

「たしかに、彼はいいやつだ。だけど、彼はとてもしつっこいんだ――それにぼくのことを、神様だと思っているんだ。どうしようもないよ。それにあの部屋はひどく臭くて、きたならしい。それにもうじき冬がきて寒くなるし……」ぼくはまた、彼女のほうにむきなおり、彼女を抱いた。「ね、とにかく出よう。いろいろなことは、あとで説明する――あとで――出かけてから。」

長い沈黙があった。

「それで、いますぐにでもパリを離れたいのね？」

「そう、たのんである金がつきしだい、どこかに家を一軒借りよう。」

「アメリカへはかえりたいと思わないのね？」

ぼくはうめき声をあげた。「ああ、まだだ。ぼくの気持は、そんなんじゃないんだ。」

彼女はぼくに接吻をした。「どこへいこうと、わたしはかまわないわ」と、彼女はいった。「二人でいっしょにいられさえすれば。」それから、彼女はぼくを押しはなした。「もう、そろそろ朝よ」と、彼女はいった。「すこし睡眠をとったほうがいいわ。」

その翌日の夜おそく、ぼくはジョヴァンニの部屋にかえった。そのまえにぼくはヘラとセーヌ川の岸を散歩して、それからぼくひとりになると、何軒かの酒場へよってむやみに酒をのんだ。ぼくが部屋に入ると、あかりがぱっとついて、ジョヴァンニはベッドのうえに半身を起こし、恐怖にふるえる声で叫んだ。「だれだ、そこにいるのは？」

ぼくは戸口で立ちどまり、光のなかですこしたじろぎながらいった。「ぼくだよ、ジョヴァンニ。静かにしろよ。」

ジョヴァンニはぼくをみつめて、それから横になって壁のほうをむき、泣きはじめた。

ぼくは、なんてことだ！　と思った。そして、そっとドアをしめた。ぼくは上着のポケットからタバコをとりだし、上着は椅子にかけた。タバコをもって、ぼくはベッドのところにいき、ジョヴァンニのうえにかがみこんだ。「泣くのはやめろよ。泣くのはやめてくれよ。」

ジョヴァンニは、ふりむいて、ぼくを見た。彼の両眼は赤くぬれていたが、顔には奇妙なうす笑いをうかべていた。それは、残忍さと、恥辱と、よろこびとがまじりあった、うす笑いだった。彼は両手をさしのべた。ぼくはかがみこんで、彼の髪の毛を目からはらいのけてやった。

「酒くさいな」と、ジョヴァンニはそのときいった。

「酒をのんでいたんじゃない。それできみはこわがっていたのかい？　だから泣いているのか？」

「いや。」

「どうしたんだ？」

「なぜぼくのところから出ていったんだ？」

ぼくはどういったらいいか、わからなかった。ジョヴァンニは、また、壁のほうにむいた。ぼくはそれまで、自分がなにも感じないことを望んでいたし、また感じないだろうと思っていた。しかし、ぼくの胸のずっと奥のあたりが、ぎゅっとしめつけられるような気がした。まるでそこを指でさわられたようだった。

「ぼくの手がきみにとどいたことは一度もない」と、ジョヴァンニがいった。「きみがほんとうにここにいたことはないんだ。きみがぼくに嘘《うそ》をついたことがあるとは思わないが、きみがほんとうのことをいってくれなかったことはわかっている——なぜだ？　ときには、きみは、この部屋に一日じゅういて、本を読んだり、窓をあけたり、なにか料理したりした——そして、ぼくはきみを見まもっていた——そして、きみは一言《ひとこと》もいわなかった——そして、きみがぼくを見ている目つきは、まるでぼくを見ていないようだった。一日じゅう、ぼくがこの部屋をきみのための部屋にしようと思って、働いていたのに。」

　ぼくはなにもいわなかった。ぼくはジョヴァンニの頭のうしろの、四角い窓を見ていた。窓はかすかな月の光を照りかえしていた。

「きみはいつも、なにをしているんだ？　なぜ、きみはものをいわないんだ？　きみは心がまがっている。きみがぼくを見て、微笑したとき、ぼくはきみを憎んだこともある。きみをなぐりつけたいと思った。きみに血を流させたいと思った。きみがぼくを見てうかべる微笑は、きみがだれにたいしてもする微笑と同じだ。きみがぼくに聞かせることは、きみがだれにでも話すことだ——そして、きみがいうこととといったら、嘘《うそ》ばっかりだ。きみはいつも、なにをかくしているんだ？　きみがぼくを愛撫《あいぶ》したとき、実はきみはだれも愛撫していなかったんだ、それがぼくにわからなかったとでも思っているのか？　だれも愛してはいなかったんだ！　いや、だれをでも、愛していたのかもしれない——しかし、ぼくをではない。たしかに、ぼくはきみにとってなんでもない、なんでもないんだ。きみはぼくを熱中させはするけれども、喜びをあたえることはしないんだ。」

　ぼくは、タバコをさがした。タバコは、手にもっていた。一本、火をつけた。ぼくは、自分が、いまにもなにかいいだすにちがいない、と思った。なにかいって、それから永久に、この部屋から立ち去るだろう。

「ぼくがひとりでいられないことは、きみも知っている。ぼくはちゃんとそういったはずだ。どうしたわけなんだ？　ぼくたちは、二人いっしょに暮らすことはできないんだろうか？」

彼は、また泣きはじめた。彼の目から、熱い涙があふれでて、それがよごれた枕《まくら》のうえにおちるのを、ぼくは見ていた。

「もし、きみがぼくを愛することができないのならば、ぼくは死ぬ。きみがくるまえに、ぼくは死にたいと思っていたんだ。なんどもいったとおりだ。ぼくが生きることを望むようにしむけて、そしてただぼくの死をいっそうむごたらしくしてしまうなんて、残酷だ。」

ぼくはいいたいことが、山ほどあった。しかし、口をひらくと、声がでてこなかった。しかし——ぼくがジョヴァンニにたいしてなにを感じていたのか、ぼくにはわからない。ぼくはジョヴァンニに、なにも感じてはいなかった。ぼくが感じたのは、恐怖と憐れみと、燃えあがってくる欲情だった。

彼はベッドのうえに体を起こし、ぼくの口からタバコをとり、それをふかした。髪の毛が、また彼の目に垂れかかった。

「ぼくは以前にきみのような男を知らなかった。きみがくるまでは、ぼくもこんなじゃなかった。いいかい、イタリーにいたときには、ぼくには女がいた。その女はぼくによくしてくれた。ぼくを愛していた。ぼくを愛していた。よくぼくの世話をしてくれた。ぼくが、仕事から、ブドウ畑からかえってくると、いつでも家にいて、ぼくたちのあいだには、なにもいざこざは起こらなかった。ぜんぜん、起こらなかった。ぼくはそのころは若かった。あとになってからわかったことも、当時は知らなかったし、きみがぼくに教えたおそろしいことも、知らなかった。女はみんなそういうものだ、と思っていた。男はみんなぼくのようだと思っていた——ぼくはほかの男と同じだ、と思っていた。当時、ぼくは不幸ではなかったし、寂しくもなかった——その女がいたからね——それに、ぼくは死にたいとも思いはしなかった。ずっと村にいて、ブドウ畑で働いて、自分たちがつくったブドウ酒をのんで、自分の女を愛撫して暮らしたいと思っていた。ぼくの村のことは、話したことがあったね？ ——古い村で、南イタリーの丘のうえにあるんだ。夜、ぼくたちが石垣のわきをあるくと、世界が、ぼくたちの目のまえで落下していくように思われた、遠い、汚れた世界ぜんたいがね。ぼくは、そんな世界を見たいとは、一度も思ったことがなかった。あるとき、ぼくらは、その石垣のしたで、愛撫しあったこともあった。

「そうだ、ぼくは永久にそこにいたかったんだ。スパゲッティをうんと食べて、ブドウ酒をうんとのんで、たくさん赤ん坊をつくって、でっぷりと太りたかったんだ。もし、ぼくが村にいたら、きみはぼくがすきになるなんてことはなかっただろう。いまから何年もたったとき、きみが、みっともないずんぐりしたアメリカの自動車に乗って、ぼくらの村を通りかかる姿が、目にうかぶようだ、そのころには、きっと、きみも自動車をもっているだろうからね。そうして、ぼくを見る、ぼくらみんなを見る。そして、ぼくらのブドウ酒をのんで、ぼくらに糞《くそ》をひっかける。そして、アメリカ人がどこへいってもうかべるうす笑い、きみがいつでもしているうつろな笑いを、そのときも、きみはうかべているのだ。それからエンジンの音をひびかせ、タイヤをきしらせて走り去り、行きあうアメリカ人みんなに、ぼくらの村は絵のように美しいから、ぜひいってみろとふれまわるんだ。ところが、きみはその村の生活のことは、なにもわかっていやしない、あふれ、張りさけ、美しく、すさまじい生活をね。きみがいまのぼくの生活をわかっていないのと、同じことだ。しかし、ぼくはあそこにいたら、もっと幸福だったろうし、きみのうす笑いも、気にならなかっただろう。ぼくには、ぼく自身の生活があっただろう。くる夜も、くる夜も、ぼくはこのベッドに横になって、きみがかえってくるのを待ちながら、ぼくの村がどんなに遠いか、この冷たい都会で、ぼくがきらいなひとたちのなかで、生きていくのがどんなにおそろしいか、考えていた。この町は冷たくてぬれている。あの村のように、からりと乾いて、暑いということがない。そして、このジョヴァンニには話しかける相手がないし、いっしょにいる相手もない。恋人をみつけたと思ったら、それは男でもなければ女でもない。ぼくが知ることができるもの、手でふれることができるものは、なにもない。夜なかにじっと目をさまして、ひとがかえってくるのを待っているということがどんな気持のものか、きみにはわからないだろう？きっときみにはわかりはしない。きみにはなにもわからないんだ。おそろしいことは、ひとつも知らないんだ――だから、きみはうす笑いをうかべ、あんな踊りかたをして、髪の毛を短く切った月のような顔をした小娘と演じている喜劇が、愛だなどと思っているんだ。」

彼は、タバコを床《ゆか》に落とした。タバコは、そのまま、かすかに燃えていた。彼は、また泣きはじめた。ぼくは部屋を見まわして、もう耐えられない、と思った。

「たまらなくなるほど天気のいいある日、ぼくは村を去った。その日のことを、ぼくは、ぜったいに忘れないだろう。それは、ぼくの死んだ日だ——その日に死んでいたらよかったと思うんだ。村からでて、道をあるいていくと、日ざしが暑くて、首すじにちくちく感じたのをおぼえている。道はのぼり坂になって、ぼくは、まえかがみになってあるいた。ぼくは、なにもかも、ぜんぶおぼえている。足もとの茶色の土、ぼくのまえを走り去っていく砂利《じゃり》、路傍の背の低い樹木、平たい家なみ、太陽のしたで光っているその色どり。ぼくは涙を流していた。しかし、いまのような泣きかたではなかった。もっとひどく、もっとはげしかった——いまは、きみといっしょにいるから、そのとき泣いたように、泣くことさえできない。そのときが、ぼくが死にたいと思った、はじめてのときだ。ぼくの父や、父の父たちがいる教会の墓地に、ぼくの赤ん坊を埋葬したばかりだったし、母の家には、泣きさけんでいるぼくの女をおきざりにしてきたのだ。そうだ、ぼくは赤ん坊をつくった。しかし、それは死んで生まれた。ぼくがその赤ん坊を見たとき、それは灰色で、ひん曲がっていた。それは声をたてなかった——尻をたたいたり、聖水をふりかけたり、祈ったりした。しかしそれはひと声もださなかった。死んでいたんだ。それは男の子だった。きっとすてきな、たくましい男になっていただろう。おそらく、きみや、ジャックや、ギヨームや、胸のむかつくような、きみたち男娼《だんしょう》仲間が、いく日もいく晩もついやして、捜しまわったり、夢に見たりするような男に、なっていたかもしれない。しかし、その赤ん坊は死んでいた。それはぼくの赤ん坊であり、ぼくたち、ぼくの女とぼくとが、つくったものだ。それが死んでいたんだ。ぼくは、それが死んでいることがはっきりわかったとき、壁から十字架の像をとって、それにつばを吐きかけ、床《ゆか》に投げつけた。母とぼくの女は金切り声をあげ、ぼくはそとにとびだした。ぼくたちは、すぐその翌日、それを埋葬し、それから、ぼくは村をでて、この都会にきた。そしてこの町で、たしかに神は、ぼくのあらゆる罪と、神の聖なる御子《みこ》の像につばを吐きかけたことのために、ぼくを罰したもうたし、ぼくは、きっとこの町で死ぬにちがいない。もうぼくは、自分の村を見ることは二度とないだろう。」

ぼくは立ちあがった。頭がぐらぐらした。口のなかが塩からかった。何生涯もまえにぼくがはじめてこの部屋にきたとき、この部屋が揺れたように、いまも、それはゆらゆらと揺れるように思われた。ぼくは背後にジョヴァンニのうめき声を聞いた。「愛するきみ、ぼくのいとしいきみ。ぼくを捨てないでくれ。たのむから、捨てないでくれ。」ぼくはふりむいて、彼を両うでに抱き、彼の頭のうえの壁を見た。ばらの花のあいだを並んであるいている、壁紙の男と女とを見た。あたかも胸がはりさけそうに、といってもいいほどに、彼はすすり泣いていた。しかし、ぼくは、はりさけたのはぼくの胸であるような感じがした。ぼくのなかで、なにかがこわれて、ぼくをひどく冷たい、まったく静止した、遠い存在にしてしまっていた。

それでも、ぼくはいわなければならなかった。

「ジョヴァンニ」と、ぼくはいった。「ジョヴァンニ。」

彼は静かになりはじめた。彼は耳をすましていた。はじめてのことではないが、ぼくは心ならずも、追いつめられた人間の狡知《こうち》を感じていた。

「ジョヴァンニ」と、ぼくはいった。「ぼくがいつかは去っていくことを、きみはいつでも知っていた。ぼくのフィアンセがパリにかえってくることを知っていた。」

「きみがぼくを捨てるのは、そのひとのためじゃない」と、彼はいった。「なにか、ほかの理由のために、ぼくを捨てるんだ。きみは嘘《うそ》をつきすぎる。だから、自分で自分の嘘を信じこむようになってしまったんだ。しかし、ぼく、このぼくには、感覚がある。きみがでていくのは、女のためじゃない。もし、きみがあの小娘をほんとうに愛しているならば、きみはぼくにたいしてこんなに残酷になる必要はなかっただろう。」

「あれは小娘じゃない」と、ぼくはいった。「一人前の女だ。それに、たとえ、きみがどう思おうとも、ぼくはあの女を愛している……」

「いや、きみは」とジョヴァンニは大声でいって、起きあがった。「だれも愛してはいない！　いままでに、だれを愛したこともないし、今後も愛することはないだろう！　きみはきみの純潔を愛しているんだ、自分の鏡を愛しているんだ——きみは処女みたいなものだ。両手で体のまえをかくしてあるきまわり、まるでなにかの貴金属、金か、銀か、ルビーか、おそらくダイヤモンドを、股《また》のあいだのあそこにもっているみたいにしている！　きみはそれをだれにもあたえようとしないし、だれにもそれにさわらせようとしない——男であろうと、女であろうとね。きみは清潔でありたいとねがっている。きみは、ここにきたときに、自分の体は石鹼でおおわれていた、と思っている。そして、石鹼につつまれたまま、ここからでていこうと思っているんだ——そして、きみはそのあいだの、たった五分間でも、からだが臭くなるのをいやがっている。」彼はぼくの襟首《えりくび》をつかまえ、組みつきながら愛撫《あいぶ》し、液体のように流動的であると同時に鉄のように硬くなり、唾液《だえき》を唇から吹きだし、両眼に涙をいっぱいため、しかも、顔の骨はあらわに突きでて、両うでと首の筋肉はうきあがっていた。「きみがでていきたいと思うのは、ジョヴァンニがきみにくさい臭いをさせようとするからだ。きみはジョヴァンニを軽蔑《けいべつ》しているが、それはなぜかといえば、ジョヴァンニが愛のくさい臭いをおそれないからだ。きみは、きみの嘘《うそ》八百のつまらない道徳の名において、ジョヴァンニを殺したいと思っている。ところが、きみは——きみは背徳者だ。きみは、ぼくが一生のあいだに会った人間のうちで、群をぬいて、もっとも背徳的な人間だ。見ろ、きみがぼくにどんなことをしたか、見てみろ。もし、ぼくがきみを愛していなかったら、きみがこんなことをすることができたと思うか？　きみが愛するためにしなければならないことは、こんなことなのか？」

「ジョヴァンニ、やめてくれ！　おねがいだ、やめてくれ！　いったい、ぼくにどうしろというんだ？　ぼくは自分の感じかたを、ほかに、どうすることもできないんだ。」

「きみは自分がどう感じているか、わかっているのか？　きみは感じることがあるのか？　なにを感じるんだ？」

「いまは、なにも感じない」と、ぼくはいった。「なにも。ぼくは、この部屋から出ていきたい。きみからのがれたい。このおそろしい場面を、終わらせたい。」

「きみはぼくからのがれたいか。」彼は笑った。そして、ぼくをじっと見た。彼の目の表情は、底知れないほど悲しげで、慈悲ぶかいといってもいいほどだった。「とうとう、ほんとうのことをいいはじめたね。それで、なぜ、ぼくからのがれたいのか、わかっているのかい？」
ぼくの体のなかで、なにかが絡《から》まって動かなくなった。「ぼくは――ぼくは、きみといっしょに、暮らすことはできない。」

「しかし、きみはヘラとなら、暮らすことができるんだね。あのお月さんのような顔をした小娘は、赤ん坊がキャベツか――あるいは、電気冷蔵庫から、生まれてくると思っているんだろう。ぼくは、きみの国の神話はよく知らないがね。きみはその人となら、暮らすことができるんだね。」

「そうだよ」と、ぼくは疲れきっていった。「彼女となら、暮らすことができる。」ぼくは立ちあがった。体がふるえていた。「この部屋でどんな生活ができるんだ――このきたならしい部屋で？　だいたい、男が二人でいっしょになって、どんな生活ができるのさ？　きみがいうその愛――そいつはただ、自分が強くなったような気になりたい、ということじゃないのか？　きみがしたいのは、毎日そとへでていって、労働をして、金をもってきて、ぼくはここにいて、皿《さら》を洗い、食べものをつくり、このみじめな、押入のような部屋を掃除して、きみがそのドアからはいってきたら、きみにキスして、夜はきみと寝て、きみのかわいい娘《こ》になるということだ。それが、きみのもとめるものだ。きみがぼくを愛するというとき、きみが意味することはそれなんだ。そして、それだけなんだ。ぼくがきみを殺したいと思っている、ときみはいう。きみはぼくに、どんなことをしてきたと思うんだ？」

「ぼくは、きみを、かわいい娘《こ》にしようとは思っていないよ。もし、かわいい娘《こ》がほしければ、ほんもののかわいい娘《こ》といっしょになる。」

「どうして、そうなっていないんだ？　それこそ、きみがこわがっていることじゃないのか？　そして、きみがぼくを選ぶのは、きみが女を追いかけるだけの勇気がないからだ。しかし、ほんとうにきみがしたいことは、そっちじゃないのか？」

彼は青ざめていた。「きみはぼくがもとめているものについて、しゃべりつづけている。しかし、ぼくがいっているのは、ぼくがだれかをもとめているか、ということだよ。」

「しかし、ぼくは男だ」と、ぼくは叫んだ。「男だぜ！　ぼくたちのあいだに、なにが起こりうると思っているんだ？」

「ぼくたちのあいだに、なにが起こりうるか」と、ジョヴァンニはゆっくりいった。「きみにはよくわかっている。そのために、きみはぼくから去っていこうとしているんだ。」彼は立って窓のところにいき、窓をあけた。「よし」と、彼はいった。それから、こぶしで、窓の下枠《したわく》を一度なぐりつけた。「もし、ぼくにできるんだったら、ぼくはきみをとどまらせたい」と、彼は叫んだ。「たとえ、きみをなぐるか、鎖でしばりつけるか、飢えさせなければならないとしても——もし、ぼくがきみを引きとめておくことができるんだったら、とめておきたい。」彼は、部屋のなかのほうに、ふりかえった。風が、彼の髪の毛を吹き乱した。彼は、グロテスクなふざけた身ぶりで、ぼくにむかって指をふった。「いつか、おそらく、ぼくがそうしていればよかったと、きみが思うときがくるだろう。」

「寒い」と、ぼくはいった。「窓をしめてくれ。」

彼は微笑した。「いよいよ、出ていくときがきたので——窓をしめておきたいんだね。わかったよ。」彼は窓をしめ、ぼくたちは、部屋の中央で、じっとむきあって立った。「もう、けんかはやめよう」と、彼はいった。「けんかをしても、きみを引きとめられないからね。フランスには《別居》というものがある――離婚じゃない、わかるね、ただ別れているだけだ。ね、別居しよう。だけどぼくには、きみがぼくのものだということがわかっている。きみがいつかかえってくると、ぼくは信じている――信じなければならないのだ。」

「ジョヴァンニ」と、ぼくはいった。「ぼくはかえってこないよ。ぼくがかえらないということは、きみにもわかっているはずだ。」

彼は手をふった。「もう、けんかはしないといっただろう。アメリカ人は宿命というものを、まったく感じない。ぜんぜん、感じないんだ。宿命が目に見えていても、それが宿命であることがわからないんだ。」彼は、流しのしたから、びんを一本とりだした。「ジャックが、ブランデーをおいていった。一杯、のもうじゃないか――かどでを祝って。アメリカ人は、そういういいかたをときどきするんだろう?」

ぼくは、彼を見まもっていた。彼は、ていねいに、二杯の酒をついだ。ぼくには、彼がふるえているのがわかった――怒りのためか、苦痛のためか、あるいはその両方のために。

彼はぼくにグラスをわたした。

「かんぱい」と、彼はいった。

「かんぱい。」

ぼくたちはのんだ。ぼくは、どうしてもきかずにはいられなかった。「ジョヴァンニ、これから、どうするつもりなんだ？」

「ああ」と、彼はいった。「友だちがいる。することは、だんだんに考えつくだろう。たとえば、今夜は、ジャックと夕食をたべよう。あしたの夜も、きっとまた、ジャックと食事をするだろう。彼は、このごろ、ぼくがすっかり気に入っているんだ。彼は、きみのことを怪物だと思っている。」

「ジョヴァンニ」と、ぼくは、どうしようもない気持でいった。「気をつけろよ。どうか気をつけてくれよ。」

彼は、皮肉そうな微笑を見せた。「ありがとう」と、彼はいった。「きみはその忠告を、ぼくたちが会ったあの晩に、してくれるべきだったよ。」

ぼくたちが、ほんとうに話しあったのは、それが最後だった。ぼくは朝まで彼のところにいて、それから、荷物をカバンに投げこみ、それをもってヘラのところへいった。

彼がぼくを最後に見たときのことを、ぼくは忘れられないだろう。朝の光が、部屋をみたしていた。それはぼくに、たくさんの朝を思いださせ、ぼくがはじめてここにきた朝をも、思いださせた。ジョヴァンニはベッドのうえにすわり、全裸になって、両手でブランデーのグラスをもっていた。彼の体は、まっ白で、顔は、ぬれて灰色だった。ぼくはドアのところに立って、スーツケースをもっていた。ぼくは、片手をドアの取手にかけて、彼を見た。そのときぼくは、彼に、ぼくをゆるしてくれと、請いたい気持になった。しかし、そうすれば、それはあまりにも高価な告白になっていただろう。その瞬間に、もし屈していたら、ぼくは永久に、あの部屋に、彼とともに閉じこめられてしまっただろう。そして、ある意味で、それこそ、ぼくがもとめていたことでもあった。ぼくは、小刻みなふるえが、全身を走るのをおぼえた。それは、地震のはじまりに似ていた。それからぼくは、一瞬、自分が彼の目のまえで、溺《おぼ》れていくような気がした。彼の体をぼくは、それまでに、隅《すみ》から隅まで知っていたが、それが、光のなかでかがやき、ぼくたちのあいだの空気をはりつめさせ、濃密にした。それから、なにかがぼくの脳のなかでひらいた。だれも知らないドアが音もなくぱっとひらき、ぼくをおびえさせた。その瞬間まで、思いもおよばなかったが、彼の体から逃げることによって、ぼくは、彼の体がぼくを抑制する力を確認し、また、それを不滅のものにしたのだ。いま、あたかも烙印《らくいん》をおされたかのように、彼の体は、ぼくの心に、ぼくの夢に、焼きつけられた。そして、そのあいだ、彼はぼくから目をはなさなかった。彼は、ぼくの顔が、ショーウィンドーよりも、もっと透明であると思っているようだった。彼はすこしも笑わなかった。深刻でもなければ、恨《うら》みに燃えてもいなかった。悲しげでもなかった。ただ、じっとしていた。彼はぼくがその空間を横ぎって、彼を胸に抱くのを待っていたのだ、とぼくは思う——死の床《とこ》で、ひとは信じないではいられない奇蹟が起こるのを待っている、ところが、そんな奇蹟は起こらないのだ。ぼくの顔には、あまりにも多くのことが、ありありとあらわれてしまうので、ぼくはそこからでていかなければならなかった。ぼくの心のなかの戦いが、ぼくを下へ下へと、ひきずりおろしていた。ぼくが彼のほうにもう一度近づくことは、ぼくの足が承知しなかった。ぼくのいのちの風が、ぼくを彼から吹きはなした。

「さよなら、ジョヴァンニ。」
「さよなら。」
ぼくは彼に背をむけて、ドアの錠をあけた。彼の吐く疲れはてた息が、まさに狂乱の風のように、ぼくの髪の毛をむしやくしゃにし、ぼくの額をかすりぬけていくように思われた。ぼくは短い廊下を歩いていった。そのあいだずっと、ぼくはうしろから彼の声が呼びかけはしないかと期待していた。玄関を通りぬけ、まだ眠っている門番のまえを通り、朝の町へでた。そして、一歩進むたびに、ぼくがうしろをふりむくことは、いっそう不可能なことになっていった。ぼくの心は、うつろだった――あるいは、麻酔をかけられた、ひとつの巨大な傷になってしまったかのようだった。ぼくは、ただ、こう思った。このことのために、涙をながすことがあるだろう。近いうちに、ぼくは泣きはじめるだろう。《いつかぼくは、
　町かどの、朝の太陽がうすくもれているところで、ぼくは札入れのなかの、バスの乗車券をさがした。札入れのなかには、三百フランあった。ヘラからもらったものだ。それから、身分証明書、アメリカでのぼくの住所、それから紙、紙、紙切れ、名刺、写真。どの紙にも、だれかの宛名や、電話番号、いろいろな約束のメモ――守った約束や、おそらく守らなかった約束――会っておぼえているひと、あるいはおそらくおぼえていないひと、おそらくみたされなかった希望、そういうものが、書きつけてあった。そうだ、希望はたしかにみたされなかったのだ。さもなければ、ぼくは、その町かどに立ってはいなかっただろう。

ぼくは、札入れのなかに四枚のバス乗車券をみつけ、停留所へあるいていった。警官がひとり、立っていた。ブルーの頭巾《ずきん》がずっしりとした感じで背に垂れ、白い警棒がぴかぴかひかっていた。彼はぼくを見て微笑し、大声でいった。「どうです?」

「ええ、おかげで。あなたは?」

「あいかわらずです。いい天気ですな、ええ?」

「そうですね。」しかし、ぼくの声はふるえていた。「もう秋ですね。」

「まったく。」そして、彼はむこうを向いて、また遊歩道《ブールヴァール》のほうをじっとみつめた。ぼくは片手で髪の毛をなでつけた。体がふるえるような気持がしたことを、ばかばかしく思った。ぼくは、女がひとり、通りすぎるのを見まもった。市場からのかえりで、網袋をいっぱいにして、いちばんうえに、ブドウ酒の一リットルびんが、あぶなげにのっていた。彼女は、若くはなかったが、ととのった顔立ちで、大胆そうであり、丈夫な太った体をして、両手も丈夫で太かった。警官が彼女になにか大声でいうと、彼女も大声でいいかえした——なにか猥《みだ》らで、わる気のないことだ。警官は笑った。彼はもう、ぼくのほうを見ようとしなかった。ぼくは、女が通りをあるきつづけていくのを、見ていた——きっと家にかえるのだ。ブルーのよごれた仕事服を着た夫と、子供たちのところへ。彼女は、うす日のさしている町かどをすぎて、通りをわたった。バスがきて、警官とぼくは乗った。待っていたのは、二人だけだった——警官はぼくから遠くはなれて、デッキに立った。その警官も、若くはなかった。しかし、彼には気品があり、ぼくはそれに感心した。ぼくは窓のそとを見た。町の通りが、走りすぎていった。大むかしに、ある別の町で、ある別のバスに乗って、ぼくは、こんなふうに窓のわきにすわり、そとを見て、ぼくの、つかのまの注意をとらえては飛びさってゆくひとの顔に、それぞれの生活、それぞれの運命を勝手にわりあてては、そのなかで自分もひとつの役わりを演じたことがあった。ぼくは、ことによると自分の救いになるかもしれない、なにか、ささやき声か、あるいは約束を、さがしもとめていたのだ。しかし、その朝、ぼくの古い自我は、あらゆる夢のなかで、もっとも危険な夢を見ていたように、ぼくには思われた。

それからあとの日々は飛ぶようにすぎていった。気候は一夜で寒くなってしまったように思われた。何千人もの観光客が、時刻表どおり、魔法のように姿を消した。庭をあるくと、木の葉が頭にふりかかり、ためいきをもらし、足のしたで、カサカサとくずれた。町の石は、それまできらきらとひかり、色彩の変化を見せていたのが、いまは、ゆっくりと、しかし、なんのためらいもなく、色あせて、ふたたび、ただの灰色の石になってしまった。見た目にも、その石は硬かった。日ごとに、魚を釣るひとは川から消えて、やがて、とある日、川の土手には人影がなくなっていた。少年や少女たちの体は、厚い下着や、セーターや、マフラーや、頭巾《ずきん》や、ケープでおおわれはじめた。老人はいっそう年をとり、老女はいっそう動作がにぶくなったようだった。川景色は色あせ、雨が降りはじめると川は増水しはじめた。太陽が、一日のうち、ほんの数時間でもパリにとどこうとする莫大《ばくだい》な努力を、まもなくあきらめるだろうことは明らかだった。

「しかし、南部のほうは暖かいだろうな」と、ぼくはいった。

金がとどいていた。ヘラとぼくとは、毎日、エズとか、カーニュ・シュール・メールとか、ヴァンスとか、モンテカルロとか、アンティブとか、グラースとかに、家をさがすので多忙だった。ぼくたちはあの地区にはほとんど姿をあらわさなかった。ぼくたちは、彼女の部屋にこもっては、しきりに愛撫《あいぶ》しあい、映画を見にいき、セーヌ川の右岸のはじめてのレストランで、ながながと、往々にして憂鬱《ゆううつ》な食事をした。なにがこの憂鬱さを生みだしたのかを説明することはむずかしい。とにかく、その憂鬱は、ときとして、なにか巨大な、なにか餌《えさ》を待ちかまえている食肉鳥の影のように、ぼくたちのうえにおおいかぶさってくるのだった。ぼくはヘラが不幸だったとは思わない。なぜなら、ぼくはそのころ、それまでにないほどはげしく、彼女にしがみついていたからだ。しかしおそらく彼女は、ぼくのしがみつきかたが、あまりにもしつこいので信用できそうもないことを、たしかにあまりにもしつこいので長つづきしないであろうということを、ときおり感じていただろう。

そして、ときたま、あの地区のあたりで、ぼくはジョヴァンニに出会った。ぼくは彼に会うのをおそれた。それは、彼がほとんどいつでもジャックといっしょにいたためだけではなく、彼の服装はむしろよいのに、顔色がよくなかったからである。彼の目のなかに見えはじめた、なにか卑劣《ひれつ》で、同時に、悪意のこもったものに、ぼくはがまんができなかった。彼がジャックのいう冗談を聞いてくすくす笑うその笑いかた、彼がときに見せはじめたマンネリズム——男娼《だんしょう》のマンネリズムも、ぼくには耐えられなかった。ぼくは彼がジャックとどういう間柄になっているのかを知りたいとは思わなかった。しかし、やがてある日、ジャックの毒々しい勝ち誇った目のなかに、ぼくははっきりとそれを知った。

そして、その短いめぐりあいのあいだ、ジョヴァンニは、夕闇《ゆうやみ》が迫る遊歩道《ブールヴァール》のまんなかの、人びとがぼくたちのまわりを急ぎ足で行き来しているところで、ほんとうに、唖然《あぜん》とするほど軽薄に女っぽくふるまい、しかもひどく酒に酔っていた――それはあたかも彼が、彼の屈辱のさかずきをぼくにも味わわせようとしているかのようだった。そして、ぼくはそのために彼を憎んだ。

つぎにぼくが彼に会ったのは、朝のことだった。彼は新聞を買おうとしているところだった。彼は傲然《ごうぜん》としてぼくを見あげ、ぼくの目をのぞきこみ、そして、目をそらした。ぼくは彼の遊歩道《ブールヴァール》に小さくなっていくのを見ていた。ぼくは家にかえると、ヘラにその話をして笑おうとした。

その後、ぼくはあの地区で彼に会ったが、彼はジャックといっしょではなく、あの地区の男娼《だんしょう》たちといっしょにいるようになった――かつて彼はぼくに、その男たちのことを《ながけかわしい》といったことがあったのに。彼の身なりはもはやあまりよくなくなり、彼もその男たちの同類のように見えはじめた。彼らのなかで彼の特別の友人は、イヴという、例の、背の高いあばた面《づら》の青年であるらしかった。ぼくはその青年が、あの中央市場《レ・アル》での最初の朝に、コリントゲームをしているところをちょっと見かけ、それから、ジャックに話しかけているのを見たことがあったのをおぼえていた。ある夜、ぼく自身がひどく酔っぱらって、その地区をひとりでうろついていると、その青年にでくわして、彼に一杯、酒をおごった。ぼくのほうからは、ジョヴァンニの名を口にださなかったが、イヴが勝手に、ジョヴァンニはもうジャックと手が切れたということをおしえてくれた。しかし、ジョヴァンニは、ギヨームのバーでの以前の仕事にもどれるかもしれないということだった。それから一週間もたたないうちに、ギヨームがバーの二階の私室で死んでいるのを発見された。彼は着ていた化粧着のおびで、のどを絞められていた。

5

それは、おそろしく世間をさわがせた事件だった。だれでもそのとき。パリにいたら、きっとその話を耳にしただろうし、ジョヴァンニが逮捕された直後に、あらゆる新聞に印刷された彼の写真を見たにちがいない。さまざまな社説が書かれ、演説がおこなわれ、そして、ギヨームのバーと同じ種類の多くのバーが閉鎖された（しかし、長いあいだ閉鎖されたままではいなかった）。私服の警官があの地区をおそい、だれかれかまわずに身分証明書の提示をもとめ、バーからは男色者が一掃された。ジョヴァンニはどこにもみつからなかった。あらゆる証拠、とりわけ、彼が失踪《しっそう》したことが、彼が殺人犯人であることを示していた。そのようなスキャンダルはいつでも、その反響が鳴りやむまえに、国家の基盤そのものまでをゆるがしそうになるものだ。可能なかぎり一刻もすみやかに、なにか説明を、解決を、そして犯人を、みつけることが必要なのだ。この犯罪に関連して逮捕された男たちのほとんどは、殺人容疑で逮捕されたのではなかった。彼らが逮捕されたのは、フランス人が一種の上品さで（ぼくはその上品さがあざけりを含んでいると思う）、《変わった趣味》と呼んでいるものをもっていると思われたからである。こういう《趣味》は、フランスでは犯罪を構成しはしないが、それにもかかわらず、国民の大部分は極度の非難をこめて見るものなのだ。そして、彼らはまた、支配者や

《自分たちより上のもの》をも、石のように冷たい、愛情の欠けた目で見るのだ。ギヨームの死体が発見されたとき、肝をつぶしたのは、男娼《だんしょう》たちだけではなかった。じじつ、彼らよりもはるかにおどろいたのは、彼らを買うために町を徘徊《はいかい》していた男たちだった。その男たちの職業、地位、抱負は、そのような悪評をこうむって、しかもそれに耐えぬいていくということは、とうていできなかったであろう。あちこちの家族の父親たちや、大家の息子《むすこ》たちや、ベルヴィル出身の好奇心にあふれた冒険家たちが、みな一様にねがったことは、はやくこの事件が終わって、ものごとが事実上正常に復し、おそるべき公衆道徳の鞭《むち》が、おのれの背をうたないですむようになることだった。この事件にけりがつくまでは、彼らは、どちらの方角にむいたらいいのか、わからなかった。自分たちこそ犠牲者であると叫ぶべきなのか、それとも、もちろん心底においての彼らの正体、すなわち、単純な市民でありつづけ、無法な行為をいかり、正義がおこなわれることをねがい、国家の健全が保たれるのを望んでいるべきなのか、わからなかった。

　したがって、ジョヴァンニが外国人であることは幸いだった。彼が捕えられずにいる日が重なるにつれて、新聞は、あたかもなにか壮大な暗黙の申し合せによるかのように、彼にむかって毒舌をたたきつけるようになり、ギヨームにたいしては、やさしくなっていった。フランスにおけるもっとも古い家名のひとつが、ギヨームとともにほろびたといわれた。日曜日には、新聞の付録が発行されて、彼の一族の歴史が書きたてられた。そして、そこで、彼の年老いた貴族的な母親は（彼女は彼を殺した男の裁判が終わるまでは生きながらえなかったが）、息子がりっぱな品性をもっていたことを証明し、フランス国内に頽廃《たいはい》があまりにも広くはびこり、そのために、そのような犯罪が長いあいだ罰せられないでいることを残念に思うと述べた。国民は、もちろん、とびつくようにしてこういう感情に賛同しようとした。おそらくたいしてふしぎではないのだろうが、ぼくにはまったく信じられないような気がしたのは、ギヨームの名がフランスの歴史、フランスの名誉、フランスの栄光と、奇怪にもからみあわされ、じじつ、フランスの男性の象徴にまでなりかねないほどであったことだ。

「しかしだよ」と、ぼくはヘラにいった。「あの男は、ただ、いやらしい男色者にすぎなかった。それだけのものだった。」

「だけど、新聞だけしか見ないひとたちに、そんなことをわかってもらおうと思っても、そうはいかないじゃないの？　たとえあのひとがそうだったにしても、あのひとはそんなことを宣伝しなかったと思うわ――それに、あのひとの行動範囲は、ずいぶん狭かったにちがいないわ。」

「しかし――だれかがきっと知っている。こういうたわごとを書きたてる人間のなかに、それを知っているものがいるはずだ。」

「死んだひとを傷つけるなんて」と、彼女は静かにいった。「あまり意味がないようよ。」

「しかし、真実を告げることには、意味があるんじゃないだろうか？」

「ちゃんと、ほんとうのことが報道されているわよ、このひとは名門の出で、そして殺されたと。あなたがおっしゃることは、わたしにもわかるわ、新聞がつたえていないもうひとつ別の真実があるっていうことね。でも、新聞はそんなことはしないのよ。新聞はそのためのものではないんですもの。」

ぼくは、ためいきをついた。「かわいそうに、ジョヴァンニ。かわいそうに。」

「ジョヴァンニがやったと、信じていらっしゃるの？」

「わからない。しかしあの男がやったように見えることはたしかだ。彼は、あの夜、あそこにいた。バーがしまるまえに、彼が二階へあがっていくのを見たひとがいる。降りてきたのを見たと記憶しているひとはいないんだ。」

「あの晩、ジョヴァンニはそのバーで働いていたの？」

「じゃないようだ。ただ酒をのんでいたんだ。彼とギヨームとは仲なおりをしたようだった。」

「わたしがいないあいだに、あなたは、ほんとに変わったひとたちとお友だちになったのね。」

「もしだれも殺されなかったら、なにもそんなに変わった人間のように見える連中じゃない。いずれにしても、あの連中は、ひとりもぼくの友だちじゃない——ジョヴァンニは別だが。」

「あなたはそのひとといっしょに住んでいたんでしょう。ジョヴァンニが殺人をしそうか、しそうでないか、わからないの？」

「どうして？　きみはぼくと、いっしょに暮らしている。ぼくが、ひと殺しをやれそうかい？」

「あなたが？　もちろん、やれないわよ。」

「どうしてそんなことが、わかるんだ？　わかりはしない。ぼくが、きみの見ているとおりの人間だなんて、どうしてわかるんだい？」

「なぜなら」――彼女はかがみこんで、ぼくに接吻した――「あなたを愛しているから。」

「ああ！　ぼくは、ジョヴァンニを愛していた――」

「わたしがあなたを愛しているのとは、愛しかたがちがうわ。」

「ぼくはもうすでに、殺人を犯していてもよさそうな男なんだ、きみがどんなことを知っているにしてもね。そうなんだ！」

「あなたは、なぜそんなに、気が転倒してらっしゃるの？」

「もしきみの友だちが殺人罪に問われて、どこかにかくれていたとしたら、きみは気が転倒しないでいられるかい？　どういう意味だい、ぼくがなぜそんなに気が転倒しているのかっていうのは？　ぼくにどうしろっていうんだ、クリスマス・カロルでも歌えっていうのかい？」

「大きな声を出さないでよ。ただね、わたしには、ジョヴァンニが、あなたにとって、そんなに大切だったということが、いままでわからなかったというだけのことなの。」

「あいつは、いいやつだった」と、ぼくはきっぱりといった。「あの男が困っているのを、じっとして見ていられないんだ。」

彼女はぼくのところにきて、そっとぼくの腕に片手をおいた。「デイヴィッド、わたしたち、はやくこの町を出ましょうよ。そしたら、あなたはもう、そんなことを考えなくてもすむわ。だれだって災難にあうことはあるものよ。でも、それだからって、まるでそれがなにか、あなたのせいだったみたいに考えるのはやめて。あなたがわるかったんじゃないわ。」

「ぼくのせいではないことぐらい、ぼくにはよくわかっている！」しかし、ぼくの声と、そしてヘラの目が、ぼくをおどろかし、ぼくは黙りこんでしまった。ぼくは、いまにも泣きだしそうな、おそろしい気持がした。

ジョヴァンニは、およそ一週間、逮捕されなかった。ぼくは、毎日、ヘラの部屋の窓から、夜がパリの町のうえに這《は》いよってくるのをみつめながら、そとのどこかにいるジョヴァンニのことを考えた――どこか、橋のしたにひそんで、おそれおののき、冷えきって、どこへいったらいいのかわからずにいるのかもしれなかった。ことによると、だれか、かくまってくれる友だちをみつけたのかもしれない、とぼくは思った。こんなちいさな町で、しかも警察力で守られているところで、彼を発見するのがそんなにむずかしいということは、おどろくべきことだった。ぼくは、彼がぼくを捜しにやってくるかもしれない、とおそれた。ぼくに助けを請いにくるかもしれない、あるいは、ぼくを殺しにくるかもしれない、とおそれた。それからぼくは、彼はおそらく、ぼくに助けをもとめたりしたら、自分の面目にかかわると考えている、ぼくなどは殺すにあたいしない男だと、いまでは、感じているにちがいない、とも思った。ぼくはヘラに助けをもとめた。ぼくは毎夜、彼女のなかに、ぼくの罪悪感と恐怖とをうずめようとした。なにかしていなければ、いたたまれない気持は、ぼくのなかで、一種の熱病のようだった。ぼくにできる唯一の行為は、愛の行為だった。

彼はついに捕われた。ある朝、非常にはやく、河岸《かし》にもやっているはしけのなかで捕われた。新聞の推測によると、彼はすでにアルゼンチンに飛んでいることになっていた。だから、彼がセーヌ川より一歩も遠くへはいっていなかったことがわかったのは、たいへんなショックだった。彼のこの《気力》の欠乏は、彼が大衆によく思われるようになるためには、なんの役にもたたなかった。彼ジョヴァンニは、もっとも頭のにぶいたぐいの犯罪者、へたくそな悪人だときめつけられた。たとえば、ギヨーム殺しの動機は強盗であると主張されていたのだが、しかし、ジョヴァンニはギヨームがポケットに入れていた金はぜんぶ取ったのに、レジには手をふれていなかったし、また、ギヨームが洋服簞《だん》笥《す》のおくのもうひとつの札入れに、一千フラン以上の金をかくしていたということは、あきらかに、ジョヴァンニには思いもよらなかったようだった。彼がギヨームからうばった金は、彼がつかまったとき、まだ彼のポケットのなかにあった。彼はそれを使うことができなかったのだ。彼は、二、三日のあいだ、なにも食べていなかったので、衰弱し、青ざめ、やつれはてていた。彼の顔は、パリじゅうの新聞売場にはりだされた。彼の容貌《ようぼう》は、若く、とほうにくれたようすで、おびえ、腐敗堕落しきっていた。それはあたかも、彼が、このジョヴァンニが、こんなことになろうとは信じられない、といったような顔だった。こんなことになってしまって、これ以上は一歩もさきへ進むことができず、自分の短い一生が、ありきたりの一枚の断頭台の刃によって、終わってしまうということを信じられないといった顔だった。彼はすでにひるんで棒立ちになり、体じゅうのすべての筋肉が、あの氷のように冷たい刃の幻影のまえに、慄然《りつぜん》と硬直しているかのようだった。そして、それまでなんどもそうだったが、またしても彼が、ぼくに助けをもとめているように思われた。新聞は仮借《かしゃく》ない世間にむかって、ジョヴァンニが罪を悔いていること、泣いて慈悲をもとめていること、神に救いをもとめていること、やるつもりはなかったと、涙を流していることを知らせた。それからまた、心ゆくばかり、ことこまかに、彼がいかにしてそれをやったかを知らせた。しかし、なぜしたかは知らせなかった。なぜかは、あまりにもどす黒くて、新聞が書くことはできなかったし、また、あまりにも深くて、ジョヴァンニは語ることができなかったのだ。

　彼がそれをするつもりはなかったということがわかる人間、新聞に印刷された詳細な記事の底に、彼がなぜそれをやったかを読みとることができた人間は、パリじゅうで、ぼくひとりだけだったかもしれない。ぼくが部屋にかえると、彼がひとりでいて、ギヨームにくびにされたことを話したあの晩のことを、ぼくは思いだした。ぼくの耳には、彼の声がふたたび聞こえてきた。ぼくの目には、彼の体のなかにこもっている凄絶《せいぜつ》さが見え、彼の涙が見えた。ぼくは彼の虚勢を知っていた。彼が自分のことを頓知の才のある男だと思い、どんな相手にも負けないと思って、悦にいっていたことを知っていた。そして、ぼくの目には、彼がギヨームのバーに肩をいからして入っていく姿がうかんだ。彼は、ジャックに身をゆだねた以上、もう自分の年季奉公は終わり、愛が終わり、そして、ギヨームにどんなことでもすきなことをしていいのだと、思っていたにちがいなかった。実際、彼はギヨームにはどんなことをしてもよかったのだ——しかし、彼は自分がジョヴァンニであることについては、どうすることもできなかったのだ。ギヨームはたしかに知っていた。ジャックはただちに、ジョヴァンニがもはや、《わかいアメリカ人》といっしょに暮らしてはいないということを、ギヨームに知らせていたにちがいない。いやすでに、ギヨームは自分の取巻き連に護衛されて、ジャックのパーティに一度や二度は顔を出していたかもしれない。そして、ジョヴァンニにとってはじめての自由、愛人のなくなった状態が、放埒《ほうらつ》な大騒ぎになるであろうことを、ギヨームはたしかに知っていたし、彼の仲間もみんな知っていた——それまでにも、そういうことを、こういった男たちは、みんなすでに経験していたのだ。ジョヴァンニがひとり肩で風を切って入っていったとき、あのバーにとっては、すばらしい夕《ゆうべ》であったにちがいない。

ぼくには、二人の会話が聞こえる——

「ほう、かえってきたのか?」これはギヨームだ。ひとをひきつける、からかうような、表情ゆたかな目つきだ。

ジョヴァンニには、相手がこのまえの悲惨な立腹を思いだしたくないと望んでいること、仲なおりをしたいと望んでいることがわかる。同時に、ギヨームの顔、声、物腰、臭い、は彼に打撃をあたえる。彼は現実のギヨームと相対しているのであって、心のなかでギヨームをつくりあげているのではない。彼は微笑をうかべてギヨームにこたえるが、そのために、彼はあやうく嘔吐《おうと》しそうになる。しかしギヨームは、もちろん、それには気がつかないで、ジョヴァンニに、一杯すすめる。

「バーテンを募集されているんじゃないかと思ったんです」と、ジョヴァンニがいう。

「しかし、おまえは仕事をさがしているのかい? わたしはまた、おまえのアメリカ人が、おまえのために、いまごろはテキサスに油田でも買っているかと思っていた。」

「いいえ。ぼくのアメリカ人は」——彼は身振りをする——「飛んでいってしまいました!」二人は笑う。

「アメリカ人はいつでも飛んでいってしまう。あいつらは真剣じゃないんだ」と、ギヨームがいう。

「そのとおりです」と、ジョバンニがいう。彼はグラスをほして、ギヨームから目をそらす。おそろしいほど、おどおどして、おそらくほとんど無意識に、口笛をふく。ギヨームはもう相手から目をはなすことができない、両手をじっとおさえておくこともできない。

「あとで、閉店のときに、もどってこい。仕事のことは、そのとき話そう」と、彼は最後にいう。

そこで、ジョヴァンニはうなずいて、店を出る。ぼくには、それから彼が街の仲間を何人かみつけ、いっしょに酒をのみ、そして笑い、時刻がたつにつれて、勇気を強めていくのが想像できる。彼は、だれかが自分に、ギヨームのところへもどるんじゃない、ギヨームに体をふれさせてはいけない、といってくれればいいとねがう。しかし、彼の友人たちは、ギヨームは金持だ、ギヨームは愚かな男色者《クイーン》だ、利口にたちまわりさえすれば、ギヨームからうんとしぼりとれる、という。

彼に声をかけてくれるもの、彼を救ってくれるものは、遊歩道《ブールヴァール》にはひとりもあらわれない。自分が死にかけていることを、彼は感じる。

それから、彼がギヨームのバーにいかなければならない時刻がくる。彼はしばらくそとに立っている。彼は回れ右をして、走り去りたいと思う。しかし、走っていくべき場所がない。彼は、まるでだれかをさがしているかのように、長い、暗い、湾曲している街路を、ずっと遠くのほうまで見る。しかし、そこにはだれもいない。彼は店のなかにはいっていく。ギヨームはすぐに彼を見て、二階へいくように、慎重に合図をする。彼は階段をのぼる。彼の足は力がぬけている。彼はギヨームの部屋にはいり、ギヨームの絹の洋服、色ものの衣服、さまざまな香水にとりまかれ、ギヨームのベッドをみつめている。

それから、ギヨームがはいってくる。ジョヴァンニは微笑しようとする。二人は酒をのむ。ギヨームは性急で、その体はしまりがなく、じっとりとしめっている。その手がふれるたびに、ジョヴァンニは、さらに遠くへ、さらに激しく、あとずさりする。ギヨームは、着がえをするために姿を消し、それから、芝居じみた化粧着をきてもどってくる。彼はジョヴァンニに服をぬげという……

おそらくこの瞬間に、ジョヴァンニは、自分が終わりまでやりとおせないということ、彼の意力が終わりまで自分をささえていられないということを知る。彼は仕事のことを思いだす。彼は話をしようとする。実際的になろう、まともになろうと努める。しかし、もちろん、もう手おくれだ。ギヨームが、大海そのもののように、彼をとりかこんでいるように思われる。そして、ジョヴァンニは、いためつけられて、狂気のような状態に追いつめられ、自分がほろびていくのを感じ、屈服し、そしてギヨームは望みをとげたのだ。もしこういうことが起こらなかったら、ジョヴァンニは彼を殺さなかっただろう、とぼくは思う。

なぜなら、自分の欲求を満足させると、ジョヴァンニがまだ息をつまらせて、横たわっているあいだに、ギヨームはふたたび実業家にもどり、そして、部屋のなかを、あっちへいったり、こっちへきたりしながら、なぜジョヴァンニがもうその店で働けないか、そのすばらしい理由をならべたてる。

ギョームが、たとえどんな理由をでっちあげたとしても、そのしたに、ほんとうの理由がかくされたままになっていて、彼らは二人とも、かすかに、それぞれちがったふうに、それに気がついている。ジョヴァンニは、落ちぶれていく映画スターのように、その引力を失ってしまったのだ。彼についての、あらゆることが知られてしまった、彼の秘密があばかれてしまったのだ。ジョヴァンニは、たしかに、そのことを感じとる。そして、彼の心のなかに、何カ月もかかって積みあげられてきた怒りが、いまや、ギョームの両手と口の記憶とともに、ふくれあがりはじめる。彼は、一瞬黙ったまま、ギョームをみつめ、それから、叫びはじめる。そして、ギョームがそれにこたえる。ひとこと、ふたこと、ことばをかわすにつれて、ジョヴァンニの頭はごうごうと鳴りはじめ、暗黒が、彼の目のまえに、あらわれたり、消えたりする。そして、ギョームは有頂天になって、部屋のなかを踊りはねてあるく──彼はいままでに、こんなにわずかな代償でこんなに多くをあがなったことはないのだ。彼は、その場面の価値を満喫しようとして、精いっぱいそれを演じる。そして、ジョヴァンニが満面朱となり、声がにごってくるのを知って、心の底から歓喜し、相手の首の、骨のように硬直した筋肉を、純粋なよろこびをもって見まもる。そして、彼はなにごとかをいう。形勢が逆転した、と彼は思っているのだ。彼はなにごとかをいう、だがひとつだけ、ことばが、侮辱《ぶじょく》が嘲笑《ちょうしょう》が、多すぎる。そして、一瞬のうちに、自分自身の愕然《がくぜん》とした沈黙のうち、ジョヴァンニの目のなかに、彼は、引きもどすことのできないあるものを、解きはなってしまったことを知る。

ジョヴァンニは、たしかに、それをするつもりはなかった。しかし、彼は相手をひっつかみ、なぐりつけた。そして、その感触とともに、そして、一撃一撃をくわえるたびに、彼の胸の底の耐えがたい重みが、軽くなりはじめた。いまや、ジョヴァンニが歓喜する番だった。部屋はひっくりかえり、織物はずたずたに裂かれた。香水の匂いが、むせかえるほど、濃密だった。ギヨームは部屋から逃げだそうとした。しかし、ジョヴァンニは、いたるところに、彼を追ってきた。いまや、ギヨームが包囲される番だった。そして、おそらく、ギヨームが脱出できたと思ったまさにその瞬間に――おそらく、彼がドアにたどりついたそのときに、ジョヴァンニはうしろから突進してきて、彼の化粧着のおびをつかまえ、そして、そのおびを彼の首にまきつけた。それから、彼はただしっかりと手をはなさずにいた。ギヨームが刻々と重くなっていく一方、彼のほうはしだいに軽くなっていき、すすり泣きながら、おびをきつくしめあげ、罵声《ばせい》をあげてののしった。それから、ギヨームはたおれた。そして、ジョヴァンニがたおれた――部屋のなかへ、町の通りへ、世界へ、死のまえへ、死の影のなかへ。

ぼくたちがこの大きな屋敷をみつけたときには、ぼくには、ここへくる権利がないことがはっきりしていた。二人がこの屋敷をみつけたときには、ぼくはもう、それを見たくもなかった。しかし、そのときには、もう、ほかにするべきこともなかったのだ。ほかに、なにもしたいことはなかったのだ。実は、ぼくは、裁判のおこなわれる場所のそばにいるために、そして、おそらく、刑務所に彼をたずねるために、パリにとどまっていようかとも思った。しかし、ぼくには、そんなことをする理由がないことがわかっていた。ジャックは、ジョヴァンニの弁護士と連絡をたもち、ぼくとも連絡をたもっていたが、彼は、一度だけジョヴァンニに面会した。彼がぼくに語ったことは、ぼくがすでに知っていることだった。つまり、ぼくにも、あるいは、ほかのだれにも、もはや、ジョヴァンニのためにしてやれることは、なにもないということだった。

おそらく、彼は死にたかったのだろう。彼は有罪をみとめ、強盗が動機だといった。ギヨームが、彼をくびにしたときの状況が、新聞に大きくとりあげられた。そして、新聞からうけた印象では、ギヨームは、気のいい、おそらく、いくらか風変りな博愛主義者であり、この無情で忘恩の冒険家、ジョヴァンニの味方になるという、あやまった判断をくだしたというのだった。それから、この事件は、大見出しから、だんだんに、下のほうへとうつっていった。ジョヴァンニは刑務所におくられ、裁判をまつことになった。

そして、ヘラとぼくは、ここにやってきた。ジョヴァンニのためには、なにもしてやれないが、おそらくは、ヘラのために、なにかしてやれると考えたのかもしれない。いや、はじめは、たしかに、そう思ったのだ。ヘラが、ぼくのためになにかしてくれることがあるだろうと、ぼくは望んだにちがいない。そして、もし一日一日が、ぼくにとって、刑務所での毎日のように、のろのろと進むのでなかったならば、そういうことは可能だったろう。ぼくは、ジョヴァンニを、心からぬぐいさることができなかった。ぼくの心は、ときおりジャックからとどく知らせのままに動いた。ぼくが、その秋のことで、おぼえていることといえば、ジョヴァンニが裁判される日を、まっていたことだけだ。それから、とうとう、彼は裁判にかけられ、有罪とみとめられ、死刑の宣告をうけた。冬のあいだじゅう、ぼくは日をかぞえた。そして、この屋敷の悪夢がはじまった。

愛が憎しみにかわること、愛の死とともに、心が冷たくなることについては、これまでも多くのことが書かれている。それは、すさまじい過程だ。それは、ぼくがそれについていままでに読んだどんなことよりも、はるかに凄惨《せいさん》であり、ぼくが将来いうことができるであろうどんなことよりもおそろしい。

ぼくがヘラを見て、彼女が半分くさってしまったと思い、彼女の体がまったく興味をひかなくなってしまったと思ったのは、いつが最初であったか、いま、ぼくにはわからない。それは、突発的に起こったように思われた——ということは、それが長いあいだに、だんだんと起こってきていたということにすぎない、とぼくは思う。そのもとをたぐっていけば、彼女がぼくの夕食の給仕をしようとして、ぼくのうえに身をかがめたとき、彼女の乳房《ちぶさ》がぼくの腕にかるくふれたというような、ほんのつかのまのできごとだ。ぼくは、自分の肉体が萎縮《いしゅく》していくのを感じた。以前は、バスルームにほしてある彼女の下着が、信じられないほどに甘い匂いがするような気がしたし、洗濯する回数がいやに多すぎるとよく思ったものだが、いまではその甘美さが消えうせ、不潔であると思われるようになりはじめていた。あのような気ちがいじみた、三角巾のような少量の布地でおおわれなければならない彼女の肉体が、グロテスクに見えはじめた。ときどき、ぼくは、彼女の裸体がうごくのを見ていて、それがもっと硬く、力強くあってくれればいいとねがった。ぼくは、わけもわからずに、彼女の乳房をおそれ、そして、ぼくが彼女のなかにはいっていくとき、ぼくは二度と生きて出てこられないように感じはじめた。かつてぼくを歓喜させたものが、すべて、ぼくの胃袋に不快感をあたえるようになってしまったようだった。

ぼくは――ぼくは、生涯《しょうがい》でこんなにおそろしかったことはないような気がする。ヘラをつかまえているぼくの指が、無意識のうちにゆるみはじめると、ぼくは、自分が高いところからぶらさがっていること、そして、ほんとうに命がけで、彼女にしがみついていたのだということを知った。刻一刻とぼくの指がすべっていくとき、ぼくは自分のしたに轟《ごう》々たる気流を感じ、ぼくの体のなかのあらゆるものがはげしく収縮し、あの長い堕落にさからおうとして、しゃにむに、上にむかって這《は》いのぼろうとしているのを感じた。

それというのも、おそらく、ぼくたちがいつも二人だけでいて、寂しくしているためだろうと思った。そこで、しばらくのあいだ、ぼくたちは、しょっちゅう出あるいた。ぼくたちはニースへ旅行した。ニースから、モンテカルロへ、カンヌへ、アンティブへと、めぐりあるいた。しかし、ぼくたちは金持ではなかったし、冬の南フランスは、金持の遊び場だった。ヘラとぼくとは、やたらに映画を見にいったし、また、しばしば、がらあきの第五流のバーにすわったりした。ぼくたちは、だまりこくって、むやみにあるいた。もはや、あれを見てごらんと、たがいに相手のために、指さしてやるようなことはしなくなってしまったようだった。二人は、やたらに酒をのんだ――とくに、ぼくがそうだった。ヘラは、スペインからかえったばかりのころは、あんなに肌が日焼けして、自信にみち、ひかりかがやいていたのに、それをすべて失いはじめていた。蒼白《そうはく》な、警戒的な、不安定な女になりはじめていた。そして、彼女はぼくに、どうしたのかとたずねるのをやめた。その原因がぼくにはわからないか、あるいは、ぼくがそれをいおうとしないか、そのいずれかだと、彼女は信じこんでしまったのだ。彼女はぼくから目をはなさなかった。ぼくは、彼女がみはっているのを感じ、そのために、ぼくは用心ぶかくなり、彼女をにくんだ。おしせまってくる彼女の顔を見ていると、ぼくは罪悪感で耐えがたくなった。

ぼくたちは、バス時間表に身をゆだね、冬の夜明けに、待合室でうとうとしながら、抱きあっていたり、あるいは、ひとかげひとつ見えない町かどでこごえていたりした。二人は、灰色の朝に、つかれた足をひきずりながら、家に着いた。そして、すぐにベッドにはいった。

どういうわけか、ぼくは、朝ならば愛の行為ができた。それは神経の消耗によるのかもしれなかった。さもなければ、夜なかにさまよいあるくために、ぼくの体のなかに、なにか奇妙な、抑圧することのできない興奮が、生みだされたのかもしれない。しかし、それは、以前と同じではなかった。なにかが、なくなっていた。驚き、力、そして、よろこびが、なくなっていた。平和がなくなっていた。

ぼくは、悪夢にうなされ、ときには、ぼく自身の叫び声で目をさましたり、ときには、ぼくのうめき声を聞いて、ヘラが、ぼくをゆりおこすこともあった。

「どうなさったの？　ねえ、おねがい、おっしゃってよ」と、ある日、彼女はいった。「わたしにできることなら、なんでもするわ。」

　ぼくは、当惑と悲しみのなかで、頭を横にふり、ためいきをついた。ぼくたちは、大きな部屋のなかに、すわっていた――いま、ぼくが立っている部屋だ。彼女は、電気スタンドのしたの安楽椅子にすわり、本を一冊、膝のうえにおいていた。

「きみは、やさしい」と、ぼくはいった。それから、「なんでもないよ。すぐになおるさ。きっと、神経だろう。」

「ジョヴァンニのせいだわ」と、彼女はいった。

　ぼくは、彼女をみつめた。

「あの部屋に、あのひとをおいてきぼりにしたんで」と彼女は、気をつけながらいった。「あなたは、なにかひどいことを、あのひとにしたと、思っていらっしゃるんじゃないの？　あなたは、あのひとの身にふりかかったことのために、ご自分を責めていらっしゃるんでしょう。でも、ねえ、あなたにどんなことができたとしても、あのひとは、それで助かるはずはなかったのよ。ご自分をくるしめるのは、もうおやめになって。」

「あの男は、じつに美しかった」と、ぼくはいった。そんなことを、いうつもりはなかった。ぼくは、自分の体が、わななきはじめるのを感じた。ぼくが、テーブルのほうへあるいていくのを、彼女は、じっと見ていた――いまもそうだが、そのとき、テーブルのうえには、酒びんが一本おいてあった――そして、ぼくは一杯ついだ。

　ぼくは、しゃべるのを、やめることができなかった。しかし、そのあいだじゅう、うっかり、しゃべりすぎはしないかと、おそれていた。もしかしたら、ぼくは、いいすぎたいと思っていたのかもしれない。

「あの男を、断頭台の刃のかげにおいたのは、ぼくだと思えてどうしようもないんだ。彼は、ぼくがあの部屋にいることをねがった。ぼくにいてくれと、懇願したんだ。まだ、きみにはいわなかったが――ぼくが、荷物をとりにあの部屋にいった夜、ひどいけんかをしたんだ。」ぼくは、口をつぐんで、酒をすすった。「あの男は泣いた。」

「あのひとは、あなたを愛していたんだわ」と、ヘラはいった。「どうして、それをわたしに教えてくれなかったの？　それとも、あなたは、それに気がつかなかったの？」

ぼくは、顔がほてってくるのを感じて、横をむいた。

「あなたのせいじゃないわ」と、彼女はいった。「おわかりにならないの？　あのひとがあなたを愛するようになるのを、あなたはふせぐことはできなかったのよ。あなたにはどうしようもなかったのよ、あのひとが――あのひとが、あのおそろしいひとを殺すのを。」

「きみにはなにもわからないんだ」と、ぼくはつぶやいた。「なにもわからないのさ。」

「あなたの気持は、わかるわ――」

「わかってやしない、わかっていない。」

「デイヴィッド。わたしを、しめださないで。おねがい。わたしにも力そえさせて。」

「ヘラ、かわいいヘラ。きみがぼくを助けたいのはわかる。しかし、しばらく、ほっておいてくれ、すぐによくなるから。」

「もうずいぶん長いあいだ」と、彼女は、つかれたようにいった。「あなたは、いつもそういってらしたわ。」彼女は、しばらく、ぼくをじっと見ていた。「デイヴィッド。わたしたち、アメリカへかえらなくちゃ、いけないんじゃないかしら？」

「かえるって？　なぜ？」

「なぜ、わたしたちは、ここにいるの？　あなたは、いつまで、この部屋のなかにすわって、悲嘆にくれていたいと思ってらっしゃるの？　そして、そのおかげで、わたしがどうなると、思ってらっしゃるの？」彼女は、立ちあがって、ぼくのところへきた。「おねがい。わたし、かえりたいの。結婚したいの。こどもを産みたいわ。どこかで、いっしょに暮らしたいの。わたしは、あなたがほしい。ねえ、デイヴィッド、どうして、こんなところで、あしぶみしているのよ。」

ぼくは、彼女から、すばやく立ちのいた。ぼくのうしろに、彼女は、じっと立っていた。

「どうしたの、あなた？　なにがしたいの？」

「ぼくには、わからない。わからないんだ。」

「あなたは、なにをかくしていらっしゃるの？　なぜ、ほんとうのことを、わたしに話してくださらないの？　ほんとうのことを教えて！」

ぼくはふりむいて、彼女に面とむかった。「ヘラ——がまんしてくれ、しんぼうしてくれ——しばらくのあいだ。」

「わたしも、そうしたいわ」と、彼女は叫ぶようにいった。「だけど、あなたはどこにいるの？　あなたはどこかにいってしまって、わたしには、あなたがみつからないの。もし、わたしが、あなたのいらっしゃるところへ、いけさえしたら――！」

ヘラは泣きだした。ぼくは彼女を腕にだいた。ぼくは、なにも感じなかった。

ぼくは、彼女の塩からい涙にキスをして、ささやいた。なんだかわからないが、ささやいた。ぼくは、彼女の体が、硬くなるのを感じた、ぼくの体とあうために、緊張するのを感じた。そして、ぼく自身の体が収縮し、しりごみするのを感じた。そして、ぼくには、自分がすでに、あの長い堕落をはじめていたことがわかった。ぼくは、彼女の体から、はなれた。彼女は、ぼくがはなれたその場所で、まるで一本のひもにぶらさがった人形のように、ゆれうごいていた。

「デイヴィッド、どうか、わたしを女にしてちょうだい。あなたに、どんなことをされてもいいわ。どんな犠牲をはらってもかまわないわ。髪の毛も長くするわ。タバコもやめるわ。本もすてるわ。」彼女は、ほほえもうとした。ぼくの心は転倒した。「女にしてもらいたいの。わたしをうばって。おねがい！　わたしが望むことはそれだけ。そのほかのことは、どうでもいいの。」彼女はぼくのほうにあゆみよってきた。ぼくは、じっと立ちつくしていた。彼女はぼくにふれ、死にものぐるいの、衷心《ちゅうしん》からの信頼の念をこめて、ぼくのほうに顔をあげた。「わたしを海に投げもどさないで、デイヴィッド。あなたのそばに、ずっといさせて。」それから、彼女は、ぼくの顔をみつめながら、ぼくに接吻した。ぼくの唇は、冷たかった。ぼくは、唇に、なにも感じなかった。彼女は、もう一度、接吻した。ぼくは、目をとじて、頑丈《がんじょう》な鎖が、ぼくを炎のほうに、ひきずっていくのを感じていた。ぼくの体は、彼女の激情、彼女の執念のすぐそばにあり、彼女の両手のしたにありながら、けっしてめざめることはないように思われた。しかし、それがめざめたとき、ぼくはそれから抜けだしていた。高い高いところ、まわりの空気が氷よりも冷たいような高いところから、ぼくは、自分の体が、知らないひとの腕に抱かれているのを見ていた。

その晩だったか、あるいは、それからすぐあとのある晩だったか、ぼくは、寝室で眠っている彼女をのこして、ひとりでニースへいった。

ぼくは、そのひかりかがやく町の、バーというバーを、飲みあるいた。そして、最初の夜の終わりに、アルコールで盲目になり、欲情でたけりながら、ある暗いホテルの階段を、ひとりの水兵といっしょにのぼった。その翌日、おそくなってから、その水兵の休暇はまだ終わっていないこと、その水兵に友だちがいることがわかった。二人は、その友人たちをたずねていった。ぼくたちは、その夜も、いっしょにとまった。そのつぎの日も、いっしょにすごした。そして、そのつぎの日も。そして、水兵の休暇の最後の夜に、ぼくたちは、こんでいるバーで、立ちのみしていた。二人は、鏡にむかっていた。ぼくは、ひどく酔っていた。金はほとんど一銭もなかった。ぼくは鏡のなかに、とつぜん、ヘラの顔を見た。ぼくは、一瞬、自分の気がくるったのかと思った。そして、ふりかえった。彼女はつかれはてて、くすんで、ちいさく見えた。

長いあいだ、ぼくたちは、たがいに、なにもいわなかった。ぼくは、水兵が、ぼくたち二人を凝視しているのを感じた。

「このひとは、バーをまちがえたんじゃないのか?」と彼は、やっとぼくにきいた。

ヘラは彼を見た。そして、微笑した。

「わたしがまちがえたのは、それだけじゃないわ」と、彼女はいった。

こんどは、水兵は、ぼくをみつめた。

「どうだ」と、ぼくはヘラにいった。「ついに、わかっただろう。」

「ずっとまえから、わかっていたような気がするわ」と、彼女はいった。彼女は、背をむけて、立ち去っていこうとした。ぼくは、あとを追おうとした。水兵がぼくをつかまえた。

「おまえは――あの女は――?」

ぼくはうなずいた。彼の顔は、口をぱっくりあけて、滑稽《こっけい》だった。彼がぼくをはなすと、ぼくは彼のわきを通りすぎた。ぼくがドアのところについたとき、彼の笑い声が聞こえた。

ぼくたちは、長いあいだ、石のように冷たい通りを、だまってあるいた。通りには、ひとりも、ひとはいないようだった。夜明けがいつかはくるということが、まったく考えられないことのように思われた。

「ねえ」と、ヘラはいった。「わたしは、故郷《くに》にかえることにするわ。ああ、出てこなければよかった。」

「こんなところに、これ以上いたら」と、その同じ朝おそくなってから、カバンの荷づくりをしながら、彼女はいった。「女であることがどんなことか、忘れてしまうわ。」

彼女は極端に冷たかった。痛いほどきれいだった。

「女がそれを忘れることができるとは、ぼくには思えないな。」

「女であることは、ただ、屈従を意味するだけではない。ただ、苦々《にが》しさを意味するだけではないっていうことを、忘れてしまった女がたくさんいるわ。だけどわたしは、あなたに、どんなことをされたとしても」と、彼女はつづけていった。「まだ、それを忘れてはいない。ぜったいに、これからも忘れない。わたしは、この屋敷からでて、タクシーでも、汽車でも、船でも、なんでもいいから、できるだけ早く、あなたから逃げていきたい。」

そして、この屋敷でのぼくたちの生活のはじめのころ、二人の寝室であった部屋のなかを、彼女は、逃げだそうとするひとがしめす、あの捨てばちな性急さで、うごきまわった――ベッドのうえのひらいたスーツケースから、整理簞笥《だんす》へ、洋服簞笥へと。ぼくは、戸口に立って、彼女を見ていた。パンツをぬらしたちいさな男の子が、先生のまえに立っているように、ぼくは、そこにつっ立っていた。

ぼくがいおうとすることばが、雑草のようにぼくののどをふさぎ、口を封じた。

「ともかく、ぼくが望むことは」とぼくは、やっとのことでいった。「たとえぼくが嘘《うそ》をついていたとしても、きみにたいして嘘をついていたんじゃないということを、信じてもらいたいということだ。」

彼女は、おそろしい顔をして、ぼくのほうにむきなおった。「あなたが話をした相手は、わたしだったのよ。不毛の土地のまんなかにあるこのおそろしい屋敷に、あなたが連れてこようと思ったのは、わたしだったのよ。あなたが結婚したいといったのは、このわたしだったのよ。」

「ぼくが、いってるのは」と、ぼくはいった。「ぼくは、自分に、嘘をついていたということだよ。」

「ああ」と、ヘラがいった。「わかったわ。もちろん、それで万事がかわってくるというわけね。」

「ぼくがいいたいのは、ただ」と、ぼくは叫んだ。「ぼくが、どんなことをして、きみを傷つけたとしても、もともと、そのつもりはなかったということだ！」

「大きな声をださないで」と、ヘラはいった。「わたしは、すぐにいってしまうから。そしたら、いまのことを、あそこの山にむかって叫んでおっしゃったらいいわ。百姓たちに、どなって聞かせてあげたらいいわ。あなたがどんなに罪ぶかいか、あなたが、どんなに罪を感じているのがすきか！」

彼女は、また、スーツケースと整理簞笥《だんす》のあいだを、往復しはじめたが、こんどは、まえより、のろのろした足どりだった。髪の毛は、しめって、額のうえに垂れさがっていた。彼女の顔も、しめっていた。ぼくは、手をのばして、彼女を腕に抱きしめ、なぐさめてやりたくてたまらなかった。しかし、そんなことをしても、もうそれは、ぼくたち二人にとって、なぐさめではなく、ただ、拷問にすぎないだろう。

彼女は、あるきながら、ぼくには目もくれないで、自分がつめこんでいる洋服だけを見ていた。それは、あたかも、その洋服が自分のものであることが、たしかでないというふうだった。

「だけど、わたしは、知っていたのよ」と、彼女はいった。「わたしには、わかっていたのよ。だから、わたしは、恥ずかしくてたまらない気持がするの。あなたが、わたしのほうを見るたびに、わたしにはわかったの。わたしたちが寝たとき、いつでも、わたしにはわかったの。もしも、そのとき、あなたが、ほんとうのことをおっしゃってくださっていたら。わたしが、それを見いだすのを待っているなんて——わたしに、すべての重荷を背負わせるなんて、それがどんなにひどいことか、おわかりにならないの？　わたしには、あなたの口から聞くことを期待する権利があったのよ——女は、いつでも、男のひとのほうから、話してくれるのを待っているものなのよ。それとも、あなたは、そんなことをお聞きになったことがなかったの？」

　ぼくは、なにもいわなかった。

「わたしは、この屋敷のなかで、今日《きょう》までずっと暮らしている必要はなかったはずよ。これからの長いかえりの旅を、いったい、どうして耐えたらいいかなんて、いまごろ考えていなくてもよかったはずなのよ。いまごろは、アメリカにかえっていて、だれか、わたしをものにしようと思う男のひとと、ダンスでもしていられたのよ。そして、わたしのほうも、よろこんでそのひとのものになっていたはずよ。」そして、彼女は、ナイロン・ストッキングの山を見て、困惑したように微笑し、それから、それを痛めないように、スーツケースのなかに押しこんだ。

「もしかしたら、ぼくは、そのころ、それがわからなかったのかもしれない。ぼくにはただ、ジョヴァンニの部屋から逃げださなければならないということだけしか、わからなかった。」

「そう」と、彼女はいった。「あなたは、出ていらっしゃったわ。そして、こんどは、わたしが出ていくの。きのどくに、ジョヴァンニだけが――頭にきて、頭をきられるのよ。」

それは、不愉快な洒落《しゃれ》だった。ぼくの心を傷つけるつもりで、いったのだ。彼女は、あざけるような微笑をむりにうかべようとしたが、それはかならずしも、うまくいかなかった。

「わたしには、理解できないことだわ」と彼女は、やっといった。そして、あたかも、ぼくなら彼女が理解するのを助けることができるかのように、目をあげて、ぼくの目を見た。

「あの、不潔な、つまらないごろつきが、あなたの人生を破壊してしまったのよ。きっと、わたしの人生も、だめにしてしまったんだわ。アメリカ人は、ヨーロッパにきてはいけないのね」と、彼女はいった。そして、笑おうとして、泣きだした。

「ということは、アメリカ人は、もう二度と幸福になれないのよ。幸福でないアメリカ人なんて、いったいなんになるの？　幸福だけが、わたしたちの全財産だったのに。」彼女は、ぼくの腕のなかへ倒れこんで、すすり泣いた。そうするのも、これが最後だ。

「そんなことを信じてはいけない」と、ぼくはつぶやいた。「信じてはいけない。ぼくたちには、もっともっと、それ以上のものがあるんだ。いままでも、つねに、もっともっと、それ以上のものをもっていたんだ。ただ――ただ――ときには、耐えるのがつらいこともある。」

「ああ、ほんとうに、わたしは、あなたが欲しかったのよ」と、彼女はいった。「これからさき、わたしが、どんな男にめぐりあったとしても、そのたびに、わたしはあなたのことを思いだすにちがいない。」彼女は、また笑おうとした。「かわいそうな人間！　かわいそうな男たち！　かわいそうなわたし！」

「ヘラ。いつか、きみが幸福になったとき、ぼくをゆるそうとしてみてくれ。」

彼女は、ぼくのそばをはなれた。「ああ、わたしには、幸福ということについては、もうなにもわからないわ。ゆるすということも、なにもわからない。でも、もし、女は男にみちびいてもらうはずのものであって、それで、その女のひとをみちびくべき男がいないとしたら、そのときはどうなるの？　どうなるの？」

彼女は、洋服簞笥《だんす》のところへいって、オーバーをだした。ハンドバッグのなかに、手をつっこんで、コンパクトをみつけだし、そのちいさな鏡をのぞきこんで、そっと涙をふき、口紅をつけはじめた。「ちいさな男の子と、ちいさな女の子とはちがうものよ。あの、ちいさな青いカバーの本に書いてあるとおりよ。女の子は男の子をもとめる。ところが、男の子たちといったら――！」彼女は、コンパクトをパチッとしめた。「わたしは、生きているかぎり、もう、男の子がなにをもとめているのか、わからないだろうと思うの。男の子たちは、ぜったいに、わたしに話してくれないだろうと思うの。どう話したらいいか、男の子たち自身にも、わからないのよ。」

彼女は、指で、髪の毛を額からかきあげた。口紅をつけ、厚い黒いオーバーを着た彼女は、また、冷たく、かがやかしく、そして、痛々しいほどたよりなげで、おそろしい女のように見えた。

「カクテルを一杯、つくってちょうだい」と、彼女はいった。「タクシーがくるまえに、すぎし日のために、乾杯しましょうよ。だめよ、駅までおくっていただきたくはないの。パリまで、ずっとのみつづけていられたらいいと思うわ。それから、あの罪ぶかい海をわたるあいだもずっと。」

ぼくたちは、だまって酒をのみ、タイヤの音が、砂利《じゃり》道のうえに、聞こえるのを待った。やがて、その音が聞こえ、ライトが見えた。運転手がクラクションを鳴らしはじめた。ヘラは、グラスをおいて、オーバーで体をつつみ、ドアのほうへあるいていった。ぼくは、彼女のカバンをとりあげ、あとにつづいた。運転手とぼくとが、荷物を車につみこんだ。そのあいだ、ぼくは、なにかヘラにいう別れのことば、悲痛な気持をぬぐいさるためのことばを、考えつこうとつとめていた。しかし、なにも思いつかなかった。彼女は、ぼくになにもいわなかった。彼女は、暗い冬の空のしたに直立して、遠くをみつめていた。準備が終わったとき、ぼくは彼女のほうにむいた。

「ヘラ、ほんとに、ぼくが駅まで見送りにいかないほうがいいのか?」

彼女は、ぼくを見て、片手をさしのべた。

「さよなら、デイヴィッド。」

ぼくは、彼女の手をとった。それは、冷たくて、かさかさしていた。彼女の唇のようだった。

「さよなら、ヘラ。」

彼女は、タクシーにのりこんだ。ぼくは、車が邸内の道をバックして、道にでていくのを見まもっていた。ぼくは、最後にもう一度、手をふったが、しかし、彼女は手をふらなかった。

ぼくの部屋の窓のそとで、地平線が明るくなりはじめ、灰色の空を、紫がかった青い色にかえる。

ぼくは、カバンの荷づくりをすまし、家の掃除もした。家の鍵《かぎ》は、ぼくのまえの、テーブルのうえにある。あとは、服を着がえさえすればいい。地平線が、もうすこし明るくなったら、ぼくを、町へ、駅へ、そしてパリ行きの列車へと運んでゆくバスが、ハイウェーの湾曲しているところに、あらわれるだろう。だが、ぼくはまだ、うごくことができない。

テーブルのうえには、もうひとつ、ちいさな青い封筒がおいてある。ジャックからきた手紙、ジョヴァンニの死刑執行の日を知らせてきたものだ。

ぼくは、ほんのわずかの酒をつぐ。そして、窓ガラスのなかに映《うつ》っている、自分の姿をみつめている。それは、しだいに、かすかになっていく。ぼく自身が、自分の目のまえで、うすく消えていくように思われる——この幻想が、ぼくをおもしろがらせ、ぼくは、心のなかで笑う。

いまこそ、牢獄の門が、ジョヴァンニのまえでひらき、そして、彼が通ったあとで、ガラガラ音をたてて、閉まっているにちがいない。その門は、もう、彼のためには、ひらくこともないし、閉まることもない。あるいは、もう、すでに終わってしまったかもしれない。あるいは、はじまったばかりかもしれない。あるいは、彼はまだ、獄房にすわって、ぼくと同時に、朝のおとずれを見ているかもしれない。あるいは、いま、廊下のつきあたりで、ささやきが聞こえ、黒い服を着た三人ののっそりした男たちが、靴をぬぎ、そのうちのひとりが鍵の輪をもち、刑務所全体が鳴りをひそめながら待ち、そこには恐怖が充満していることだろう。三階したの石床《いしどこ》のうえで動きが静まり、停止し、だれかがタバコに火をつける。彼は、ひとりで死ぬのだろうか？　この国では、死がひとりずつつくられるものか、大量生産されるものか、ぼくは知らない。それに、彼は神父になにをいうだろうか？

《さあ、服をぬげ。おそくなるぞ。》

ぼくは、寝室にあるいていく。ぼくが着る洋服がベッドのうえにおいてある。カバンが、開いたまま、用意がととのっている。ぼくは、服をぬぎはじめる。この部屋のなかには、鏡がある。大きな鏡だ。ぼくは、おそろしいほど、その鏡を意識する。

ジョヴァンニの顔が、ぼくのまえで揺れる。暗い暗い夜の闇《やみ》に、ふっとあらわれたカンテラのように揺れる。彼の両眼——彼の両眼、それは虎の目のようにひかる。まっすぐに、まえを凝視し、最後の敵がちかよってくるのを見る。彼の体の毛が逆立《さかだ》つ。彼の目のなかにあるものを、ぼくは読みとることができない。もし、それが恐怖であるとしたら、ぼくは、いままで、恐怖というものを見たことがないのだ。もし、それが苦悶《くもん》であるとしたら、苦悶が、いままでに、ぼくをとらえたことがないのだ。いまや、彼らはちかづいてくる。鍵《かぎ》が錠のなかでまわる。いま、彼らは、彼をつかまえる。彼は、一度だけ、叫ぶ。彼らは、遠くから、彼を見る。彼らは、彼を、獄房のドアのところまで、ひっぱっていく。廊下が、彼の過去の墓地のように、彼の目のまえに延びている。刑務所が、彼のまわりで、ぐるぐる回転する。おそらく、彼は、うめきはじめる。おそらく、彼は、ひと声もたてない。死出の旅がはじまる。あるいは、おそらく、彼が大声で泣いたとき、もう泣くことをやめない。おそらく、彼の声は、いま、あの石と鉄ばかりのなかで、泣きさけんでいる。ぼくの目には、彼の足がねじれ、彼の腿《もも》がくらげのようにぐたぐたになり、尻がふるえ、そこにある秘密のハンマーがノックしはじめるのが見える。彼は汗をかいているか、あるいは、からからに乾いている。彼らは、彼をひきずっていくか、あるいは、彼がみずから、あるいていく。彼らが摑《つか》んでいる手の力は、おそろしく、彼の両うでは、もう、おのれのものではないような感じであろう。

その長い廊下をたどり、あの金属製の階段をおり、刑務所の中心部に入り、そこからでて、神父の部屋に、彼はひざまずく。一本のろうそくが燃えている。聖母の像が、彼をみつめる。

《天主の聖母マリヤ様！》

ぼく自身の両手はじっとりしており、ぼくの体はぐったりとして、白く、乾いている。ぼくは、それを、鏡のなかに、横目で見る。

《天主の聖母マリヤ様！》

彼は、十字架に接吻し、すがりつく。神父は、静かに、十字架をとりあげる。すると、彼らはジョヴァンニを立たせる。旅がはじまる。彼らはもうひとつのドアのほうへあゆんでいく。彼はうめく。つばを吐きたいのに、彼の口には水気がない。ちょっと待って小便をさせてくれ、と彼はたのむことができない——そんなことはすべて、一瞬もすれば、自然にかたがつく。じわりじわりと近づいてくるドアのむこうに、処刑の刃が待ちうけていることを、彼は知っている。そのドアは、彼が長いあいだ、この汚れた世界、この汚れた肉体からぬけだそうとして、捜しもとめてきた出口だ。

《おそくなるぞ！》

鏡のなかの体が、ぼくを無理やりにそのほうにふりむかせる。そして、ぼくは、自分の体を見る。それは死刑の宣告をうけている。やせほそって、硬く、冷たく、神秘の権化《ごんげ》だ。だが、ぼくは、この体のなかに動いているもの、この体が捜しているものが、なんであるかわからない。それは、時間のなかにとらえられたように、ぼくの鏡のなかにとらえられている。そして、それは、啓示にむかって急いでいく——

《われ童子《わらべ》の時は語ることも童子のごとく、思ふことも童子のごとく、論ずることも童子のごとくなりしが、人と成りては童子のことを棄てたり》

ぼくは、この予言を実現したいとねがう。ぼくは、あの鏡をうちわって、解放されたい。ぼくは、自分のセックスを見る。ぼくのやっかいなセックスを見る。そして、どうしたら、それが罪から救われるか、どうしたら、それを劫罰《ごうばつ》の刃《やいば》から助けることができるかと考える。墓場への旅は、すでにはじまった。腐敗への旅は、つねに、すでに、なかば終わっている。しかし、ぼくの救いにいたる鍵《かぎ》は、ぼくの体を助けることができないままに、ぼくの肉のなかにかくされている。

それから、そのドアが、彼の目のまえにある。彼の周囲は、すべて暗闇《くらやみ》だ。彼のなかには、静寂がある。それから、ドアがひらき、彼は、ひとりで立つ。全世界が、彼からはなれて、落ちていく。そして、つかのまに見える空の片隅《かたすみ》が、金切り声をたてているようだ。しかし、彼には、物音ひとつ、聞こえない。それから、大地がかたむく。彼は、闇のなかで、うつぶせに投げとばされる。そして、彼の旅がはじまる。

ぼくは、ついに、鏡から立ち去り、そして、裸をおおいはじめる。たとえ、その裸が、どんなに汚れているとしても、それでも、ぼくは、それが神聖であると考えなければならない。そして、ぼくは、それを自分の命の塩で、不断にみがいて洗わなければならない。ぼくは信じなければならない。神の厳粛な恩寵《おんちょう》が、ぼくをこの場所につれてきたのだが、また、それだけが、ぼくをこの場所から運びだすことのできるものであることを、信じなければならない。

そして、ついに、ぼくは朝のなかにあゆみでて、ドアの錠をかける。ぼくは、道路をわたって、鍵を、あの老婦人の家の郵便箱のなかにおとす。そして、ぼくは、道路のさきのほうを見わたす。数人の男と女が、立って、朝のバスを待っている。明けていく空のしたで、彼らの姿は、くっきりと、鮮明だ。そして、そのむこうの地平線は、燃えたちはじめている。朝は、ぼくの肩のうえに、希望のおそろしい重みで、のしかかってくる。ぼくは、ジャックからきた青い色の封筒をとりだし、ゆっくりと、きれぎれにひき裂き、それから、それが風のなかで踊るのを見まもる。風が、それを、はらはらと吹きはらっていくのを見まもる。だが、ぼくがむきをかえて、バスを待っているひとたちのほうにあるきだすと、風は、その紙きれを、いくつか、ぼくのうえに吹きもどしてくる。

訳者あとがき

ジェームズ・ボールドウィン（James Baldwin）は一九二四年ニューヨークの黒人街ハーレムで生まれた。昨今のアメリカ文学を語るばあいには、彼の代表する《黒人文学》を無視することはできなくなっているし、一方、アメリカの人種問題や黒人差別問題が論議されるときにも、ほとんどかならず彼の発言が引合いに出されるようになっていることは周知のとおりである。そして、彼の発言や文学活動が、いわば当事者でもない私たちにまで、アメリカのことだけでなくひとつの普遍的な問題として、深く心をゆさぶるような感動をあたえてくれるのには、それだけの理由がいくつかあるからにちがいない。ここでその理由の一つ一つを論議することはできないし、またそうすべきでもないと思うが、この『ジョヴァンニの部屋』（*Giovanni's Room*, 1956）を書いた作家が黒人作家であるということに、異様な印象をうけられる方々も多いのではないかと思う。なぜなら、この小説の舞台が主としてパリを中心としたフランスであるばかりでなく、この小説にはひとりの黒人も登場しないで、完全に白人の世界だけのひとつの異常な物語となっていて、その異常さのなかには、人種問題らしいものの片鱗さえもうかがえないからである。黒人作家の作品といえば、一種の《抗議小説》か《問題小説》が予想されるのが、一般の常識であるとすれば、この作品に関するかぎり、その予想は完全に裏切られた結果になっている。だが、最近のアメリカ文学において、黒人文学がユダヤ系の作家たちの活動とともに、大きな注目をあび、アメリカの文学に、新しい可能性への期待を感じさせてくれるのも、彼らの作品が一般の常識を裏切るようなところにまで到達しているからである。

ユダヤ系作家たちのことはいちおう別として、黒人文学が現代アメリカ文学のなかで、非常に重要な位置を占めるようになってきた理由のなかで、なによりもまず考えられることは、アメリカに輸入されて以来、百五十年以上ものあいだ、白人が絶対主権をもっている社会にあって、生と死の境界線をさまようことを余儀なくされてきた黒人たちの絶望的な体験と歴史とは、そのまま圧縮されて、核兵器時代の到来が象徴するような、ノーマン・メイラーの言を借りれば、「巨大な機構のなかで人間がみなひとつのゼロ記号でしかなくなってしまった」ような、現代一般の状況を示唆するようになっている、ということであろう。差別待遇にたいする抵抗運動のような様式で発展してきたアメリカ黒人の文学も、現代の世界的な状況に参加する道と義務とを見いだして、現代をみつめる一つの重要な視点を獲得しているのである。

ジェームズ・ボールドウィンたち最近の黒人作家の小説やエッセイを読むとき、私たちは、彼らの《皮膚の色》を前提として考えながらも、同時に、《皮膚の色》を超越した現代人としての英知と情感と詠嘆と絶望とを、鮮烈にくみとることができるのである。しかも、それらのものは、彼らの背後にひそむ暴虐の歴史にささえられて、私たちは、そこになにか予言的なものさえ感じるのである。なぜなら、それらの基底には、彼らが虐げられたぎりぎりの生活のなかで語りつたえてきた民話と伝説と詩とがあることも、私たちは知っているからである。

ボールドウィンは、第二次大戦後ヨーロッパに渡り、主としてパリで生活していたが、それは、「黒人問題の激烈さに対処する自分の能力に疑問を感じた」からであり、また「たんなる黒人、あるいはたんなる黒人作家」にはなりたくないと考えたからでもあるが、同時に、アメリカおよびアメリカ人とはなんであるかをみきわめたいと思ったからでもある。また、自分の黒人としての特殊な経験が、自分を他の種族の人たち（白人たち）と、どのようにして結びつかせることができるかを発見したいとも願ったからである。そして、ヨーロッパで発見したことは、おどろいたことに、黒人である自分も、白人であるアメリカ人も、ヨーロッパでは、まったく同じ程度にアメリカ人であるという事実であった。

「ぼくがアフリカから絶縁されているように、彼ら（白人のアメリカ人）も祖先の地（ヨーロッパ）から絶縁されており、彼らの祖先がヨーロッパ人でぼくの祖先がアフリカ人であるという事実は、ほとんど問題ではなくなった——彼らも、ヨーロッパでは、ぼくと同じようにはげしい違和感を感じているのだ。」そして、「ぼくが奴隷の息子《むすこ》であり、彼らが自由な人びとの息子であるという事実は、ぼくたちがヨーロッパの風土のなかで相会したときには、ほとんど意味をもたなくなり、ぼくたちはどちらも、ぼくたちそれぞれの実体を追求しているのだという事実を痛感させられた。そして、長いあいだぼくたちを差別していた苛酷《かこく》な恥辱が、もはや無意味にも思えてくるのだった。」

同時に彼は、彼自身がいだいていた自分（黒人）のイメージが、実は、彼自身のつくりだしたものではなく、白人たちのつくりだしたものであることにも気づいた。だから、彼は最初の小説『山にのぼりて告げよ』（*Go Tell It on the Mountain*, 1953）をスイスの山中で執筆していたとき、たえず黒人歌手ベッシー・スミスのブルースを聞いていた。そのレコードを聞くことによって、うずもれていた自己を発掘し、黒人本来のビートとリズムを想起する必要があったのである。

このようにして、彼は、アメリカにたいして「怒りを感じているのではなく、むしろ憂慮している」のである。アメリカの黒人が、アメリカの白人を憎悪《ぞうお》することは、アフリカの黒人が侵略者である白人を憎悪することよりも、はるかに困難なことであり、立場を逆にしていえば、ヨーロッパの植民勢力とはことなって、アメリカの白人たちは黒人たちに反撃をくらい追放される侵略者ではない。両者とも、アメリカという不分明ではあるがたしかに存在するあるものによって、結びつけられているのだ。「この事実を直視すれば、事態はずっと好転するであろうし、それはアメリカ社会の存続にももっとも必要なことである。」

このような発想から出発して、ボールドウィンの目が、アメリカ国内の現実にむけられるときには、ピューリタニズムとペイガニズムの衝突、《自由》の概念の危険性、《平和》の攪乱者《かくらん》としての芸術家の役わりなど、いろいろな意見が発表されているが、結論として彼が述べているのは、アメリカ人に決定的に欠けているものは、《恥辱の意識》と《悲劇の意識》とである、ということである。ことに、《悲劇の意識》については、ヨーロッパと対比して、「ヨーロッパは、ぼくたちがまだもっていないもの……一言にしていえば、悲劇の意識をもっている。それにたいして、ぼくたちは彼らが希求しているもの、人間の可能性についての新しい意識をもっている。旧世界のヴィジョンと新世界のヴィジョンとを融合させようという努力において、もっとも強力な役わりを果たすのは、政治家ではなく、作家である」と述べ、また、「すべての芸術は告白（コンフェッションズ）でなければならない」ともいっている。

このようなボールドウィン自身の告白は、私たちに、黒人問題のもつさまざまな矛盾は、現代人一般の直面している状況と同質であり、黒人問題の苦悶《くもん》は、全人類の苦悶でもあることを示唆《しさ》している。そして、彼ら黒人の文学が、たんなる《抗議小説》や《問題小説》から脱皮して、新しい段階に入っている（たとえまだそれが実験的な段階であるにしても）ことを知ることができるのである。

ボールドウィンの主要な小説としては、先に述べた『山にのぼりて告げよ』や、この『ジョヴァンニの部屋』や、『もう一つの国』（*Another Country*, 1962）などがあるが、ボールドウィンは、それぞれの作品において、非常に実験的な試みを行なっているように思われる。『山にのぼりて告げよ』は、ニューヨークを舞台とした自伝的色彩の濃い黒人ばかりが出てくる作品であり、『ジョヴァンニの部屋』はパリを舞台にした白人たちの物語であり、『もう一つの国』では、舞台は再度ニューヨークにもどり、白人と黒人とその両者が登場している。これらの作品についての批評はさまざまであり、ここでは私的な批評はさしひかえなければならないが、いずれの作品にも共通していえることは、性《セックス》が大きな主題の一つになっていることと、複雑な構成になっていることと、文体が非常に詩的に抑制されていて美しいということであろう。翻訳にあたって、その美しい文体がどれほど移植できたか、まったく自信がない。

翻訳といえば、物語の世界がなにぶんにも《特殊社会》に属するものであるため、多くの方々のお世話になった。白水社の方々にもずいぶんご迷惑をおかけした。お詫びやらお礼を申しあげたい。

最後に、本書は一九六四年に《新しい世界の文学》のシリーズの一冊として刊行されたものに若干の手直しをしたものであることをお断わりしておく。

一九八四年六月

訳者

解説

金原瑞人

ここ十年間の黒人監督によるアメリカ映画の躍進は目を見張るものがある。

たとえば、エイヴァ・マリー・デュヴァーネイ監督による『グローリー──明日への行進──』（二〇一四年）と『13th──憲法修正第13条──』（一六年）、ベテラン中のベテラン、スパイク・リーの『ブラック・クランズマン』（一八年）と『ザ・ファイブ・ブラッズ』（二〇年）、ライアン・クーグラーの『フルートベール駅で』（一三年）、『ブラックパンサー』（一八年）、『ユダ&ブラック・メシア　裏切りの代償』（製作：二一年）などなど、あげればきりがない。

とくにレジーナ・キング監督の『あの夜、マイアミで』（二〇年）は画期的な作品だ。これは劇作家で映画監督のケンプ・パワーズの戯曲を元にした映画。一九六四年、マイアミのあるホテルで、プロボクサーのカシアス・クレイ（モハメド・アリ）、ソウル・シンガーのサム・クック、アメフトの選手ジム・ブラウン、黒人指導者のマルコムXの四人がホテルの一室に集まって、それぞれ思いを語るという設定。もちろんフィクションなのだが、黒人としての強い連帯感のなかで、ほかの三人を誇りに思いながらも、立場の違う相手を非難するうちに激昂していく彼らの様子がリアルに容赦なく描かれていく。そしてこのフィクショナルな六〇年代のアメリカが次第に現代のアメリカに重なってくる。こういった黒人監督の活躍と、彼らの撮る映画の社会性は現代のアメリカを考えるうえで、とても興味深い。

それをさらに端的に見せてくれたのが、ラウル・ペック監督のドキュメント『私はあなたのニグロではない』（一七年）だ。多くの賞を受賞したばかりでなく、ドキュメント映画として異例のヒットを記録し、アメリカ国外でも評価が高い。これはジェームズ・ボールドウィンが遺した *Remember the House* という作品の構想を元に、ラウル・ペックが様々な記録で構成した映画だ。ボールドウィンは、メドガー・エヴァーズ、マルコムX、マーティン・ルーサー・キング・ジュニアという三人の黒人指導者を描くつもりでいたらしい。ペックは、主に六〇年代以降の映像を使ってボールドウィン自身にそれを語らせ、さらに現代とオーヴァーラップさせて、現代アメリカの黒人問題とそれを生み出す社会構造をあぶり出していく。

なぜ、いま、ボールドウィンなのか。

『私はあなたのニグロではない』をていねいに観るとよくわかるのだが、ボールドウィンが当時のほかの黒人作家や黒人知識人と違うのは、攻撃の刃先を白人だけでなく、黒人へも向けて闘ったところだ。黒人もアメリカ人だと確認したうえで、黒人差別という問題をアメリカそのものの問題として提起したからだ。『アメリカの息子のノート』（一九五五年）の「ハーレム」という章で、ボールドウィンは、黒人が読む新聞や雑誌を徹底的に批判し、「白人のジャーナリズムを手本とし、題材からして説得力のないその安易で世間ずれした論調までも見ならってこれと対抗しようとしている」と書きながらも、そういった矛盾や、愚かさや、政治的幼稚さも、すべて「アメリカのジャーナリズム全体がいちように責任を負うべきものなのである」と断言する。その先にあるのが次の発言だ。「簡単にいえば、もし、我々が本当に一つの国民になろうとするならば、つまり、もし我々が男として女として、お互いに本当に帰属意識を持ち、大人になろうとするならば、我々黒人も白人もお互いを強く必要とするのだ」（『次は火だ』六三年）

なぜ、いま、ボールドウィンなのか。それをさらに考えるとき、浮かび上がってくるのが『ジョヴァンニの部屋』だ。

この作品はボールドウィンの長篇小説のなかで最も暗く、救いがない。これとくらべれば、いくつものカップルの不毛の愛、不毛の関係を描いた『もう一つの国』の方がまだ救いがある。そして、これほど深い絶望を描きながらも、最後まで一気に読ませるところがまた、この作品の大きな魅力でもある。

処刑を目前にしたジョヴァンニを思う主人公デイヴィッドの心象風景から始まる第一部で語られる、十代の頃の少年ジョーイとの【事件】、その時の恐怖、そして「おそらく、ぼくが孤独というものを感じはじめたのは、その夏のことであった。そして、ついにはこの暮れゆく窓辺にまでいたったぼくの逃避も、その夏にはじまっていたのである」と続く回想。そして第二部。パリに渡って金のなくなったデイヴィッドは、実業家で金回りのいいゲイ、ジャックに連れられてゲイバーにいき、イタリアからやってきた新顔のバーテンダー、ジョヴァンニと出会う。話しこむうち、デイヴィッドはジョヴァンニによって底なしの深淵に引きずりこまれるような感覚に陥る。その深淵の底に潜んでいるのはジョーイであり、自分自身だ。ここでデイヴィッドはジョヴァンニを触媒として、それまで逃げてきた自分と出会うことになる。ジョヴァンニにひかれればひかれるほど、恐怖心がつのってくる。そこへ、婚約者のヘラがスペインからもどってくる。

ボールドウィンは、デイヴィッドのどこまでも内向していく罪悪感、恐怖、喪失感を容赦なく描いていく。ヘラがパリに帰ってきて、いよいよ追いつめられていくデイヴィッドは一瞬だが、「ジャックが、僕の手からジョヴァンニを奪ってくれたら、どんなにうれしいだろう」とまで思う。このときのジョヴァンニは、まさにデイヴィッド自身の恐怖を反映している。しかし、その恐怖さえ、いや、その恐怖こそが、激しく魅力的なのだ。このときのデイヴィッドの気持ちを、ボールドウィンは残酷なほど的確な言葉で語っている。

「ぼくは、ジョヴァンニが今夜、だれかの腕のなかにしっかりと抱かれていることをねがっている自分に気づく。だれかが、ここに、ぼくといっしょにいてくれたらと思う。だれでもいい、ここに、ぼくといっしょにいてくれるひとがいたら、夜を徹して愛してやるだろう。ジョヴァンニを、夜どおし激しく愛してやるだろう」

このあまりに屈折した、あまりにストレートな気持ちをこんなふうに描くことのできる作家がほかにいるだろうか。また、エンディング近くで、この作品をしめくくる「朝は、ぼくの肩のうえに、希望のおそろしい重みで、のしかかってくる」という言葉も痛切だ。

『ジョヴァンニの部屋』を読むと、ボールドウィンの感じていた気持ちがひしひしと伝わってくる。戦後すぐのアメリカにおいて黒人で、かつゲイであるという状況にあった彼がフランスに渡って、自分自身と向き合ったときの絶望が伝わってくる。その絶望の底に沈もうとする彼を引っぱり上げたのは、逆説的ではあるが、彼が黒人であるという事実だったのかもしれない。もし自分が白人だったら……という気持ちがこの作品に反映されていないはずがない。そう考えるとき、『ジョヴァンニの部屋』は黒人作家の手を離れ、ゲイ作家の手を離れて、われわれの作品として大きく呼吸を始める。

第一部の最後で主人公はこういう。

「たぶん、ぼくは、アメリカでわれわれがよくいうように、〈自己を発見したい〉と思ったのだろう。この表現は、なかなか興味ぶかいもので、ぼくの知るかぎりでは、他のどの国民の言語にも行なわれていないものである。なぜなら、この表現の意味するところは、文字通りのものでないことはたしかで、どこかが狂っているのではないかという執拗な疑念を、暴露しているからである。いまにして思えば、ぼくが発見しようと望んでいた自己が、けっきょくは、あんなにも多くの時間をかけて逃避していたのと同じ自己にすぎないのだということを、いささかでも予見していたならば……」というデイヴィッドのぼやきは、そのまま今のわれわれを予見している。

（かねはら・みずひと　翻訳家）

本文中、今日の人権意識に照らして不適切と思われる表現もありますが、著訳者が故人であること、執筆当時の時代背景と作品の文学性を考慮し、そのままとしました。

——編集部

著者略歴

ジェームズ・ボールドウィン（James Baldwin 1924–1987）
アメリカの小説家、随筆家、劇作家、詩人、公民権運動家。
ニューヨークのハーレムで生まれる。母は未婚で、実父に会ったこともなかった。3歳の時に母が結婚し、少年時代は厳格な義父との関係に悩む。1948年から10年にわたってパリで生活し、自らを客観的に捉える機会となる。53年、父子の関係を描いた自伝的小説『山にのぼりて告げよ』でデビュー。55年、エッセイ集『アメリカの息子のノート』を刊行、鋭利な論客と呼ばれた。56年、フランスを舞台にした『ジョヴァンニの部屋』（本書）を刊行。62年、人種差別の問題や複雑に絡み合う人間関係を描いた小説『もう一つの国』を刊行。61年、評論集『誰もぼくの名を知らない』、63年、『つぎは火だ』を刊行し、黒人差別の問題について雄弁な抗議を行なった。74年、ハーレムを舞台に、かけがえのない愛と尊厳を描いた『ビール・ストリートの恋人たち』を刊行、2018年に映画化。未完の作品 *"Remember the House"* をもとにしたドキュメンタリー映画『私はあなたのニグロではない』（監督：ラウル・ペック）が2016年に公開され、話題を集めた。

訳者略歴

大橋吉之輔（おおはし・きちのすけ）
1924年、広島県生まれ。慶應義塾大学名誉教授。
著書に『アメリカ文学史入門』（研究社出版）、訳書にソール・ベロウ『犠牲者』（共訳、白水社）、ストウ夫人『アンクル・トムの小屋』（旺文社文庫）、ジェームズ・ヘリオット『ヘリオット先生奮戦記』（早川書房）など。1993年没。

本書は1984年に小社より刊行された。

白水uブックス　254

ジョヴァンニの部屋

著　者　ジェームズ・ボールドウィン
訳者 ©　大橋吉之輔
発行者　岩堀雅己
発行所　株式会社 白水社
東京都千代田区神田小川町 3-24
振替　00190-5-33228　〒 101-0052
電話（03）3291-7811（営業部）
　　（03）3291-7821（編集部）
www.hakusuisha.co.jp

2024年7月30日　印刷
2024年8月20日　発行
本文印刷　株式会社理想社
表紙印刷　クリエイティブ弥那
製　　本　誠製本株式会社
Printed in Japan

ISBN978-4-560-07254-7

乱丁・落丁本は送料小社負担にてお取り替えいたします。